Der Autor

Manuel Lippert, Jahrgang 1975, lebt mit seiner Lebensgefährtin, zwei Töchtern und Familienhund in Köln. Der „Fluch der verbotenen Stadt" ist sein erster Krimi. Obwohl Manuel Lippert bereits als Jugendlicher gerne Kurzgeschichten schrieb, entschied er sich, Wirtschaftsingenieurwesen in Hamburg und später Industrial Engineering in Berlin zu studieren. Nach mehreren beruflichen Stationen arbeitet er als Führungskraft bei einem Dienstleister in der Automotive Branche. Im Jahr 2019 hat Manuel Lippert sich seinen großen Traum verwirklicht und während eines sechsmonatigen Sabbaticals seinen ersten Krimi geschrieben. Die Idee dazu kam ihm schon vor fünf Jahren als er einen Artikel über das verlassene Militärareal der sowjetischen Streitkräfte in Wünsdorf gelesen hatte. Bei einem Besuch vor Ort inspirierte ihn die außergewöhnliche Atmosphäre zur Geschichte für seinen Krimi.

Manuel Lippert

Fluch der verbotenen Stadt

Kriminalroman

© 2019 Manuel Lippert
Umschlag, Illustration: Jessica Kreuzer

Verlag & Druck: tredition GmbH, Halenreie 40-44, 22359 Hamburg

ISBN
Paperback   978-3-347-02671-1
Hardcover   978-3-347-02672-8
e-Book   978-3-347-02673-5

Das Werk, einschließlich seiner Teile, ist urheberrechtlich geschützt. Jede Verwertung ist ohne Zustimmung des Verlages und des Autors unzulässig. Dies gilt insbesondere für die elektronische oder sonstige Vervielfältigung, Übersetzung, Verbreitung und öffentliche Zugänglichmachung.

Für Mama, die immer an mich geglaubt hat und viel zu früh von uns gehen musste

Prolog

1

Die strahlende Junisonne war gerade dabei, hinter dem Wald unterzugehen und somit das Tagesende einzuläuten, als Günther Ludwig mit seinem Hollandrad am vereinbarten Treffpunkt ankam. Von ihm Zuhause aus war es nur knapp eine Viertelstunde mit dem Fahrrad bis hierher, aber die Fahrt kam ihm vor wie eine Ewigkeit. Sein schwarzes Hollandrad hatte ihm schon viele Jahre treue Dienste geleistet. Er konnte sich noch genau an den Kauf erinnern. Obwohl es damals gebraucht war, überzeugte es ihn durch seine Schlichtheit und den hohen Fahrkomfort. Gerade in seiner Heimat Wünsdorf war Fahrkomfort bei den doch sehr unterschiedlichen Straßenverhältnissen nicht zu unterschätzen. Der frische Wind und die Ruhe beim Radfahren hatten für ihn etwas Meditatives, dabei konnte er seinen Gedanken in Ruhe nachgehen und dem Alltag entfliehen. Aber deshalb hatte er das Hollandrad heute nicht ausgewählt.

Günther Ludwig lehnte sein Fahrrad an die Schranke neben der Straße und schaute in beide Richtungen. Er schien zu früh am Treffpunkt zu sein, von seinem Gesprächspartner war noch nichts zu sehen. Am Straßenrand lagen ordentlich gestapelte schwarze, lange Kunststoffrohre. Nervös stand er zwischen der Schranke und den Rohren und dachte nach. Günther Ludwig hatte um das Treffen heute kurzfristig gebeten, um endlich das zu klären, was ihn schon seit Langem beschäftigte. Den Treffpunkt hatte sein Gesprächspartner vorgeschlagen. Für ihn war der Ort des Treffens passend zum Thema ihres Telefonats gewesen.

Er musste jetzt versuchen, konzentriert und besonnen zu bleiben, obwohl ihm selbst nicht ganz klar war, was er mit dem Treffen bezweckte. Aber irgendwas musste er doch tun, denn nur tatenlos zuzusehen, war für ihn keine Option mehr.

Während Günther Ludwig seinen Gedanken nachhing und ausdruckslos dem roten Feuerkäfer mit der schwarzen Zeichnung auf seinem Rücken, der flink aber irgendwie ziellos über den Asphalt lief, nachschaute, hörte er plötzlich seitlich neben sich ein Geräusch. 'Wie konnte ich ihn nur nicht kommen gehört haben und vor allem, wo kam er so plötzlich her?', fragte er sich.

Jetzt stand seine Verabredung fordernd vor ihm und musterte ihn von oben bis unten. Bei Günther Ludwig stellten sich alle Nackenhaare auf. Ihm war die Situation unheimlich, obwohl er ihn doch flüchtig kannte. Sein Gegenüber strahlte mit seinem Körper und dem nicht zu deutenden Gesichtsausdruck etwas Gefährliches aus, das er nicht beschreiben konnte. Vielleicht war es der kalte und durchdringende Blick seiner Augen. Auch dass er bei diesen Temperaturen schwarze Lederhandschuhe trug, war beunruhigend. Ohne eine Begrüßung kam der Mann direkt zur Sache. „Hier bin ich! Verstehen kann ich aber nicht, was das hier soll!" Jetzt hatte Günther Ludwig nichts mehr zu verlieren. Er zog die gefalteten Kopien aus seiner inneren Jackentasche, strich sie glatt und konfrontierte ihn mit seinem Wissen, den Vermutungen und konkreten Fragen. Günther Ludwig wollte jetzt Antworten haben, vorher würde er nicht gehen. Völlig überraschend reagierte sein Gegenüber zunächst nicht, er ignorierte sowohl die Kopien als auch die Fragen. Vielmehr starrte er ihn weiterhin, aus seinen jetzt noch kälteren grünen Augen durchdringend an, als ob er ihn zu taxieren schien. Günther Ludwig fröstelte es am ganzen Körper, er fühlte sich wie das berühmte Kaninchen vor der Schlange. Er war wie gelähmt. Am liebsten hätte er das Gespräch abrupt beendet und wäre mit seinem Fahrrad zurückgefahren. Aber er konnte nicht. Er wollte die Sache jetzt klären. Für einen Rückzug war es zu spät.

Unvermittelt sprach ihn der Mann an. Günther Ludwig musste sich jetzt zusammenreißen und wieder auf das Gespräch konzentrieren. „Das sind ja interessante Vermutungen. Aber mich interessiert erst einmal, wer alles von unserem Treffen heute weiß? Ist noch jemand eingeweiht oder auf dem Weg hierher?" Günther Ludwig hatte mit niemanden über das Treffen gesprochen, dafür war es zu spontan entstanden. „Mit niemanden! Warum denn diese Frage?" Sein Gegenüber schien mit seiner Antwort zufrieden zu sein. Jedenfalls hatte Günther Ludwig das Gefühl, dass er ein kurzes Zucken der Mundwinkel wahrgenommen hatte.

Plötzlich blickte sein Gegenüber über Günther Ludwigs linke Schulter in Richtung des Waldes. Seine Augen weiteten sich. „Was war das für ein komisches Geräusch im Wald da hinten?" Er war völlig überrascht von dieser Frage und dass er nicht auf den Inhalt der

Papiere einging. Denn schließlich blieb er ihm ein paar äußerst wichtige Erklärungen schuldig. 'Aber hatte er eben ein Geräusch gehört?', fragte sich Günther Ludwig.

Er drehte sich von dem Mann weg und blickte zum Wald hinter sich, aus dem das Geräusch gekommen sein sollte. Doch Günther Ludwig konnte nichts entdecken, was ein Geräusch verursacht haben könnte. Ohne eine Vorwarnung spürte er plötzlich einen gigantischen Schmerz am Hinterkopf. Vor seinen Augen zuckten grelle Blitze. Ehe ihm klar war, dass er am Kopf getroffen worden war, verlor er das Gleichgewicht, stürzte nach vorne und prallte mit dem Gesicht auf den Asphalt. Er spürte den metallischen Geschmack von Blut in seinem Mund. Instinktiv robbte er auf allen vieren in Richtung Wald. Panik überkam ihm. Jetzt hatte sein Körper die Kontrolle übernommen, schüttete Adrenalin aus und versuchte zwanghaft aus der Gefahrensituation zu entkommen. Plötzlich traf ihn ein weiterer harter Schlag auf dem Rücken. Günther Ludwig drehte sich intuitiv um, um den nächsten Schlag abzuwehren. Aber er war zu langsam. Kaum lag er auf dem Rücken, hagelten weitere Schläge auf seinen Oberkörper ein. Die Schmerzen waren unerträglich. Auf einmal wurde es alles dunkel.

Als er die Augen wieder öffnete, war von seinem Angreifer nichts mehr zu sehen. Trotzdem versuchte er die Umgebung nach ihm abzusuchen. Aber die Schmerzen waren so fürchterlich, dass er sich kaum bewegen konnte. Neben den wahnsinnig stechenden Kopfschmerzen fühlte sich sein Brustkorb so eng an, dass er nicht genug Luft bekam. Seine Atmung ging immer schneller. Er versuchte krampfhaft mehr Luft zubekommen. Er musste sich schnellstmöglich aufrichten, um besser atmen zu bekommen. Aber wie sollte er das bei diesen Schmerzen anstellen? Da sah er nur wenige Meter vor sich einen Baumstamm aus dem Gras herausragen. Er bot die Chance sich anzulehnen. Trotz der stechenden Schmerzen gelang es Günther Ludwig auf allen vieren zu ihm zu robben. Auf dem Weg dorthin wurde er mehrmals vor Schmerzen ohnmächtig, aber er gab nicht auf. Endlich hatte er es geschafft. Er saß im Gras und lehnte mit dem Rücken an dem Stamm. Aber das Aufrichten hatte nicht geholfen. Er konnte noch immer kaum atmen. Er hatte das Gefühl, dass bei jedem hart erkämpften Atemzug kaum noch Sauerstoff in die Lunge gelang. Er tastete nach dem Handy in seiner Jackentasche, konnte es aber nicht finden. Er musste es bei dem Angriff verloren haben. Damit gab es für ihn keine Möglichkeit Hilfe zu rufen, denn hier würde ihn niemand schreien hören, nicht um diese Uhrzeit. Und die Kraft das Handy am Boden zu suchen, brachte er nicht mehr auf. Günther Ludwig ahnte, dass seine Zeit langsam ablief und es für ihn keinen Ausweg mehr gab. Tränen liefen ihm über das Gesicht. Weniger aus Gewissheit, dass er sterben würde. Vielmehr aus einer Mischung aus körperlichem Schmerz und den Gedanken an seine jüngere Schwester Beate.

Beate! Nach all den Jahren nach ihrem Tod musste er immer noch so oft an sie denken. Mittlerweile waren dreißig Jahre vergangen. Sie war ein so fröhlicher und beliebter Mensch gewesen. Bis zu dem Abend, der nicht nur das Leben von Beate komplett verändert hatte, sondern auch sein eigenes und das ihrer Eltern. 'Warum konnte ich ihr damals nicht helfen? Warum konnte ich ihren Tod nicht verhindern? Wenigstens für Gerechtigkeit wollte ich sorgen. Dafür habe ich die letzten Jahre doch gekämpft!', litt Günther Ludwig voller Wehmut. 'Auch das werde ich nicht schaffen. Ich habe mal wieder versagt'.

Das waren seine letzten Gedanken, bevor er für immer in die Dunkelheit eintauchte.

2

'Dafür, dass ich eben improvisieren musste, ist es doch echt gut gelaufen', dachte er auf dem Weg zurück zu seinem dunkelgrauen BMW und zog die Lederhandschuhe aus.

Nachdem ihn dieser Günther Ludwig mit seinen Fragen geradezu bombardiert hatte, war ihm klar, dass dieses Gespräch nur durch eine Art zu beenden war: Mit seinem Tod.

Sicherheitshalber hatte er ihm genau diesen Treffpunkt vorgeschlagen, abgeschieden, aber trotzdem gut erreichbar. Und vor allem ohne sein Misstrauen zu erwecken. Seinen BMW hatte er vor neugierigen Blicken geschützt in einem abgelegenen Waldweg in der Nähe geparkt. Das war nicht verdächtig. Vielmehr sah es so aus, als ob jemand seinen Abendspaziergang nach einem anstrengenden Arbeitstag in Ruhe genießen wollte und dazu direkt in den Wald gefahren wäre. Günther Ludwig hatte keine Ahnung, wem er da gegenüberstand und zu was er in der Lage war. Nicht ohne Grund war er so erfolgreich in dem was er tat. Es war geradezu einfach, ihn bei seiner Ankunft auf seinem lächerlichen Fahrrad zu beobachten und sich ihm lautlos zu nähern. Das war sozusagen die Generalprobe für das, was noch kommen sollte. Ziel des Gesprächs war für ihn gewesen zu erfahren, was Günther Ludwig wusste und wen er noch eingeweiht hatte. Dass der Trottel so naiv war und niemandem von den Problemen erzählt und über das Treffen informiert hatte, war schon bemerkenswert. Es passte sehr gut, dass Günther Ludwig das Treffen so kurzfristig vorgeschlagen hatte. Dadurch hatte dieser wenig Zeit zum Nachdenken und zur Vorbereitung. Der Rest war ein Kinderspiel und er mitten in seinem Element. Der erste Schlag war für ihn wie eine Befreiung, das Geräusch beim Auftreffen auf den Schädel ein Genuss. Dieses Gefühl der Macht über Leben und Tod hatte er schon einmal erlebt und es ließ sich einfach nicht in Worte fassen. Günther Ludwig hatte keine Chance zur Gegenwehr, dazu schlug er zu schnell und gezielt zu. Aber wenigstens etwas Gegenwehr wäre doch wünschenswert gewesen. Ein leichtes Schmunzeln durchzuckte sein Gesicht bei diesem Gedanken, aber jetzt musste er sich wieder auf seinen nächsten Schritt konzentrieren, denn jeder Fehler konnte sich bitter rächen. Aber Fehler machte er nie. Dafür war er einfach zu gut.

Kapitel 1

3

Kriminaloberkommissar Tim Beck saß an seinem Schreibtisch in dem Dienstzimmer der Mordkommission in Brandenburg an der Havel. Er blickte gedankenverloren aus dem Fenster des zweiten Stocks. Das Dienstzimmer war zweckmäßig eingerichtet. Neben zwei hellbraunen Schreibtischen gab es ein Sideboard und einen Aktenschrank sowie ein großes Whiteboard, das an der Wand befestigt war. Die Wände waren weiß verputzt und der Fußboden mit hellgrauem Linoleum ausgelegt. Durch die beiden großen Fenster wirkte der Raum hell und großzügig geschnitten. Sein Kollege, Kriminaloberkommissar Rainer Sauer, saß ihm gegenüber und war auf seinen Bildschirm konzentriert, um den Abschlussbericht zu ihrem letzten Fall zu schreiben. Dabei hämmerte Rainer so sehr auf die Tastatur ein, dass Tim sich nicht sicher war, ob Rainer gerade wirklich den Computer oder eher eine alte Schreibmaschine nutzte.

Rainer war jetzt schon seit zwölf Jahren sein Kollege und seit fünf Jahren arbeiteten sie beide als Ermittler bei der Mordkommission der Polizeidirektion West in Brandenburg zusammen. In den gemeinsamen Jahren war eine Art Freundschaft zwischen ihnen entstanden. Aufgrund ihres unterschiedlichen Körperbaus wurden Tim und Rainer von den Kollegen gerne „Pat und Patachon" genannt. Tim war sich nicht sicher, ob Rainer dies wirklich witzig fand, auch wenn er es immer betonte und mit den Kollegen darüber lachte. Seine Vorliebe für karierte

Hemden, kombiniert mit Jeans und Lederjacke, dazu seine dunklen Naturlocken, die sein rundes Gesicht umgaben, betonten sein Übergewicht und sein markantes Doppelkinn. Doch in der Mordkommission wusste jeder Kollege, dass man Rainers Fähigkeiten als Ermittler keinesfalls von seinem Äußeren ableiten sollte. Tim dagegen wirkte durch seine schlanke, sportliche Figur und seiner Körpergröße äußerlich wie eine Art Gegenpol zu Rainer. Mit seinen 1,90m überragte er viele seiner Kollegen deutlich. Während Tim eher ein ernster Gesichtsausdruck und eine sachliche Art ausmachten, fiel Rainer durch seine stets gute Laune und seine lockeren Sprüche auf.

Tim hatte in diesem Augenblick Mühe, sich auf den Abschluss ihres letzten Falles zu konzentrieren. Die Körperverletzung mit Todesfolge hatten sie schnell aufgeklärt. Jetzt lag es an der Staatsanwältin und dem zuständigen Gericht, den von ihnen überführten Täter zur Rechenschaft zu ziehen.

Tim und Rainer waren stolz auf ihre sehr hohe Aufklärungsquote bei ihren Fällen. Aber zum Leidwesen von Tim gehörte zu jeder Ermittlung eine lückenlose Dokumentation der Kriminalpolizei, auch wenn er sich lieber auf die eigentlichen Ermittlungen konzentrierte. Zum Glück machte Rainer das Anfertigen des Abschlussberichts zu ihrem letzten Fall nichts aus, so dass Tim sich seinen Gedanken zu seiner beruflichen Zukunft und der Vereinbarkeit mit dem Familienleben widmen konnte. Er liebte seinen Beruf als Ermittler bei der Mordkommission. Er konnte sich keinen erfüllenderen und abwechslungsreicheren Beruf vorstellen. Bis heute trieb ihn sein sehr ausgeprägter Gerechtigkeitssinn und sein sehnlicher Wunsch, die Welt nicht nur für seine Familie etwas sicherer zu machen, an. Genau wie beim letzten Fall, empfand Tim bei jedem abgeschlossene Fall ein geradezu euphorisches Glücksgefühl, insbesondere in dem Augenblick, wenn sie den Täter überführt hatten. Auf dem Weg dahin war er ohne einen Augenblick zu zögern bereit, seine Gesundheit und, im Zweifelsfall, auch sein Leben zu riskieren. Zum Glück war dies bisher immer gut für ihn ausgegangen. Aber Tim wusste, dass seine hohe Risikobereitschaft wie ein Ritt auf der Rasierklinge war.

Das waren genau die Worte, die seine Frau Sarah gerne benutzte, wenn sie wieder über Tims Prioritäten in seinem Leben diskutierten. Er hasste diese Diskussionen mit ihr und war froh, wenn sie endlich vorbei waren. Irgendwie hatte er dabei immer das Gefühl, am kürzeren Hebel zu sitzen. Es fiel ihm schwer, mit ihren Vorwürfen konstruktiv umzugehen. Oft zog er sich noch während der Diskussionen innerlich in eine Art Schneckenhaus zurück und ließ es einfach geschehen. Er liebte seine Frau und ihre gemeinsame Tochter Lea und genoss die Zeit mit beiden. Aber Tim spürte oft eine Art innere Zerrissenheit zwischen der Leidenschaft für seinen Job mit all den zeitlichen Belastungen auf der einen Seite und dem Familienleben auf der anderen Seite. Er würde so viel dafür geben, die Zauberformel für den Einklang beider Welten zu besitzen! Denn das Leben war für die vielen Diskussionen mit Sarah zu kurz.

Plötzlich wurde Tim aus seinen Gedanken gerissen, als Rainer ihm auf die Schulter haute. „Aufwachen du

Tagträumer!" Kriminalkommissar Sven Ziegler stand in der Tür und grinste. Er war als Sachbearbeiter ebenfalls Mitglied im Team der Mordkommission und wiederholte seine Nachricht an Tim und Rainer. „Dann wiederhole ich nochmal, was ich gesagt habe. Gerade hat sich die Schutzpolizei Zossen gemeldet. Ein Toter wurde in der Waldstadt Wünsdorf entdeckt. Die Schutzpolizei hat den Fundort gesichert, hält einen Zeugen fest und wartet auf euch. Ich habe gesagt, dass ihr euch direkt auf den Weg macht. Die Kriminaltechnik habe ich auch bereits informiert. Sie werden gleich losfahren." Die Kriminaltechnik war in der Polizeidirektion West für die kriminaltechnische Tatortarbeit verantwortlich und gehörte immer mit zu den ersten am Tatort.

Tim und Rainer sprangen auf, holten ihre Dienstwaffen und den Fahrzeugschlüssel und eilten zu ihrem Dienstfahrzeug im Innenhof der Polizeidirektion. Dort angekommen gab Tim die von Sven Ziegler genannte Adresse ins Navi ein. ‚Das war es wohl mit dem frühen Feierabend und dem netten Familienabend!', dachte Tim.

4

Normalerweise benötigte man für die Fahrt nach Wünsdorf über eine Stunde. Mit Blaulicht und Sirene ging es etwas schneller. Zumindest solange, bis der Verkehr dicht und zähfließend wurde. Nachdem Rainer sie mit eingeschaltetem Blaulicht und Sirene zügig und geschickt aus der Stadt gebracht hatte, kamen sie auf der Autobahn Richtung Osten schnell voran. Rainer fuhr mit hoher Geschwindigkeit konzentriert auf der linken Spur der Autobahn und kämpfte sich Fahrzeug um Fahrzeug voran. Tim beobachtete die Autos, die sie überholten. Der deutsche Autofahrer beherrschte im Gegensatz zu denen anderer Länder das Bilden der Rettungsgasse im Stau in der Regel ganz gut. Dagegen fiel es aber vielen anscheinend schwer, den mühsam erkämpften Platz auf der linken Spur der Autobahn aufzugeben und sie passieren zu lassen. Sie saßen schweigend nebeneinander. Tim betrachtete den roten Asphalt, den er nur von diesem Autobahnabschnitt kannte, und fragte sich, was Sarah wohl sagen würde, wenn sie erfuhr, dass er die nächsten Tage schon wieder bis spät abends an einem Mordfall arbeiten musste. Er wusste, dass die Insassen der Fahrzeuge ihn im Vorbeifahren neugierig musterten. Ein ziviles Polizeifahrzeug mit eingeschaltetem Blaulicht löste bei Schaulustigen Neugier und Sensationslust aus. Nach all den Jahren machten Tim die Blicke der Leute nichts mehr aus, außer sie behinderten die Rettungs- oder Ermittlungsarbeiten. Er konnte einfach nicht verstehen, was den Reiz des Gaffens für diese Leute ausmachte. Aber er wollte es auch nicht verstehen.

Rainer unterbrach seine Gedanken und fing ein unverfängliches Gespräch an. Tim musste grinsen. Rainer war nicht gerade dafür bekannt, Schweigen gut auszuhalten. Reden war genau wie das Rauchen etwas, das er gern und viel tat. Irgendwie war Tim aber auch froh, nicht mehr über das anstehende Gespräch mit Sarah denken zu müssen. „Haben Sarah und du diese Woche schon etwas geplant?", wollte er wissen. „Außer, dass wir das Open Air Kino besuchen wollten, nichts Konkretes", antwortete Tim. „Wisst ihr schon, welchen Film ihr euch anschauen wollt?", fragte Rainer. „Ich glaube, irgendeine romantische Komödie. Ich kann mich aber an den Filmtitel nicht erinnern. Sarah hatte den Vorschlag für das Open Air Kino gemacht." Sie plante die meisten ihrer Freizeitaktivitäten. Dies war einer ihrer Kritikpunkte an Tim. „Da kenne ich mich sowieso nicht so gut aus, wie du weißt. Ich stehe mehr auf Action!", antwortete Rainer. Tim eigentlich auch. Er liebte Actionfilme über alles. Aber da er wusste, dass Sarah romantische Filme mochte, hatte er ihrem Vorschlag direkt zugestimmt. „Was hast du denn die nächsten Abende geplant?", wollte Tim nun wissen. „Auf jeden Fall werde ich meine Stammkneipe diese Woche wieder mit meinem Besuch beehren". Tim kannte die Stammkneipe von Rainer. Sie lag nur zwei Straßen von dessen Wohnung entfernt. Neben der gemeinsamen Zeit in der Mordkommission trafen sich beide ab und zu auf ein Bier, meistens in dieser Kneipe. Dabei gesellten sich auch immer wieder andere Kollegen aus der Mordkommission dazu.

Mittlerweile waren sie von der Autobahn abgefahren und mühten sich über die engen Landstraßen, welche links und rechts durch große Laubbäume gesäumt waren. In unregelmäßigen Abständen konnte Tim an den Baumstämmen die von Autounfällen stammenden Narben in der Rinde sehen. Es war allgemein bekannt, dass in dieser Gegend immer wieder nachts Unfälle aufgrund überhöhter Geschwindigkeit passierten. Hier nützte ihnen ihr Blaulicht wenig. Die engen Kurven der schmalen Landstraße gaben die maximale Geschwindigkeit vor. Rainer wusste dies und die Kollegen der Polizei Zossen würden den Fundort nicht verlassen, bevor sie eingetroffen wären.

Rainer las gerne historische Bücher und wollte Tim unbedingt noch einen Überblick über die Waldstadt geben, bevor sie dort eintrafen. „Was weißt du eigentlich über Wünsdorf und insbesondere über die Waldstadt, zu der wir fahren?", fragte er Tim. Dieser kannte das jetzt begonnene Ritual nur zu gut. Es fing immer mit einer Art Wissensabfrage durch Rainer an, die ihn sehr an seine Schulzeit im Fach Geschichte erinnerte. Tim wusste natürlich die Dinge, die den meisten Bewohnern aus Brandenburg und Berlin bekannt waren. Das große Militärareal in Wünsdorf beherbergte im Dritten Reich das Oberkommando der Wehrmacht und nach dem Zweiten Weltkrieg war es der Sitz des Oberkommandos der Gruppe der sowjetischen Streitkräfte in Deutschland. Da der Zutritt streng reglementiert und fast ausnahmslos den sowjetischen Soldaten, Zivilbediensteten und ihren Familien vorbehalten war, wurde sie auch die „Verbotene Stadt" genannt. Aber Tim wollte ihm nicht vorgreifen, daher tat er so, als ob er nichts zu dem Thema beizutragen hätte.

Jetzt war Rainer in seinem Element und begann seinen Vortrag. Er startete mit dem Ende des Deutsch-Französischen Krieges 1871 und den in dieser Zeit entstandenen Artillerieschießplätzen, berichtete von der Entstehung der Bunkeranlagen der Wehrmacht und widmete sich ausführlich deren Nutzung durch die sowjetische Armee. Gerade als er über den Abzug der

Russen 1994 erzählte, erblickten sie die Ansammlung von Streifenwagen, Rettungswagen und Notarzt. Tim war erleichtert, so sehr er auch Rainer mochte, aber auf diesen ausführlichen Geschichtsunterricht konnte er jetzt gut verzichten. Es wartete schließlich Arbeit auf die beiden. Tim merkte, wie seine Anspannung zunahm. Bei jedem neuen Fall spürte er diese Aufregung. Es war wie die Teilnahme an einem Sportwettbewerb, wenn einen ein Kribbeln kurz vor dem Start erfasste und die Spannung sich ins Unermessliche steigerte.

Kapitel 2

5

Seit seinem letzten Besuch vor drei Jahren hatte sich hier in der Waldstadt, wie der ehemals militärisch genutzte Bereich von Wünsdorf mittlerweile heißt, einiges verändert. Damals war Tim mit seiner Frau und seiner Tochter bei einem Familienausflug das erste Mal in der Waldstadt zu Besuch. Besonders spannend fanden sie die Bunkertour mit der Besichtigung der ehemaligen Wehrmachtsbunker. Für Lea schien damals die gemeinsame Zeit als Familie wichtiger zu sein, als der historische Rückblick bei der Führung. Sie hörte ihrem Führer der Tour kaum zu, sondern erzählte Tim und Sarah ohne Unterbrechung von der Schule.

Wo sie damals noch verlassene und dem Verfall preisgegebene Militärbaracken gesehen hatten, waren mittlerweile Einfamilienhäuser gebaut worden. Tim hatte gelesen, dass in der Waldstadt gerade in mehrere Neubaugebiete investiert wurde. Ziel war es, dass durch viele neu ansiedelnden Familien hier neues Leben entstehen konnte.

Rainer parkte den Dienstwagen hinter dem Streifenwagen. Nachdem sie ausgestiegen waren, kamen die beiden Kollegen der Schutzpolizei angelaufen, die als erste vor Ort waren. Tim und Rainer begrüßten sie mit Handschlag. Tim fiel sofort auf, dass der Ältere der beiden sehr abgeklärt wirkte, obwohl das Auffinden eines Toten für sie alles andere als alltäglich sein musste. Der

Jüngere dagegen sah blass und mitgenommen aus. Er vermied es konsequent, auch nur in die Richtung des Toten zu schauen. Tim konnte ihm das nicht verübeln, denn er erinnerte sich noch gut an den Anblick, als er das erste Mal einen Toten sah. „Gut, dass ihr endlich hier seid!", meinte der ältere Polizist. Tim war voller Energie und konnte es kaum erwarten loszulegen. Daher übernahm er direkt die Gesprächsführung. „Wir haben uns beeilt, aber ihr kennt sicherlich den Weg von Brandenburg bis hierher. Es war ziemlich voll auf der Autobahn. Was habt ihr denn bisher herausgefunden?" Der ältere Polizist nahm sein kleines Notizbuch hervor und berichtete, was sie wussten. „Also, heute Morgen gegen halb zehn hat ein Spaziergänger mit seinem Hund die leblose Person entdeckt und den Notruf gewählt. Wir wurden zusammen mit dem Rettungswagen und der Notärztin hergeschickt." Tim drehte sich in die Richtung, in die der ältere Polizist gezeigt hatte. Ein älterer Mann mit brauner Cordhose und weißem Hemd stand etwas hilflos wirkend mit seinem Hund am Straßenrand auf der gegenüberliegenden Seite. Er schätzte den Mann auf Mitte sechzig. Neben ihm saß angeleint ein schwarzer Labrador und ließ seinen Besitzer nicht aus den Augen. „Nachdem uns die Notärztin mitgeteilt hatte, dass sie bei der Person nur noch den Tod feststellen konnte, erklärte sie uns, dass es sich mit hoher Wahrscheinlichkeit um eine unnatürliche Todesursache handelte. Danach haben wir um zehn Uhr zwölf die Zentrale verständigt und den Tatort abgesperrt. Selbstverständlich haben wir den Toten nicht angerührt und darauf geachtet, dass möglichst wenig Spuren verwischt werden.", fuhr der ältere Kollege der Schutzpolizei fort. Tim nickte. Das war das nach Dienstvorschrift übliche Vorgehen. Auch das Befragen von Zeugen fiel eindeutig in den Aufgabenbereich der Kriminalpolizei. Sobald eine unnatürliche Todesursache festgestellt wurde, schaltete die Schutzpolizei die Kriminalpolizei ein und blieb am Tatort, bis die Kriminalpolizei eintraf und übernahm. „Braucht ihr uns noch oder können wir fahren?", wollte jetzt der jüngere Polizist ungeduldig wissen. Mittlerweile hatte sein Gesicht wieder eine gesunde Gesichtsfarbe. Allerdings vermied er immer noch jeden Blick zu dem Toten. Tim hatte den Eindruck, als ob er gerne so schnell wie möglich wieder die Streifenfahrt fortsetzen wollte. „Ihr könnt gleich wieder los. Es würde uns jedoch helfen, wenn ihr noch wartet, bis unsere Kollegen der Kriminaltechnik eintreffen und wenn ihr sie kurz einweist.", erwiderte Tim. Die beiden Polizisten nickten zustimmend.

Die Notärztin, die bisher abseits gestanden hatte, ging auf Tim und Rainer zu. Nach einer kurzen Begrüßung berichtete sie, dass sie nur noch den Tod des Mannes feststellen könne und eine Reanimation zwecklos gewesen sei. „Was ich jedoch schon zum jetzigen Zeitpunkt sagen kann, ist, dass die Verletzungen des Opfers Zeichen äußerer Gewalteinwirkung aufweisen", ergänzte sie. „Vielen Dank für Ihre Einschätzung. Wir werden uns das gleich näher anschauen." Tim blickte Rainer an. „Rufst du erst einmal die Staatsanwältin an? Wir sollten die Leiche erst begutachten, wenn der Rechtsmediziner und die Kollegen von der

Kriminaltechnik ihre Arbeit beendet haben. Ich spreche währenddessen mit dem Spaziergänger." Rainer nickte.

Rainer rief die zuständige Staatsanwältin an, um sie zu informieren und um den Einsatz des Rechtsmediziner vor Ort zu bitten. Gleichzeitig ging Tim zu dem Spaziergänger, der die Leiche gefunden hatte, um ihn zu befragen.

Tim stellte sich kurz vor, beugte sich dann langsam zu dem Hund und streichelte den Labrador am Kopf. Dieser erwiderte die Streicheleinheiten mit treuem Blick und schnellem Schwanzwedeln. Tim war verrückt nach Hunden und insbesondere Labradore hatten es ihm angetan. Das lag nicht nur an ihrem Aussehen. Sie waren mittelgroß und kräftig gebaut, besaßen einen breiten Schädel und liebten das Apportieren. Tim war besonders von ihrem gutmütigen und gelassenen Wesen fasziniert.

Als er die Personalien des Spaziergängers aufnehmen und mit der Befragung beginnen wollte, stupste ihn der Hund mit seiner Schnauze sanft aber fordernd am Oberschenkel an. Der Spaziergänger zog ihn zurück und entschuldigte sich. Tim lachte: „Machen Sie sich keine Sorgen! Ich habe auch einen Labrador zu Hause. Ich kenne ihre fordernde Art, was Streicheleinheiten betrifft, nur zu gut." Der Spaziergänger lächelte und wirkte auf Tim jetzt etwas entspannter. Außer zu dem Zeitpunkt des Auffindens des Toten und dem bereits bekannten Ablauf der Benachrichtigung und des Eintreffens der Schutzpolizei konnte der Spaziergänger keine neuen Hinweise geben. Tim gab ihm den Personalausweis zurück und verabschiedete sich.

In diesem Moment traf die Kriminaltechnik ein. Tim ging ihnen entgegen und begrüßte sie. Er kannte die Kollegen vom Dezernat Ermittlungsunterstützung, nicht nur weil sie im gleichen Gebäude der Polizeidirektion untergebracht waren, sondern auch wegen der Zusammenarbeit in mehreren Fällen. Es waren nicht viele Worte notwendig und die Kollegen fingen sofort mit der Sicherung möglicher Spuren an. Tim nutzte die kurze Pause und sah sich um. Er hatte sich über die Jahre ein einfaches, aber strukturiertes Vorgehen angeeignet. Es half ihm, sich den Fundort beziehungsweise den Tatort sehr genau einzuprägen. Bis jetzt war es noch nicht nachgewiesen, dass der Fundort der Leiche hier auch der Tatort war. Üblicherweise suchte Tim sich einen Platz, vom dem er einen guten Rundumblick hatte und drehte sich langsam im Uhrzeigersinn um die eigene Achse. Dabei betrachtete er die Umgebung und merkte sich gezielt markante Punkte. Genauso ging er jetzt vor.

Tim stand auf der schmalen Straße, die in Richtung der ehemaligen Schießbahnen führten. Dies hatte er aus der damaligen Führung in der Waldstadt von vor drei Jahren noch in Erinnerung behalten. Vor sich sah er in einiger Entfernung das Neubaugebiet mit ersten Einfamilienhäusern, an dem sie vorhin vorbeigefahren waren. Dieses ging in eine Wiese über, aus der einzelne Baumstümpfe herausragten. Ein Bagger und eine Planierraupe standen dort. Anscheinend sollten hier weitere Häuser gebaut werden. Allerdings waren noch keine Zufahrtswege zu erkennen. Zu seiner Rechten ging die Straße nach ungefähr zweihundert Metern in eine Linkskurve über und verschwand in einem Laubwald. Als er sich umdrehte, erkannte er neben der Straße eine Gruppe junger, schmal- und hochgewachsener Laubbäume auf einer Wiese. Als er seinen Blick weiter nach rechts in Richtung des Toten drehte, ging die Wiese abrupt in einen Laubwald über. Der Tote lag direkt am Waldrand angelehnt an einen im Gras befindlichen Baumstamm. Daneben lagen drei weitere Stämme, die vermutlich Waldarbeiter zugesägt hatten. Sie bildeten eine Art Barriere zwischen der Wiese und dem Wald. Vor den Baumstämmen schlängelte sich ein Trampelpfad von der Straße entlang des Waldrandes. Der Spaziergänger hatte Tim berichtet, dass er mit seinem Hund von dort kam, als er die Leiche entdeckte. Der Pfad endete direkt vor Tim an einer rot-weißen Schranke, an der ein Schild mit einem Warnhinweis von Munitionsresten im Gelände befestigt war. Ein schwarzes Hollandrad lehnte an der Schranke. ‚Vermutlich gehört es dem Toten', dachte Tim.

Er hatte genug gesehen. „Macht bitte ausreichend Fotos von der Umgebung. Untersucht auch beide Seiten des Straßenrandes. Vielleicht war der Täter mit seinem Auto hier und wir können Reifenspuren sichern." Allerdings hatte Tim nicht viel Hoffnung, dass sie brauchbare Spuren finden werden. Aber einen Versuch war es auf jeden Fall wert. Die Kollegen der Kriminaltechnik nickten ihm zu. Als Tim auf Rainer zuging, hörte er hinter sich Schritte. Ein anderer Kollege der Kriminaltechnik trat heran. „Was gibt es?", fragte Tim. „Die hier hatte der Tote bei sich." Der Kriminaltechniker gab ihm die

Brieftasche des Toten. Tim durchsuchte sie und zog einen Personalausweis heraus.

6

Ein silberner Sportwagen fuhr am Tatort vor und hielt direkt vor Rainer und Tim. Die Staatsanwältin Dr. Anna Richter stieg aus und begrüßte beide. Tim freute sich sie wiederzusehen. Auch wenn sie aufgrund der Vielzahl parallel zu bearbeitenden Fälle immer in Eile und Zeitdruck war, war die Zusammenarbeit mit ihr bisher immer sehr vertrauensvoll und angenehm gewesen. Mit ihren dreiundfünfzig Jahren war sie immer noch äußerst attraktiv. Ihre großen Ohrringe mit ihren offenen schwarzgrauen, schulterlangen Haaren betonten ihr zierliches Gesicht. Sie lächelte ihn an: „Schön, Sie wiederzusehen, Herr Beck. Leider habe ich nur sehr wenig Zeit und muss gleich zu einer wichtigen Besprechung zurück in die Staatsanwaltschaft. Bitte geben Sie mir einen kurzen Überblick." Tim nickte. Es war allgemein bekannt, dass sie äußerst effektiv und effizient arbeitete und daher oft zusätzliche Fälle zur Bearbeitung bekam. Jeder wusste, dass ihr Zeitdruck keinesfalls gespielt sondern ihre tägliche Herausforderung war.

Tim nahm sie mit Rainer zusammen zur Seite und berichtete ihr kurz, was sie bisher an Informationen zusammentragen konnten. „Der männliche Tote heißt Günther Ludwig, war 48 Jahre alt und lebte hier in Wünsdorf. Die Kollegen der Schutzpolizei haben gerade eine Abfrage durchgeführt. Unter der Meldeadresse sind keine weiteren Personen eingetragen. Niemand hatte Günther Ludwig bis zum jetzigen Zeitpunkt als vermisst gemeldet." Die Staatsanwältin schaute sich mit Tim und Rainer den Fundort des Toten an. „Meine Herren, ich habe auf der Fahrt hierher bereits mit ihrem Chef telefoniert. Wir werden heute Abend die erste gemeinsame Besprechung bei Ihnen in der Mordkommission durchführen." Beide nickten zustimmend. Bei Mordermittlungen war es üblich, dass die Staatsanwaltschaft frühzeitig in die Ermittlungen eingebunden sein wollte. Und Dr. Anna Richter hatte klare Vorstellungen davon, wie dies konkret auszusehen hat.

In diesem Moment fuhr ein weiteres Fahrzeug vor. Der Rechtsmediziner Dr. Ulf Bergmann hielt direkt vor ihnen und stieß zur Gruppe dazu. Nachdem er jedem die Hand gegeben hatte, nahm er seine Brille mit dem dicken, schwarzen Gestell ab und putze sie. Das war ein kleiner, aber wie Tim fand, sympathischer Tick von ihm. Er berichtete ihm kurz von dem Fund des Toten, der Untersuchung durch die Notärztin und dass der Tote bisher nicht bewegt wurde. Dr. Bergmann nickte kurz: „Vielen Dank Herr Beck. Dann mache ich mich mal an meine Arbeit." Er ging rüber zur Notärztin um sich von ihr einweisen zu lassen.

Während die Staatsanwältin ein paar Telefongespräche führte, beobachtete Tim den Rechtsmediziner, der sich mittlerweile umgezogen und mit der Untersuchung des Toten begonnen hatte. Im weißen Schutzanzug sah er aus wie einer der Kollegen der Kriminaltechnik. Normalerweise arbeitete Dr. Ulf Bergmann in der Rechtsmedizin am Brandenburgischen Institut, Außeneinsätze waren für einen Rechtsmediziner eher die Ausnahme.

Gemeinsam mit der Staatsanwältin hatten Tim und Rainer aber vorhin beschlossen, ihn schon am Fundort mit der Untersuchung des Toten beginnen zu lassen. Denn jede Spur konnte bei den Ermittlungen helfen. Und bisher hatten sie noch keinerlei konkreten Hinweise zur Tat und deren Umständen.

Nachdem der Rechtsmediziner seine Untersuchung abgeschlossen hatte, kam er wieder zu ihnen und gab ihnen einen kurzen Bericht. Natürlich konnte er ohne Obduktion noch nicht viel sagen, aber Tim war immer wieder fasziniert, welche umfassenden Informationen ein Rechtsmediziner bereits durch eine erste oberflächliche Untersuchung geben konnte. „Was ich ihnen aktuell dazu sagen kann ist Folgendes", begann Dr. Bergmann. „Der Tote hat eine Kopfwunde, die aufgrund seines dichten schwarzen Haares nicht direkt ersichtlich ist. Allerdings konnte ich beim Ertasten des Schädels eine Fraktur feststellen. Weiterhin weist der Oberkörper des Opfers blaue Flecke und Rippenbrüche auf. Vermutlich starb das Opfer aufgrund stumpfer Gewalteinwirkung auf den Hinterkopf. Das ist selbstverständlich nur eine erste Einschätzung von mir. Die zusätzlich am Oberkörper festgestellten Hautabschürfungen scheinen ebenfalls vom Tatwerkzeug zu stammen." Tim fragte den Rechtsmediziner, was er zum Tatwerkzeug und dem Todeszeitpunkt sagen kann. Dr. Bergmann nahm erneut seine Brille ab und begann sie zu putzen. Seine kleinen Augen blickten Tim ernst an. „Wie immer eine gute Frage, Herr Beck. Das Tatwerkzeug scheint ein länglicher Gegenstand gewesen zu sein. Das lässt sich aus dem Verletzungsmuster erkennen. Alles Weitere dazu ist noch Untersuchungsgegenstand der Obduktion. Bei der Bestimmung des Todeszeitpunktes hilft uns das warme Juniwetter keineswegs. Da der Unterschied zwischen Körperkerntemperatur des Toten und der Umgebungstemperatur nicht groß genug war, kann ich den Zeitraum nur auf gestern Abend bis heute Nacht eingrenzen." Zu genaueren Angaben wollte er sich trotz hartnäckiger Nachfrage von Tim nicht festlegen. Allerdings gab Dr. Bergmann der versammelten Gruppe einen wichtigen Hinweis. Da an der Leiche keine Schleifspuren feststellbar waren, schien der Fundort zugleich auch der Tatort zu sein. Die Staatsanwältin hatte genug gehört. Nach einer flüchtigen Verabschiedung stieg sie in ihren Sportwagen ein und fuhr los.

Nachdem der Rechtsmediziner den Toten zum Abtransport freigegeben hatte und die Kriminaltechnik auch noch keine konkreteren Hinweise geben konnten, entschieden Tim und Rainer, zum Haus des Toten zu fahren. Trotz mehrmaligen Durchsuchens der Taschen von Jacke und Hose des Opfers waren keine Haustürschlüssel zu finden. Ebenso wenig hatte die Kriminaltechnik im Umkreis des Fundortes etwas gefunden, was der Tatwaffe hätte entsprechen können, geschweige denn noch einen Schlüsselbund. Rainer rief den örtlichen Schlüsseldienst an und verabredete sich mit ihm am Haus des Toten. Sie stiegen in ihren Dienstwagen und fuhren Richtung Ortsmitte von Wünsdorf.

7

Mittlerweile war es schon Nachmittag. Rainer hielt kurz an einer Bäckerei, um belegte Brötchen und Kaffee zu kaufen. Tim nutzte die Zeit um Sarah anzurufen. Sie kannte die Erfordernisse seines Berufs nur zu gut und hatte sich schon daran gewöhnt, wenn er kurzfristig Verabredungen absagen oder auch nachts arbeiten musste. Er teilte ihr mit, dass er nicht weiß, wann er am Abend nach Hause kommen würde. Auch wenn sie am Telefon Verständnis für die Verschiebung ihres gemeinsamen Abends äußerte, meinte Tim ihre Enttäuschung spüren zu können. So richtig konnte er es nicht nachvollziehen, denn außer einem gemeinsamen Abendessen mit Lea und einem Fernsehabend zu Hause, hatten sie nichts weiter geplant. Traurigkeit und gleichzeitig Wut spürte Tim in sich aufkommen, nachdem er das Telefonat mit Sarah beendet hatte. Auch er hatte sich auf den gemeinsamen Abend mit ihr gefreut. In letzter Zeit hatten sie nicht viel Zeit füreinander aufbringen können, was neben dem Beruf von Tim auch an der Selbstständigkeit von Sarah mit ihrer Konditorei lag. Aber er hasste es, dass sie ihm immer irgendwie unterschwellig die Schuld dafür gab.

Rainer kam zurück zum Dienstfahrzeug und reichte Tim einen Becher Kaffee und ein mit Käse belegtes Brötchen. Da der Schlüsseldienst mitgeteilt hatte, dass er erst in einer viertel Stunde am Haus von Günther Ludwig sein konnte, hatten sie Zeit für eine erste kurze Pause am heutigen Tag. „Lass es dir schmecken", sagte Rainer und nahm einen großen Bissen von seinem Wurstbrötchen.

Als sie am Haus eintrafen, wartete der Mann vom Schlüsseldienst schon auf sie. Nachdem Rainer ihm die Durchsuchungsanordnung gezeigt hatte, die die Staatsanwältin zuvor ausgestellt hatte, holte er sein Werkzeug und ging zur Haustür. Tim betrachtete das rotbraune Backsteinhaus. Die Rollläden der drei Fenster im Erdgeschoss waren geschlossen. Die Gardinen der beiden Giebelfenster waren vergilbt. Der Innenhof war durch ein hohes Wellblechtor geschützt, das offen stand. Dahinter kam ein gepflasterter Innenhof zum Vorschein, auf dem zwischen den Fugen hohe Gräser wuchsen und den sich die Natur Stück für Stück zurückeroberte. Das Haus machte auf Tim einen einsamen und traurigen Eindruck. Am Fenster des Nachbarhauses bewegte sich die Gardine. „Schau mal dort drüben, mal wieder einer dieser wachsamen Nachbarn.", entfuhr es Tim. Er beschloss, gleich nach der Hausdurchsuchung dort zu klingeln und ein paar Informationen über Günther Ludwig zu erfragen.

Mittlerweile hatte der Fachmann vom Schlüsseldienst die Haustür erfolgreich geöffnet. Tim quittierte ihm den Einsatz und verabschiedete sich von ihm. Dann betraten er und Rainer das Haus. Im Flur roch es abgestanden und muffig, als ob hier nicht oft gelüftet worden war. Sie teilten sich auf. Während Rainer nach links in die Küche abbog, ging Tim in das Wohnzimmer. Ein altes Sofa mit zwei Sesseln und ein dunkler Couchtisch nahmen einen Großteil des Wohnzimmers ein. Tim öffnete den Rollladen, um mehr Licht in den Raum zu lassen. An der gegenüberliegenden Wand war eine deckenhohe Schrankwand aus dunklem Holz angebracht.

In den Regalen befanden sich viele Bilderrahmen mit Fotos. Das Wohnzimmer erinnerte Tim an das seiner Großeltern. Er konnte sich nicht vorstellen, dass Günther Ludwig den Raum selbst so eingerichtet hatte. Er betrachtete die vielen Bilderrahmen. Neben Familienfotos mit zwei Kindern waren einzelne Fotos von einem Jungen und einem Mädchen zu sehen. ‚Der Junge könnte Günther Ludwig sein', dachte Tim. ‚Dann müsste er also eine Schwester haben'. Plötzlich rief Rainer nach ihm. Er hatte mittlerweile die Küche und das Esszimmer durchsucht ohne etwas Auffälliges zu finden. Jetzt stand er in einem Raum, der das Arbeitszimmer sein musste. Als Tim den Raum betrat, versperrte Rainers Körper einen Durchgang zu einem weiteren Zimmer. Dieser schien das Interesse von Rainer geweckt zu haben. Als Tim näher trat, verstand er warum. „Sieh dir das mal an! Da hat wohl einer Privatdetektiv gespielt!" Und zeigte auf die Wände.

Der Boden war mit einem dunkelbraunen Teppich bedeckt, der von Trittspuren und einzelne Flecken mitgenommen aussah. Außer einem einfachen Tisch mit darauf gestapelten Aktenmappen enthielt der Raum keine weiteren Möbel. Allerdings war die gegenüberliegende Wand von unten nach oben mit einer Vielzahl von Dokumenten, Landkarten, Fotos, Zeitungsausschnitten und handbeschriebenen Post-its bedeckt. Einige Dokumente und Fotos waren mit einer roten Schnur verbunden worden. Tim versuchte die Anordnung der Dokumente und Fotos nachzuvollziehen. Zentral in der Mitte der Wand hingen, neben dem Foto eines Mädchens, drei weitere Aufnahmen, die jeweils einen sowjetischen Soldaten in Ausgehuniform zeigten. Rainer stellte sich neben Tim und betrachtete die Wand. „Welchem Hobby ist dieser Günther Ludwig nur nachgegangen?" Tim reagierte nicht, sondern betrachtete das Foto des Mädchens und die Zeitungsartikel genauer. Es handelte sich um mehrere Berichterstattungen aus dem Jahr 1989, die von der Vergewaltigung und dem Selbstmord eines Mädchens berichteten. Das Foto des Mädchens kam Tim bekannt vor. Er hatte es erst vor kurzem gesehen. Er drehte sich abrupt um und verließ den Raum, ohne ein Wort zu sagen. Rainer lief hinter ihm her und wollte wissen, was mit ihm los sei. Doch Tim ging weiter, bis er im Wohnzimmer vor der Schrankwand stand. Er zeigte auf eines der gerahmten Fotos. „Sieh dir das an! Das ist das Mädchen aus dem Zeitungsartikel". Beide gingen zurück in das Arbeitszimmer. Tim las die Zeitungsartikel über die Vergewaltigung nochmals durch und entdeckte in der Bildunterschrift schließlich den Namen Beate Ludwig. „Dann wird sie seine Schwester gewesen sein?", meinte Rainer.

Es schien, als ob Günther Ludwigs Schwester 1989 vergewaltigt worden war und sich einige Wochen später das Leben genommen hatte. So viel konnten Tim und Rainer in der kurzen Zeit schon ableiten. Aber was hatte es mit all den anderen Dokumenten und Fotos auf sich? Günther Ludwig schien mit seinen Recherchen viel Zeit verbracht zu haben. Vielleicht ergab sich hieraus eine Spur. Rainer rief die Kollegen der Kriminaltechnik an und bat sie, nach Abschluss der Untersuchungen am Tatort, direkt hierher zum Haus zu kommen.

Zwischen den Aktenmappen auf dem Tisch entdeckte er ein Smartphone. Das erklärte auch, warum sie am Tatort kein Handy finden konnten. Tim nahm es in die Hand. Da es eingeschaltet und der Bildschirm nicht mit einem Passwort geschützt war, konnte er durch die Anrufliste scrollen. „Heutzutage hat doch jeder sein Smartphone mit einem Passwort geschützt. Anscheinend hatte Günther Ludwig keine Sorge, dass jemand sich für sein Telefon interessiert!" Rainer schaute Tim an. „Ich wusste gar nicht, dass man überhaupt den Sperrbildschirm ohne Passworteingabe deaktivieren kann." Tim grinste. „Vielleicht solltest du mal Sven fragen. Unser junger Kollege ist doch so fit in der digitalen Technik. Er kann dir sicherlich noch viel zu deinem Smartphone beibringen." Rainer schnaubte: „Als ob du schon in der digitalen Welt angekommen wärst. Ohne deine Tochter wüsstest du noch nicht einmal, wie man ein Smartphone einschaltet." Tim musste lachen. Rainer hatte recht. Durch Lea lernte er viel über Smartphones und Social Media. Aber ihm reichte es Nachrichten und Fotos zu versenden. Er konnte nicht nachvollziehen, was seine Tochter an Social Media so spannend fand. Tim ging weiter die Anrufliste durch. „Seinen letzten Anruf hatte der Tote gestern Nachmittag von einer unbekannten Nummer erhalten. Davor hatte er eine Festnetznummer in Berlin angerufen." Zwei Nummern, die auch unter Kontakten gespeichert waren, fielen Tim besonders auf. Günther Ludwig schien regelmäßig mit einem Mike Kühn und einer Ute Hoffmann zu telefonieren. Er nahm sich vor, die beiden am nächsten Tag mit Rainer zu befragen.

Anschließend gingen sie ins Dachgeschoss des Hauses. Rainer stieß sich im Schlafzimmer den Kopf an der Dachschräge und fluchte. Tim musste lachen, denn Rainer war mindestens zehn Zentimeter kleiner als er und schaffte es dennoch sich hier den Kopf zu stoßen. „Respekt, das muss man erst einmal hinbekommen. So klein und trotzdem stößt du dir den Kopf. Was würde erst passieren, wenn du so groß wie ich wärst?" Rainer rieb sich vor Schmerzen den Hinterkopf. „Frag lieber, ob ich mir wehgetan habe. Nicht dass ich eine Beule bekomme und meine Attraktivität darunter leidet." Rainer ahmte mit seinen Händen seine Figur nach.

Durch die Dachschräge wirkte das Schlafzimmer beengt. Mit dem Bett und dem Schrank an der Wand war es bereits vollgestellt. Dies schien das Schlafzimmer von Günther Ludwig zu sein. Im Schrank fand Tim - säuberlich aufgereiht - mehrere Hemden, Anzüge und verschiedene dunkle, gestreifte Krawatten. ‚Er zog sich zumindest etwas moderner an, als die Einrichtung im Haus vermuten ließ', dachte Tim. Rainer stand neben ihm und musterte die Anzüge. Sie waren erleichtert, dass die Kleidervorschrift bei der Polizei im Laufe der Jahre lockerer geworden war. Beide bevorzugten Jeans und Hemden, wobei Tim dienstlich immer ein modisch geschnittenes Jackett trug. Rainer blieb dagegen seiner persönlichen Kleiderordnung treu: Kariertes Hemd und abgewetzte braune Lederjacke.

Im nächsten Raum fühlte sich Tim wie in einem Museum. Dies schien das Kinderzimmer von Günther Ludwigs Schwester zu sein. Neben Jugendbüchern für Mädchen standen mehrere gerahmte Fotos von ihr herum.

Rainer nahm eins in die Hand, worauf sie in Rock, weißer Bluse und blauem Halstuch zu sehen war. „Ein Thälmann-Pionier. Da muss sie dreizehn oder vierzehn gewesen sein." Als Tim ihn erstaunt anschaute, erklärte ihm Rainer, dass in der DDR spätestens ab der achten Schulklasse die Schüler in die FDJ aufgenommen worden waren. Er wusste woher Rainer dieses Wissen hatte. Schließlich war er in Brandenburg an der Havel geboren und aufgewachsen und hatte bis heute nie an einem anderen Ort gelebt. Rainer redete selten über seine Jugend in der DDR und die anschließende Wende. ‚Vielleicht sollte ich Rainer bei Gelegenheit mal darauf ansprechen', dachte er.

Nachdem sie den Keller durchgesehen hatten, der als Lagerraum zu dienen schien, gingen sie wieder zurück in den Raum mit den Dokumenten und Artikeln an der Wand. Tim bekam den Eindruck, dass dieser Raum der Lebensmittelpunkt für Günther Ludwig in diesem Haus gewesen war. Während sich in den anderen Räumen nicht wirklich einen Hauch von Wohnlichkeit oder regelmäßiger Nutzung zeigten, hatte Günther Ludwig hier viel Energie in die Dokumentation seiner Recherchen hineingesteckt. Tim malte sich aus, wie er hier nächtelang vor der Wand stand, Zusammenhänge suchte und Post-its beschrieb. Die Recherchen zum Tod seiner Schwester schienen ihn sehr beschäftigt und angetrieben zu haben.

Es klingelte an der Haustür. Die Kriminaltechnik war eingetroffen. „Schön, euch wiederzusehen. Dann kommt mal rein in die gute Stube." Mit diesen Worten ließ Rainer sie hinein und gab ihnen eine kurze Führung durch das Haus. Tim und Rainer wussten, dass sie jetzt ihren Kollegen nur im Weg stehen würden. Doch gerade als Tim das Haus verlassen wollte, fiel ihm im Arbeitszimmer von Günther Ludwig etwas auf. Dort stand zwischen Drucker und Bildschirm eine Dockingstation für einen Laptop. Aber er konnte in dem Raum keinen sehen. Auch in den anderen Räumen hatte er keinen Laptop gefunden. Vielleicht hat Günther Ludwig es zur Arbeit mitgenommen und dort stehen lassen. „Hast du im Haus einen Laptop gesehen?" Rainer schüttelte den Kopf, „Nein, aber vielleicht finden die Kollegen der Kriminaltechnik ja etwas." Tim nahm sich vor, andernfalls dem bei der späteren Durchsuchung des Arbeitsplatzes von Günther Ludwig nachzugehen.

Als beide das Haus verlassen hatten, blickten sie auf der Straße in beide Richtungen. Gegenüber dem Haus konnte Tim zwischen hohen Laubbäumen die weiß verputzte Dorfkirche von Wünsdorf sehen. Die sie umgebende hüfthohe alte Steinmauer passte nicht ganz in das Bild, störte aber auch nicht. Tim stellte sich vor, wie hier früher Dorffeste veranstaltet wurden und Günther Ludwig als Kind mit seiner Schwester mit all den anderen Kindern hier getobt hatte. Dabei musste er an seine eigene Kindheit und sein enges Verhältnis zu seiner Schwester denken. Rainer riss ihn abrupt aus seinem Tagtraum. „Tim, ich übernehme die beiden Häuser rechts. Mal schauen, was uns die Nachbarn zu Günther Ludwig sagen können. Bis gleich." Somit blieben für Tim die beiden Häuser zur Linken übrig.

Zunächst ging Tim zum frisch gestrichenen Nachbarhaus mit einem äußerst gepflegten Vorgarten. Hier hatte er vorhin die Bewegung der Gardine aus dem Augenwinkel wahrgenommen. Dieses stand im direkten Kontrast zum Haus von Günther Ludwig. Während sich das Gebäude hier über die Jahrzehnte immer weiterentwickelt zu haben schien, hatte das von Günther Ludwig irgendwie den Anschluss verpasst und war wortwörtlich in der Vergangenheit stehengeblieben. Dies galt sowohl für das Äußere als auch das Innere des Hauses. Nachdem Tim geklingelt hatte, vergingen keine zwei Sekunden, bis sich die Haustür einen Spalt öffnete. Er wurde wohl erwartet. Nachdem er seinen Dienstausweis gezeigt hatte, öffnete die Nachbarin die Tür ein Stück weiter. Auf der anderen Seite der Tür stand eine ältere Frau mit Brille auf der Nase, die ihn misstrauisch ansah.

Tim teilte ihr mit, dass ihr Nachbar Günther Ludwig tot sei und die Polizei jetzt Nachforschungen vornehme. Ihre Augen blitzen kurz neugierig auf. „Bitte wie? Der Günther soll tot sein? Das kann ich gar nicht glauben. Sind Sie auch ganz sicher? Ist er etwa der Tote, der heute Morgen in der Waldstadt gefunden wurde? Eine meiner Freundinnen hat mir gerade eben am Telefon davon berichtet." Er hatte den Eindruck, dass die Frau bestürzt über den Tod von Günther Ludwig war, aber gleichzeitig auch diese Sensation als Abwechslung vom tristen Alltag zu genießen schien. Tim ging auf ihre Fragen nicht ein, sondern stellte seinerseits die Frage, wann sie ihn das letzte Mal gesehen habe. „Warten Sie, das letzte Mal habe ich Günther gestern Abend mit seinem Fahrrad wegfahren sehen. Es muss kurz vor dem Heute Journal gewesen sein. Das schaue ich nämlich jeden Abend im Fernsehen. Wissen Sie, heutzutage kommt im

Fernsehen ja nichts Vernünftiges mehr, nur Gewalt und diese neumodischen Shows. Früher gab es so viele romantische Filme im Fernsehen.", seufzte sie. Tim nickte: „Was können Sie mir zu Günther Ludwig sagen? Hat er noch Familienangehörige und wissen Sie, wem er nahe stand?" Die Hintergrundermittlungen zu ihm liefen bereits auf Hochtouren. Sven Ziegler wertete in diesem Augenblick alle Datenbanken aus, um jegliche vorhandenen Informationen zu Günther Ludwig zusammenzutragen. Trotzdem stellte Tim die Frage ganz bewusst, weil keine Datenbank alle relevanten Informationen über eine Person und erst recht nicht über seine Beziehungen enthielt. Außerdem konnte man mit solch einer Frage einen guten Eindruck über die Beziehung zwischen Opfer und dem Befragten gewinnen. „Der Günther und seine Familie hatten sehr viel Pech im Leben, wissen Sie? Kein Wunder, dass er so zurückgezogen lebte. Er konnte den frühen Tod seiner Schwester einfach nicht überwinden. Genau wie seine Eltern." Sie schaute ihn traurig und mit einer Spur Theatralik an. Tim verdeutlichte ihr mit seinem Blick, dass sie fortfahren sollte. „Beate war ein sehr hübsches und lustiges Mädchen, einfach wundervoll. Jeder hier in der Nachbarschaft schwärmte geradezu von ihrer liebenswürdigen Art. Sie war so beliebt bei allen. Die arme Beate! Es heißt sie wurde grausam von sowjetischen Soldaten vergewaltigt. Diesen Dreckskerlen! Danach sah sie immer sehr traurig und in sich gekehrt aus. Ich habe sie kaum noch gesehen, da sie sich scheinbar gar nicht mehr aus dem Haus traute. Ein paar Wochen später fand man sie hier in der Nähe am See erhängt auf. Darauf hin zog sich die Familie Ludwig immer mehr aus dem Dorfleben zurück. Die Eltern müssen so in etwa vor zwanzig Jahren an Krebs verstorben sein. Seitdem lebte der Günther alleine in dem Haus." Damit beendete sie ihre Ausführungen. Tim hatte erst einmal genug gehört. „Vielen Dank für Ihre Informationen. Hier ist meine Visitenkarte. Rufen Sie mich bitte an, wenn Ihnen noch etwas einfallen sollte."

Nachdem Tim im zweiten Haus niemanden angetroffen hatte, ging er langsam wieder zurück zu Günther Ludwigs Haus. Die Vergewaltigung der Schwester schien die Familie zerstört zu haben und hatte ihn selbst dreißig Jahre später nicht zur Ruhe kommen lassen. Er konnte das auf eine gewisse Weise nachvollziehen.

Rainer hatte seine Befragung mittlerweile auch abgeschlossen und ging auf Tim zu. „Ich hoffe, du hast mehr erfahren können. Günther Ludwig schien keinen engen Kontakt zu seinen Nachbarn zu haben. Wie lief es bei dir?" Tim berichtete kurz von der Befragung der älteren Frau. Rainer zündete sich eine Zigarette an. Tim fiel auf, dass es seine erste Zigarette war seit sie heute Morgen losgefahren waren. Rainer schien seine Gedanken zu erraten. „Ja, ich weiß! Ich muss besser auf mich achten. Nicht, dass ich noch unfreiwillig zum Nichtraucher werde. Ich gelobe Besserung." Beide lachten, aber eine gewisse Schwere und Melancholie lastete auf ihrem Lachen.

8

Nachdem sich Tim und Rainer bei der Kriminaltechnik vergewissert hatten, dass diese keine Unterstützung benötigten, stiegen beide in den Dienstwagen, um zurück zur Mordkommission zu fahren.

„Und? Was hältst du von dem Fall?", wollte Rainer von Tim wissen. Tim überlegte kurz. „Das kann ich dir noch nicht sagen, dafür ist es noch zu früh. Ich muss die Eindrücke von heute erst einmal sacken lassen." Rainer nickte. Er wusste, dass Tims Gehirn bereits auf Hochtouren lief und er die Informationen von heute gerade gedanklich Stück für Stück sortierte und strukturierte. Er war jedes Mal von Tims Auffassungsgabe und seiner Effizienz beeindruckt. Rainer war sich sicher, dass Tim noch eine erfolgreiche Karriere bei der Kriminalpolizei bevorstand, denn er kannte keinen anderen Ermittler, der nur annähernd so gut war wie er. Für sich selbst hatte er da keine großen Hoffnungen auf eine Beförderung.

Als sie auf der Rückfahrt an der Waldstadt vorbeikamen, lief Rainer wieder zur Höchstform als Geschichtsdozent auf. Er berichtete davon, dass sie gerade über die Bundesstraße 96 fuhren, die hier über vierzig Jahre lang für alle Zivilisten gesperrt war, da sie durch das militärische Sperrgebiet der sowjetischen Armee führte. Nur über einen großen Umweg durch die umliegenden Dörfer war es damals möglich die andere Seite des Militärareals und die Bundesstraße wieder zu erreichen. „Da bin ich aber sehr froh, dass wir das zum Glück jetzt nicht mehr tun müssen und so deutlich schneller zur

Dienststelle zurückkommen", erwiderte Tim mit bewusst ironischem Unterton. Rainer verstand den Wink mit dem Zaunpfahl und lachte.

Tim musste an seine Frau denken und fragte sich, was sie gerade tat. ‚Bestimmt plante sie das Design ihrer nächsten Torte und skizzierte das Meisterwerk, wie sie es immer tat'. Er schickte ihr eine kurze Nachricht mit seinem privaten Smartphone, dass er an sie dachte und sie vermisste. Im nächsten Augenblick ärgerte er sich aber schon, dass er die Nachricht überhaupt versendet hatte. Er wollte nicht jedes Mal ein schlechtes Gewissen haben, nur weil er seine Arbeit liebte, sich auf jeden einzelnen Fall voll und ganz konzentrierte und alles für dessen Aufklärung gab. Überstunden zu leisten war dabei ein fester Bestandteil. Um den negativen Gedanken und Gefühlen zu entfliehen, wählte Tim die Telefonnummer seines Vorgesetzten, dem Leiter der Mordkommission.

Kriminalhauptkommissar Stefan Dittrich nahm den Anruf sofort entgegen, als ob er darauf gewartet hätte. „Hallo Chef, wir sind auf dem Rückweg. Ich wollte dir kurz berichten, was wir bisher in Erfahrung bringen konnten. Der Tote ist als Günther Ludwig mittels Personalausweis von uns identifiziert worden. Einen Tatzeugen haben wir bisher nicht finden können. Der Rechtsmediziner hat den Toten vor Ort begutachtet. Wir waren im Haus des Opfers. Die Kollegen der Kriminaltechnik sind noch dort. Günther Ludwig scheint Nachforschungen zur Vergewaltigung und dem Tod seiner Schwester betrieben zu haben. In seinem Arbeitszimmer hängen an einer Wand Fotos und Dokumente. Das könnte eine

Spur sein, die wir weiter verfolgen werden. Sein Smartphone haben wir im Haus sicherstellen können, einen Laptop leider nicht. Die Befragung der Nachbarschaft hat nichts Brauchbares ergeben. Günther Ludwig scheint regelmäßig mit einer Ute Hoffmann und einem Mike Kühn telefoniert zu haben. Alles Weitere berichten wir nach unserer Rückkehr." Tim hörte ein kurzes Räuspern am anderen Ende der Leitung. „Vielen Dank für die Informationen. Ich soll euch von Sven sagen, dass er bereits alle Hintergründe zu den von euch an ihn geschickten Namen der Familie Ludwig aus den verfügbaren Datenbanken zusammenträgt. Dr. Anna Richter hat euch sicherlich gesagt, dass wir nachher unsere erste gemeinsame Besprechung zu dem Fall haben werden. Wir sehen uns dann später."

Tim schätzte seinen Vorgesetzten sehr. Er war wie ein Mentor für ihn. Auch in den größten Stresssituationen bewahrte Stefan Dittrich immer Ruhe und hatte den Überblick. Schwieriger war es allerdings, ihm Feedback zu geben oder Kritik an seiner Art der Führung der Mordkommission zu geben. Da war er äußerst empfindlich, was Tim bei einem Verbesserungsvorschlag vor ein paar Jahren zu spüren bekommen hatte. Auf der anderen Seite ließ der Leiter der Mordkommission Tim und Rainer bei ihren Ermittlungen freie Hand, hielt ihnen den Rücken frei und bemühte sich eher als eine Art Coach im Hintergrund für beide da zu sein.

Der Rückweg kam Tim deutlich schneller vor als der Weg heute Morgen, obwohl Rainer die selbe Strecke fuhr. Wahrscheinlich lag es an der Vielzahl der neuen Eindrücke von heute, die Tims Gehirn gerade zu strukturieren versuchte. Genau das machte seine Stärke als Ermittler aus. In vielen Ermittlungen war seine Fähigkeit, die Informationen logisch zu dem großen Ganzen zusammenzusetzen, ein wesentlicher Schlüssel zur Aufklärung gewesen. Während Tim in allen Ermittlungen bisher sachlich und rational vorgegangen war, spürte er bei diesem Fall eine gewisse Emotionalität. Ihn beunruhigte diese Tatsache, da sie für ihn neu war. Aber er wusste auch was diese Emotionalität heute in ihm geweckt hatte.

Tim konnte bereits auf der linken Seite vor ihnen das weiße dreistöckige Haus der Polizeidirektion sehen, als Rainer plötzlich am Straßenrand anhielt. Neben ihnen war die Lieblingspizzeria von Rainer. Er konnte sich denken was Rainer hier wollte, fragte aber zur Sicherheit nach. „Warum hältst du denn kurz vor dem Ziel an? Weißt du, wie spät es schon ist?" Rainer nickte. „Doch, das weiß ich. Gleich fängt unsere abendliche Besprechung mit der Staatsanwaltschaft an. Aber da sollten wir nicht mit knurrendem Magen teilnehmen. Willst du deine Pizza auch mit doppelt Käse?" Tim lachte: „Gute Idee mit der Pizza. Ich zahle." Rainer stieg aus dem Dienstwagen. Tim folgte ihm in die Pizzeria.

Das Gebäude der Polizeidirektion war erst vor zwei Jahren fertig geworden. Der Vorgängerbau, gegenüber der jetzigen Direktion, war deutlich eher nach Tims Geschmack, der alte, geschichtsträchtige Gebäude liebte. Innen bot das neue Präsidium aber alles was man von einem modernen Bürogebäude erwartet. Tim und seine Kollegen hatten ausreichend Platz. Die Räume für Besprechungen und Vernehmungen lagen nicht weit von den Büros und waren funktional eingerichtet. Mit ihnen traf auch Dr. Anna Richter in der Mordkommission ein und blickte Tim und Rainer mit ihren acht Pizzakartons an. „Ich wusste gar nicht, dass Sie beide noch einer Nebentätigkeit als Pizzabote nachgehen.", sagte sie ironisch und steuerte auf den Besprechungsraum der Mordkommission zu. Rainer musste grinsen und beugte sich zu Tim. „Ich wusste gar nicht, dass die Staatsanwältin einen Hang zur Ironie hat."

9

Während Rainer die Pizzen in handliche Stücke schnitt und auf Teller verteilte, deckte Tim den Tisch im Besprechungsraum mit Tellern und Servietten. Im nächsten Moment kamen auch schon die anderen Teilnehmer der ersten Besprechung zu dem Fall an. „Leute, heute ist euer Glückstag. Wir haben die beste Pizza der Stadt mitgebracht. Greift zu und lasst es euch schmecken!", begrüßte Rainer sie mit überschwänglicher Euphorie.

Als Leiter der Mordkommission war Stefan Dittrich für die Besprechung verantwortlich. Er begrüßte neben der Staatsanwältin auch die Kollegen der Kriminaltechnik und einen Kollegen der Pressestelle der Polizeidirektion. Dann übergab er an Tim, der zunächst einen kurzen Überblick über den Ermittlungsstand und die Identität des Toten gab. „Liebe Kollegen, Sven Ziegler wird uns jetzt Einzelheiten zum Mordopfer Günther Ludwig und dessen Familie vorstellen". Mit diesen Worten übergab Tim das Wort an Sven Ziegler. „Danke Tim. Bisher konnten wir folgende Informationen zu dem Mordopfer in Erfahrung bringen." Auf dem an der Wand montierten Flachbildschirm blendete er eine Präsentation ein. „Ich möchte ihnen zunächst einen Überblick über die Familie von Günther Ludwig geben. Die beiden Eltern sind bereits verstorben. Seine Schwester hieß Beate und war ein Jahr jünger. Sie nahm sich mit siebzehn das Leben. Das Haus von Günther Ludwig war auch sein Elternhaus. Nach dem Tod der Eltern hatte er das Haus geerbt. Anscheinend hat er nie woanders gewohnt, denn bei den Einwohnermeldebehörden existiert keine andere Meldeadresse." Tims Vermutungen zu dem Haus hatten sich somit bestätigt. Die weiteren Ausführungen von Sven Ziegler zur Familie deckten sich mit den Angaben der befragten Nachbarn. Auf die Ermittlungsakte der Volkspolizei der DDR hatten sie bisher keinen Zugriff bekommen, darum wollte sich Stefan Dittrich später persönlich kümmern. Laut Sven Ziegler arbeitete Günther Ludwig seit achtundzwanzig Jahren beim Bauamt der Gemeinde Zossen.

Die Kriminaltechnik berichtete kurz, dass die Spurensicherung am Tatort abgeschlossen sei, sie aber im Haus von Günther Ludwig noch andauere. Mit ersten Ergebnissen konnten Tim und Rainer erst am Nachmittag des kommenden Tages rechnen. Die Staatsanwältin bestätigte die Obduktion des Opfers für den morgigen Nachmittag. Tim und Rainer teilten der Gruppe noch mit, dass sie morgen Freunde und Kollegen von Günther Ludwig befragen würden. Sven Ziegler würde seine Hintergrundrecherche von Günther Ludwig inklusive seiner Bankkonten fortsetzen. Die Staatsanwältin tauschte sich noch kurz mit dem Leiter der Mordkommission und dem Kollegen der Pressestelle aus, um eine Pressemitteilung für morgen vorzubereiten. Abschließend ergriff Stefan Dittrich das Wort. Tim konnte das, was jetzt kommen sollten, bereits auswendig nachsprechen. „Ihr seid alle schon lange bei der Kriminalpolizei und habt sehr viel Erfahrungen was solche Fälle betrifft. Wir haben alle für die Aufklärung dieses Falles notwendigen Fähigkeiten hier im Raum versammelt." Bevor er weiterredete, blickte er nach und nach jedem Teilnehmer in die Augen. „Ich erwarte von jedem der Anwesenden, dass ab sofort mit Hochdruck ermittelt und eng zusammengearbeitet wird. Ihr wisst schließlich, dass die ersten achtundvierzig Stunden entscheidend für den Ermittlungserfolg sind." Tim schaute Rainer an, der grinste. Welcher Ermittler kannte die Regel mit den achtundvierzig Stunden denn nicht? Somit war die Besprechung mit den letzten Worten des Leiters der Mordkommission beendet.

10

Mittlerweile war es schon halb acht. Sarah hatte Tim geschrieben, dass sie mit dem Abendessen auf ihn bis zwanzig Uhr warten würden. Er hatte sich darüber sehr gefreut, denn das gemeinsame Abendessen war so etwas wie ein Familienritual geworden. Eine gemeinsame Zeit um miteinander zu reden und die wenigen Stunden bewusst zusammen zu erleben. Tim dachte, dass sich so etwas für Paare ohne Kinder komisch anhören müsse, aber er wusste, wie schnell man aneinander vorbei lebte ohne zu wissen was der andere macht oder denkt.

Voller Vorfreude stieg Tim in sein Privatfahrzeug. Er würde bald zu Hause sein. Gleichzeitig plagte ihn jedoch das schlechte Gewissen. Denn mit dem Fahrrad war er in zwanzig Minuten zu Hause, mit dem Auto lediglich doppelt so schnell. Dafür war die Umweltbilanz des Autos deutlich schlechter als die des Fahrrads, wie seine Tochter ihm regelmäßig unter die Nase rieb. Er musste grinsen. Lea war mittlerweile zu einer jungen Frau herangewachsen. Mit ihren siebzehn Jahren war sie in Diskussionen mit ihren Eltern ihnen absolut ebenbürtig. Ihre Argumentationsketten waren beeindruckend. Wenn er Lea ansah, wurde ihm immer öfter deutlich, wie schnell die letzten siebzehn Jahre und damit auch sein Leben an ihm vorbeigezogen war. Sie hatten sie damals sehr jung bekommen, als Tim noch bei der Bundeswehr als Reserveoffizier in Hannover stationiert war. Zwei Jahre später begann er seine Ausbildung bei der Kriminalpolizei und sie zogen als Familie nach Brandenburg an der Havel. In letzter Zeit bemerkte Tim aber immer öfter Spannungen zwischen ihm und seiner Tochter. Wenn er ihr Zimmer betrat, verdeckte Lea ihr Smartphone und regte sich darüber auf, dass er nicht anklopfte. Lea wirkte oft launisch und antworte häufig gereizt, wenn er sie ansprach. Er schob es auf das Erwachsenwerden, mit dem zugehörigen Abkapseln von den Eltern. Aber er merkte auch, wie schwer es ihm fiel loszulassen und ihr mehr Freiraum zu geben. Tim wusste, dass es nicht mehr lange dauern würde, bis seine Tochter ihr eigenes Leben leben würde.

Um Beruf und Familienleben unter einen Hut zu bekommen, hatte Sarah vor drei Jahren die Idee, sich als - „neudeutsch" - Cake Designerin selbstständig zu machen. Dabei entwarf sie nicht nur Torten für besondere Familienanlässe, sondern gab in kleinen Workshops Anregungen und Hilfestellungen für die Tortenkunst. Immer wenn diese Workshops zu Hause stattfanden, suchte Tim das Weite und verabredete sich mit Freunden. Der Lärm bei einer solch großen Frauengruppe war ohrenbetäubend. Den Teilnehmerinnen schien es mehr um die Geselligkeit an sich als das Tortenbacken zu gehen. Tim war stolz auf seine Frau, dass sie den Schritt in die Selbstständigkeit gewagt hatte und so erfolgreich wurde.

Als Tim an ihrem zweistöckigen, weiß verputzten Haus vorfuhr, stand Sarahs schwarzer Kombi mit der auffälligen, rosafarbenen Aufschrift „SB Cakedesign" an den Seitentüren vor der Garageneinfahrt. Tim schloss die Haustür auf und wurde schwanzwedelnd und jaulend von Lasse begrüßt. Tim rieb es Sarah und seiner Tochter fast täglich unter die Nase, dass der braune Labrador ihn deutlich herzlicher begrüßte als die beiden anderen Familienmitglieder. Als er das Haus betrat, saßen Sarah und Lea schon am Esstisch und hatten bereits mit dem Essen begonnen. „Hallo Papa. Dann essen wir also heute wirklich mal wieder zusammen!" Lea schien heute gute Laune zu haben. Tim mochte ihre Ironie. „Ich bin auch froh mit euch essen zu können. Danke, dass ihr beide auf mich gewartet habt", antwortete Tim. Lasse begleitete Tim zu seinem Sitzplatz, ohne ihn aus den Augen zu verlieren. Tim gab Sarah einen Kuss auf die

Wange und setzte sich. Lea zog ihren Kopf weg, als Tim ihr auch einen Kuss geben wollte.

Während sie aßen, berichtete Lea ausgiebig von ihrem heutigen Schultag und ihrem Fußballtraining. Beim Abräumen hatten Tim und Sarah endlich Gelegenheit sich miteinander zu unterhalten. Lea war nach oben in ihr Zimmer gestürmt. „Lea hat heute ja auffällig gute Laune. Das freut mich für sie, aber auch für uns", sagte Tim mit einem Zwinkern. Sarah nickte, „ich glaube, sie ist verliebt", antwortete Sarah. „Fang jetzt nicht an dich aufzuregen! Sie ist siebzehn Jahre alt, da gehören Jungs nun mal zum Leben dazu." Sarah hatte seinen Gedanken erraten. Tim fiel es schwer, sich seine Lea mit einem Jungen vorzustellen. „Du hast absolut Recht, das gehört zum Leben dazu. Ich brauche nur etwas Zeit, um mich an den Gedanken zu gewöhnen", antwortete Tim und nahm Sarah in den Arm. „Schatz, wir haben von unseren Nachbarn, den Meiers, für morgen Abend eine kurzfristige Einladung zu einer Gartenparty erhalten. Das Wetter ist gerade so schön und sie würden gerne mit der kompletten Nachbarschaft einen gemeinsamen Abend verbringen. Lass uns da auf jeden Fall zusammen hingehen.", schlug Sarah vor. Dabei sah sie ihn liebevoll an. Tim merkte, wie es ihm den Hals zuschnürte. Seine Frau sah in diesem Moment mal wieder sehr hinreißend aus. Aber er wusste, dass er gleich ihre Enttäuschung und Wut wecken würde. „Das ist aber sehr kurzfristig, oder? Veranstaltet man denn Gartenpartys nicht am Wochenende, wenn auch alle Gäste kommen können? Und überhaupt: Wie wollen Meiers denn die Gartenparty so kurzfristig vorbereiten? Müssen die nicht auch arbeiten?", fragte Tim. Er konnte die Wut in Sarahs blitzenden Augen schon während seiner Worte aufsteigen sehen. Aber es war zu spät um es ungeschehen zu machen. Ihr Gesicht wurde steinern. Der folgende Monolog kam Tim unendlich lang und vorwurfsvoll vor. „Anstatt dich zu freuen, dass unsere Nachbarn uns einladen, hast du etwas daran auszusetzen! Wenn es nach dir ginge, würden wir nur zuhause sitzen. Vorausgesetzt natürlich, du bist nicht in der Mordkommission. Wie oft soll ich dir noch erklären, dass Arbeit nicht alles im Leben ist?"

Wortlos nahm Tim die Hundeleine vom Haken neben der Haustür und ging mit Lasse raus. Er schätzte Lasse nicht nur als treuen Begleiter, sondern auch sein Gespür für menschliche Stimmungen. Lasse stupste Tim während des Spaziergangs am See mehrmals an, als ob er Tim aufmuntern wollte. „Eine Aufmunterung kann ich jetzt gut gebrauchen", dachte Tim und beschloss, eine große Runde mit Lasse zu gehen. Als Tim von seinem Spaziergang wiederkam, nahm er das Halsband seines Gefährten ab. Der lief direkt in sein Körbchen und rollte sich ein. Im Haus war es dunkel. Scheinbar sind Sarah und Lea schon schlafen gegangen', dachte Tim. Er schaute kurz bei Lea vorbei, die friedlich schlief und schloss ihre Zimmertür. Und mit einem kurzen Blick ins Schlafzimmer bestätigte sich Tims Vermutung.

Kapitel 3

11

Am nächsten Morgen fuhr Tim zunächst zur Polizeidirektion, um sein privates Fahrzeug mit einem Dienstwagen der Mordkommission zu tauschen. Tim und Rainer hatten heute Morgen am Telefon vereinbart, dass Tim die Befragungen der beiden Freunde und Arbeitskollegen von Günther Ludwig vornehmen sollte. Rainer wollte währenddessen in Ruhe die Dokumente aus Günther Ludwigs Haus durchsehen, die die Kriminaltechnik mittlerweile vorbeigebracht hatte.

Tim fuhr die gleiche Strecke, die Rainer und er gestern Morgen auf dem Weg zum Tatort genommen hatten. Auch heute war auf der Autobahn nur der übliche Verkehr und kein Stau, was Tim erleichtert zur Kenntnis nahm. Denn da Tim nur Befragungen durchführte, war der Einsatz von Blaulicht und Martinshorn nicht erlaubt. Aber auch so würde er pünktlich zum Termin mit dem Baudezernenten Manfred Schneider, Günther Ludwigs Chef, erscheinen. Auf der Fahrt dachte Tim nochmals über alle Informationen nach, die sie bisher gesammelt hatten. Sie wussten, dass Günther Ludwig von seinem Haus mit dem Fahrrad zum Tatort gefahren war. Tim ging aktuell davon aus, dass er auf direktem Weg dorthin gefahren war. Nach einer Fahrradtour am späten Abend sah es nicht unbedingt aus. Da er nicht auf seinem Fahrrad angegriffen worden war, sondern es an die Schranke am Tatort gelehnt hatte, wollte er sich wahrscheinlich mit jemandem treffen. Die Frage war nur mit wem? Merkwürdig, dass sie keinen Haustürschlüssel bei der Leiche finden konnten. Ein Schlüsselbund hatte auf dem Küchentisch in Günther Ludwigs Haus gelegen. Hatte er ihn zuhause vielleicht vergessen? Und wo war sein Laptop? Hoffentlich konnte Tim ihn gleich im Bauamt sicherstellen. Und wenn nicht? Momentan hatte Tim viel mehr Fragen als Antworten. Aber das machte ihn keineswegs nervös. Er wusste, dass dies völlig normal war nach den ersten vierundzwanzig Stunden eines Mordes und kein Grund zur Beunruhigung. Die letzte Viertelstunde der Fahrt konzentrierte sich Tim auf die Fragen, die er Günther Ludwigs Chef und seinen Arbeitskollegen gleich stellen wollte.

12

Als Tim vor dem dreistöckigen Rathaus, das aus roten Backsteinen gebaut war, anhielt, hatte er noch etwas Zeit bis zu seinem Termin. Er nutzte sie und ging langsam über den Rathausplatz. Vor dem Rathaus standen mehrere Fahrräder unter einem überdachten Fahrradständer. Günther Ludwigs Haus lag von hier nur etwa acht Kilometer entfernt. Es war gut möglich, dass er jeden Tag mit dem Fahrrad zur Arbeit gefahren ist. Das wollte Tim gleich erfragen.

Nachdem er am Empfang seinen Ausweis gezeigt und seinen Termin mit dem Leiter des Bauamtes mitgeteilt hatte, dauerte es nur kurz, bis auf Tim ein großer und kräftiger Mann mit zügigen Schritten zuging. Tim schätze ihn auf Anfang fünfzig. Er trug einen dunklen Anzug und dazu ein weißes Hemd mit einer dezenten

Krawatte. Bei seinem zügigen Gang rutschte das Jackett zurück und gab einen Blick auf seinen Bierbauch frei. Tim vermutete, dass es sich um Manfred Schneider, den Leiter des Bauamtes, handelte. Und damit sollte er Recht behalten.

„Guten Tag, mein Name ist Manfred Schneider. Sie müssen Herr Beck von der Polizei sein. Ich habe sie bereits erwartet", sagte er und gab Tim die Hand. Tim zeigte seinen Ausweis, „Vielen Dank für ihre Zeit, Herr Schneider. Ich ermittle im Todesfall Günther Ludwig und würde Ihnen gerne ein paar Fragen stellen." Er nickte zustimmend und bat ihn, ihm in den linken Flur des Rathauses zu folgen, wo die Dienstzimmer des Bauamtes untergebracht waren. Der Flur war ockerfarben gestrichen, der Boden mit anthrazitfarbenem Linoleum ausgelegt. ‚Genau so stellt man sich einen Flur in einem Verwaltungsgebäude vor', dachte Tim. Dabei fiel ihm ein, dass der Flur der Mordkommission im alten Gebäude damals nicht besser ausgesehen hatte.

Manfred Schneider trat durch eine Tür, hinter der eine jüngere Frau am Schreibtisch saß. Offensichtlich die Sekretärin, mit der Tim den Termin vereinbart hatte. Tim schätzte sie höchstens auf Anfang dreißig. Ihre schwarzen, kurzen Haare und die rechteckige Brille betonten ihr kantiges Gesicht. Sie lächelte Tim an und begrüßte ihn, während sie an ihrem Schreibtisch sitzen blieb. „Hallo Herr Beck, schön, sie persönlich kennenzulernen."

Nachdem Tim sie kurz begrüßt hatte, ging er mit Manfred Schneider in das dahinter liegende Büro. Das

Büro war großzügig geschnitten. Neben einem Schreibtisch, sowie einem großen Besprechungstisch, enthielt es eine Sitzgruppe mit zwei Sesseln und einem Beistelltisch. Die Möbel sahen modern aus. Überhaupt war das Büro geschmackvoll eingerichtet. Manfred Schneider sah Tims Blick. „Sieht toll aus, oder? Meine Frau hat einfach ein Talent für Inneneinrichtungen. Es ist ihr Hobby, Wohnideen aus Zeitschriften in die Realität umzusetzen. Ihr habe ich es zu verdanken, dass aus dem alten, dunklen Büro meines Vorgängers ein gemütlicher Ort zum Arbeiten entstanden ist. Meine Frau war der Meinung, dass ich schließlich so viel Zeit in meinem Büro verbringen würde, dass es wenigstens gemütlich eingerichtet sein sollte." Ein großes eingerahmtes Foto der Ehefrau konnte Tim von der Sitzecke, wo er mit dem Leiter des Bauamtes Platz genommen hatte, ausmachen. „Kann ich Ihnen eine Tasse Kaffee anbieten?" Manfred Schneider wartete die Antwort von Tim nicht ab, sondern goss aus der vor ihnen stehenden Kaffeekanne erst sich und dann Tim in eine Porzellantasse mit Blümchenmuster ein. Solche Tassen kannte Tim nur von seinen Großeltern und Tanten. ‚Wahrscheinlich hatte die ihm seine Ehefrau nicht mitgegeben, denn die passen nicht zum Rest der Einrichtung', dachte Tim.

„Ich bin immer noch fassungslos, dass Günther so abrupt aus dem Leben gerissen wurde. Alle Kollegen sind zutiefst geschockt. Vorgestern hat Günther hier im Bauamt noch in seinem Büro gearbeitet und nun soll er tot sein. Was ist denn mit ihm passiert?", fragte Manfred Schneider fassungslos. Tim beobachtete ihn dabei und er schien wirklich erschüttert zu sein. Er erzählte ihm nur das Nötigste, um die Ermittlungen nicht zu gefährden. „Wann genau haben Sie Günther Ludwig denn zum letzten Mal gesehen?", wollte Tim von ihm wissen. „Lassen Sie mich kurz überlegen. Es muss vorgestern gegen siebzehn Uhr gewesen sein. Günther wollte pünktlich Feierabend machen. Er kam noch hier ins Büro und hat sich von mir verabschiedet", antwortete Manfred Schneider. „War irgendwas an ihm anders als sonst? Ist Ihnen etwas aufgefallen?", fragte Tim. „Nein, Günther war eben Günther. Auch vorgestern hat er nur das Nötigste geredet. Er wirkte so wie immer." Tim wechselte das Thema. „Können Sie mir bitte beschreiben, was Günther Ludwig genau hier im Bauamt getan hat? Was waren seine Aufgaben?" Nachdem Manfred Schneider ausführlich erläutert hatte, welche Aufgaben das Bauamt hat, wie es unter seiner Leitung gegliedert ist und welche Aufgaben Günther Ludwig habe, konnte sich Tim ein erstes Bild machen. Er war einer von zwei Mitarbeitern, die für die Entwicklung der Waldstadt zuständig sind, was unter anderem das von Tim am Vortag gesehene Neubaugebiet betraf. Dazu hatte er nicht nur einen Bebauungsplan für die Neubaugebiete entwickelt, sondern auch die Ausschreibungen für die Investoren begleitet. Der Leiter des Bauamtes erklärte, dass noch mindestens zwei weitere Neubaugebiete in Planung seien und dass das Konzept einer Öko-Stadt in Waldstadt sich in der Ausplanung befand. Aufgrund der Bedeutung dieses Konzeptes war dies natürlich Chefsache. Manfred Schneider begleitete die Realisierung, wie er es umschrieb.

Tim hatte genug gehört. „Vielen Dank Herr Schneider. Ich würde mir jetzt gerne das Büro von Günther Ludwig anschauen und danach mit jedem Ihrer Mitarbeiter einzeln über ihn sprechen." Manfred Schneider nickte verständnisvoll. „Selbstverständlich! Ich werde Ihnen persönlich das Büro zeigen. Für Ihre Gespräche können Sie dann gerne unseren Besprechungsraum auf der anderen Seite des Flures nutzen. Wie Sie sich sicherlich vorstellen können, sind die Kollegen sehr geschockt über den Tod von Günther. Daher halte ich es für eine gute Idee, dass ich bei den Gesprächen dabei bin. Sie verstehen schon, damit sich meine Mitarbeiter nicht noch unwohler fühlen." Tim schaute ihn überrascht an und wurde mit seiner Bitte nun deutlicher. „Herr Schneider, ich weiß ihre Unterstützung wirklich zu schätzen. Aber ich werde Ihre Mitarbeiter einzeln und alleine befragen müssen. Natürlich werde ich dabei behutsam vorgehen. Machen Sie sich deswegen keine Sorgen um Ihre Mitarbeiter." Der Leiter des Bauamtes blickte Tim an und schien zu überlegen, was er erwidern sollte. Aber dann stand er auf. „Ich habe verstanden. Dann zeige ich Ihnen mal das Büro von Günther."

Er begleitete Tim in Günther Ludwigs Büro. An dem Schreibtisch gegenüber, der ihm einst gehörte, saß ein Mann den Tim auf Mitte dreißig schätzte. Es handelte sich um den zweiten Mitarbeiter, der für die Waldstadt zuständig war. Der Schreibtisch Günther Ludwigs sah aufgeräumt aus – außer einem Bildschirm, einer Tastatur und Funkmaus lag nichts auf dem Schreibtisch. Die Schreibtischschubladen waren unverschlossen. Als Tim sie nacheinander öffnete, entdeckte er nur Büromaterial wie Stifte, Papier, Taschenrechner und Textmarker. Kein Laptop! Manfred Schneider beobachtete Tim argwöhnisch. „Und? Haben Sie etwas gefunden?" Tim richtete sich auf und schaute den Leiter des Bauamtes an. „Nein. Aber da ich jetzt den Arbeitsplatz von Günther Ludwig gesehen habe, würde ich gerne mit der Befragung Ihrer Mitarbeiter beginnen." Manfred Schneider nickte kurz. Bevor Tim das Büro verließ, sagte er in Richtung des Bürokollegen gewandt, „wir sehen uns gleich noch bei der Befragung. Sie werden dann informiert, wenn es soweit ist." Manfred Schneider ergänzte noch schnell „Machen Sie sich keine Sorgen, das ist nur eine Routinebefragung der Polizei!" Tim verließ mit ihm das Büro und ging zu dem Besprechungsraum, um mit der Befragung zu beginnen.

Tim sprach nacheinander mit allen Kollegen, mit denen Günther Ludwig im Bauamt regelmäßig zusammengearbeitet hatte. Die Liste der Personen hatte ihm die Sekretärin von Manfred Schneider ausgedruckt. Freundlicherweise hatte sie diese ebenso per Mail an die Mordkommission gesandt. So konnte Tims Kollege Sven Ziegler die Mitarbeiter später nochmals genauer überprüfen. Am längsten dauerte das Gespräch mit dem Kollegen von Günther Ludwig, mit dem er das Büro geteilt hatte. Die Sekretärin stellte sicher, dass alle Mitarbeiter nacheinander ohne Verzögerung zur Befragung erschienen.

Alle berichteten übereinstimmend, dass Günther Ludwig sehr verschlossen gewesen war und immer traurig aussah. Einige vermuteten sogar, dass er nur wenig Lebensfreude zu haben schien. Über sein

Privatleben wussten die Kollegen nichts, da er nicht darüber sprach. Als Kollege wurde er von allen in den höchsten Tönen gelobt. Nicht nur für seine hohe Fachkompetenz, sondern auch für seinen Fleiß. Er zeigte aber keine Ambitionen bezüglich seiner Karriere. Seine derzeitige Beschäftigung schien ihn auch so auszufüllen. Alle Kollegen machten auf Tim den Eindruck sehr betroffen von dem Tod Günther Ludwigs zu sein. Als Tim nach Konflikten fragte, ergaben sich keine konkreten Hinweise. Nur bei Diskussionen fachlicher Art in Besprechungen. Auch Manfred Schneider konnte Tim hierbei nicht weiterhelfen.

Vor seinem Tod hatte Günther Ludwig mit seinem Teamkollegen an der Ausschreibung für das Neubaugebiet III gearbeitet. Diese beinhaltete nicht nur den Verkauf der Grundstücke mit anschließender Bebauung durch einen Investor, sondern auch den Abriss der dort vorhandenen Militärbaracken aus Zeiten der Sowjetarmee.

Zum Verbleib des privaten Laptops von Günther Ludwig konnte niemand Angaben machen. Sein Bürokollege erinnerte sich lediglich daran, dass er den Laptop manchmal zur Arbeit mitbrachte. „Während wir Kollegen meistens gemeinsam die Mittagspause verbrachten, war Günther nur selten dabei. Er beschäftige sich lieber alleine mit anderen Dingen an seinem privaten Laptop. Als ich ihn mal fragte, was er da mache, kam von ihm keine wirkliche Antwort. Das kam mir schon komisch vor. Ich wollte aber auch nicht weiter nachhaken.", schilderte er. Jetzt wusste Tim zumindest, dass die Dockingstation zu Günther Ludwigs privatem

Laptop und nicht zu einem aus dem Bauamt gehörte. Allerdings war der Laptop noch immer nicht gefunden worden.

Als Tim mit allen gesprochen hatte, ging er zurück zum Büro von Manfred Schneider. „Vielen Dank für Ihre Unterstützung, Herr Schneider. Für heute habe ich erst einmal alles, was ich brauche. Falls noch weitere Fragen aufkommen sollten, melde ich mich bei Ihnen. Eine Bitte habe ich dennoch. Stellen Sie sicher, dass niemand den Arbeitsplatz von Günther Ludwig verändert, bis wir Ihnen etwas Gegenteiliges mitteilen." Der Leiter des Bauamtes war inzwischen von seinem Schreibtisch aufgestanden. „Ich freue mich, wenn meine Mitarbeiter und ich Sie bei der Aufklärung des Todes von Günther unterstützen konnten. Bitte kontaktieren Sie mich, wenn Sie noch Fragen haben." Sie reichten sich die Hand zur Verabschiedung. Tim ging zu seinem Dienstfahrzeug. Seine Armbanduhr verriet ihm, dass er mit seinen Befragungen im Zeitplan lag.

Es war fast Mittag und er wollte sich gleich mit den beiden Freunden von Günther Ludwig in der Waldstadt treffen. Auf dem Weg zu seinem Wagen dachte er weiter über die Gespräche der letzten Stunden nach. Er konnte nachvollziehen, dass Manfred Schneider genau wissen wollte, was die Kriminalpolizei im Bauamt untersuchte. Denn bei der Öko-Stadt Waldstadt schien es sich um ein besonderes Projekt zu handeln, das sicherlich auch wichtig seine Karriere war. Aber irgendwie fand er seinen Wunsch, bei den Befragungen dabei sein zu dürfen, sehr ungewöhnlich. ‚Vielleicht hat er eine Art Kontrollzwang und möchte alles wissen, was in seinem Bauamt passiert', dachte Tim. Ansonsten hatten die Befragungen kaum etwas Neues ans Licht befördert. Hier schien sich keine weitere Spur für Tim und Rainer zu ergeben.

Tim stieg in das Auto und fuhr in Richtung Waldstadt.

13

Auf dem Weg dorthin hielt Tim an der Autowerkstatt, in der Mike Kühn arbeitet. Da Tim in dem Haus von Günther Ludwig ein Foto von zwei Jungen in Uniform der Thälmann Pioniere gesehen hatte und in der Anrufliste von Günther Ludwigs Smartphone neben Ute Hoffmann oft die Nummer von ihm erschien, vermutete er, dass beide eng miteinander befreundet waren. Tim hoffte, dass er ihm nähere Informationen zu den Umständen der damaligen Vergewaltigung geben konnte.

Er parkte das Dienstfahrzeug neben dem Büroeingang der Autowerkstatt und schaute sich erstmal auf dem Hof um. ‚Die Werkstatt scheint gut zu laufen', dachte Tim als er die große Anzahl an Fahrzeugen betrachtete. ‚Das mussten mindestens zwanzig Autos sein'. Das zweigeschossige Gebäude war mit vier Rolltoren ausgestattet, hinter denen die Arbeiten an den Fahrzeugen der Kunden vorgenommen wurden. Das Obergeschoss hatte zehn gleich große Fenster. Tim ging davon aus, dass dort Büros, Pausen- und Umkleideräume untergebracht waren. Links neben dem Gebäude befand sich ein kleiner Anbau. Über der Eingangstür stand in großen Buchstaben „Büro". Seitlich war ein großes Plakat angebracht, das das Leistungsverzeichnis der Autowerkstatt beschrieb.

Tim ging in das Büro, in dem ein älterer Mann und zwei Frauen mittleren Alters hinter ihren Schreibtischen saßen. Neben den drei Schreibtischen befand sich in einer Ecke ein Wartebereich für die Kunden. Der ältere Mann stand von seinem Schreibtisch auf und ging auf Tim zu. Tim schätzte ihn auf Ende fünfzig. Die auf dem Kopf verbliebenen Haare waren schneeweiß. Der Mann lächelte ihn freundlich an.

„Wie kann ich Ihnen helfen?", fragte er Tim. Tim zeigte seinen Ausweis. „Ich würde gerne mit Mike Kühn sprechen. Er arbeitet doch hier bei Ihnen?" Der Mann nickte. „Ja, Mike arbeitet hier bei mir. Er ist einer unserer besten Mechaniker. Ich könnte mehr von seiner Art gebrauchen. Geht es um den Tod seines besten Freundes?" Tim nickte. „Ich hole Mike. Sie beide können sich dann im Obergeschoss in Ruhe unterhalten", sagte der Mann und verschwand durch eine Tür in den Werkstattbereich, die Tim bis jetzt nicht bemerkt hatte.

Einen Augenblick später kam er mit einem weiteren Mann zurück. Der trug einen blauen Mechaniker-Overall mit dem Logo der Autowerkstatt und sah blass aus. Das musste Mike Kühn sein. Er schlurfte zwei Schritte mit gesenktem Blick und hängenden Schultern hinter seinem Chef her. Der Anblick war irgendwie merkwürdig. Denn sein Auftreten passte überhaupt nicht zu Mike Kühns kräftiger und großer Körperstatur. Als er vor Tim stand, konnte dieser die Ränder unter seinen Augen sehen. Die Augenlider waren vermutlich vom

Weinen gerötet. Tim gab ihm die Hand und stellte sich kurz vor. Mike Kühns Chef schob beide zur Treppe zum Obergeschoss. Vermutlich wollte er sich und seinen beiden Mitarbeiterinnen das anstehende Gespräch zwischen Tim und Mike Kühn ersparen.

Oben angekommen führte er Tim in einen kleinen Raum, der, neben einem Schreibtisch, mit einem weiteren Tisch und zwei Stühlen ausgestattet war. Sie setzten sich und Mike Kühn seufzte. Seine kurzen dunkelblonden Haare waren durch graue Strähnen durchsetzt. An seinen Schläfen konnte Tim erste kahle Stellen sehen. Trotz des fülligen Gesichts und der leicht übergewichtigen Figur hatte Mike Kühn eine attraktive Ausstrahlung und wirkte sicherlich anziehend auf Frauen. Er schien nur körperlich anwesend und in Gedanken weit weg zu sein. Tim fing direkt mit der Befragung an und sparte sich den Smalltalk. Er schaltete sein Diktiergerät ein und sprach zunächst die formale Einleitung, mit Ort, Name der Teilnehmer und Angaben zum Fall. Am Abend würde er sein Diktiergerät zum Erstellen der Protokolle für alle heutigen Befragungen in der Mordkommission abgeben. „Wann haben Sie Günther Ludwig zum letzten Mal gesehen oder gesprochen?", fragte er. Mike Kühn schien kurz zu überlegen und erwiderte: „Gesehen haben wir uns letzten Sonntag in unserer Stammkneipe. Da war Günther so wie immer. Vorgestern Nachmittag hat er mich dann angerufen und unser geplantes Treffen mit mir und Ute für den Abend abgesagt." Mike Kühn schluckte, da ihm klar wurde, dass das der Abend war, an dem Günther Ludwig getötet wurde. „Was ist bloß mit Günther passiert? Wer hat ihn getötet?", wollte er von Tim wissen. Tränen schossen ihm in die Augen. „Günther Ludwig wurde am Rand des Neubaugebietes ermordet. Mehr kann ich ihnen aktuell nicht zu den laufenden Ermittlungen sagen", antwortete Tim ruhig und reichte ihm ein Taschentuch. „Kann ich Günther noch einmal sehen? Ich würde mich gerne von ihm verabschieden." „Der Leichnam liegt derzeit bei der Rechtsmedizin zur Untersuchung. Sowie er freigegeben wurde, werden wir sie informieren. Sie können die Beerdigung und Trauerfeier aber schon vorbereiten", teilte ihm Tim mit. Mike Kühn nickte und putzte seine Nase.

Tim nutzte die Pause und wollte das Gespräch wieder in Richtung Günther Ludwig lenken. „Hat Günther Ludwig Ihnen erzählt, mit wem er sich vorgestern Abend treffen wollte?" Er schaute Tim an und schüttelte den Kopf. „Nein. Er sagte mir nur, dass er sich kurzfristig mit jemanden treffen müsste, um ein paar Fragen zu klären. Mehr wollte er mir nicht sagen, obwohl ich zweimal nachgehakt habe", antwortete Mike Kühn. „Kam ihnen das nicht merkwürdig vor?", fragte Tim. „Ehrlich gesagt, nein, denn Günther war sehr verschlossen, insbesondere was seine Nachforschungen anging." Er blickte zu Boden, anscheinend war ihm dieses Thema unangenehm. „Sie meinen, die Nachforschungen zur Vergewaltigung und dem Tod seiner Schwester?", hakte Tim nach. „Ja", hauchte Mike Kühn jetzt leise. Tim beugte sich vor, um ihn besser zu verstehen. „Günther war richtig besessen davon, die Vergewaltiger von Beate zur Strecke zu bringen. Er war überzeugt, dass die drei sowjetischen Soldaten Beate in den Tod getrieben haben." Er blickte aus dem Fenster. Tim hatte das Gefühl,

Mike Kühn benötigte einen Moment um seine Gefühle unter Kontrolle zu bekommen. „Was wissen Sie über die Nachforschungen von Günther Ludwig?", fragte ihn Tim. „Früher hat er mir viel über seine Nachforschungen erzählt, aber vor ein paar Monaten hatte ich Günther darum gebeten, mir nichts mehr davon zu berichten. Ich konnte es einfach nicht mehr ertragen, ständig an den damaligen Abend erinnert zu werden. Irgendwie fühlte ich mich mit schuldig an der Vergewaltigung von Beate, weil wir sie nicht nach Hause gebracht hatten. Ich musste damit abschließen, um weiterzuleben. Können Sie das verstehen?" Mike Kühn blickte Tim jetzt mit traurigem Gesichtsausdruck tief in die Augen. Tim nickte zustimmend, er konnte das sogar sehr gut verstehen. Aber das würde er ihm nicht sagen.

Mike Kühn berichtete weiter, was er von den Nachforschungen wusste. Günther Ludwig hatte anscheinend die drei Namen der Vergewaltiger sowie dazugehörige Akten der damaligen Ermittlungen der Volkspolizei erhalten. Er war gezielt auf der Suche nach den Dreien. Wie weit er damit vorangekommen war, wusste Mike Kühn nicht. „Er war mein bester Freund. Wir kannten uns seitdem wir Kinder waren. Er fehlt mir so.", seine Augen füllten sich erneut mit Tränen. Tim lenkte das Gespräch auf den verschwundenen Laptop und den Schlüsselbund. Mike Kühn konnte zu diesem Thema nicht weiterhelfen, allerdings kannte er Günther Ludwigs Gewohnheiten bezüglich des Haustürabschließens. „Günther schloss eigentlich immer die Haustür ab und nahm seinen Schlüssel mit. Aber manchmal, wenn er in Gedanken zu sehr mit seinen Nachforschungen beschäftigt war, zog er die Haustür nur zu und vergaß seinen Schlüssel. Das war aber kein Problem, denn Günther hatte einen Ersatzschlüssel unter dem Blumentopf an der Hauswand Richtung Garten versteckt". Tim wollte wissen, wer sonst noch von dem Versteck wusste. „Nur Ute und ich, da bin ich mir ganz sicher!" Vor der Rückfahrt zur Direktion nahm er sich vor, nach dem Schlüssel im Versteck zu schauen. Die Frage, wer Zugang zum Haus von Günther Ludwig hatte, würde aufgrund des verschwundenen Laptops noch näher zu untersuchen sein.

„Und wann waren Sie das letzte Mal im Haus von Günther Ludwig?", fragte Tim. Mike Kühn schien irgendwie zu zögern. Tim blickte ihn erwartungsvoll an. „Also, wann waren Sie zum letzten Mal in dem Haus?", wiederholte Tim. „Um genau zu sein, am letzten Sonntag", antwortete er. Tim sah ihn erstaunt an. „Aber Sie sagten doch, dass Sie mit Günther Ludwig in Ihrer Stammkneipe waren?" Mike Kühn nickte. „Ja, das stimmt auch. Ich bin mit Günther danach noch zu ihm nach Hause gegangen." Er wirkte jetzt angespannt, Schweißperlen standen auf seiner Stirn und er rutschte unruhig auf seinem Stuhl hin und her. „Und was wollten Sie noch bei ihm zu Hause?", hakte er nach. „Ich habe ihn halt nach Hause gebracht und Günther hat mich noch hineingebeten." Tim beugte seinen Oberkörper vor, um seinen folgenden Worten mehr Nachdruck zu verleihen. „Herr Kühn, Sonntagabend war das letzte Mal, dass Sie Ihren Freund Günther Ludwig gesehen haben. Wir benötigen für unsere Ermittlungen jeden Hinweis, der zur Aufklärung des Mordes an Ihren Freund beiträgt. Also erzählen Sie mir jetzt bitte genau, was an diesem Abend passiert ist und lassen Sie sich nicht jedes Wort aus der Nase ziehen!"

Mike Kühn wich auf seinem Stuhl etwas zurück und nickte eifrig. Tims Worte schienen ihre Wirkung nicht zu verfehlt zu haben. „Also gut! Ich hatte Günther darum gebeten, mir Geld zu leihen. Mein Traum war es doch schon immer, meine eigene Autowerkstatt zu eröffnen. Und jetzt endlich steht hier in der Nähe eine Werkstatt zum Verkauf. Aber ich habe nicht genug Geld, um den Betrag aufzubringen. Die Bank leiht mir auch nichts, da ich den Hauskredit noch abzahlen muss." Er saß zusammengesunken in seinem Stuhl. „Wieviel Geld sollte Ihnen Ihr Freund denn leihen?", wollte Tim wissen. „Ich brauche siebzigtausend Euro." Tim sah Mike Kühn länger an und versuchte in seinen Augen zu erkennen, ob er die Wahrheit sagte. Aber er konnte kein verräterisches Zucken der Augenlider erkennen. „Wieso glaubten Sie, dass Ihnen Günther Ludwig diesen Betrag leihen würde?" Mike Kühn schien immer nervöser zu werden. „Günther hat doch das Haus und Ersparnisse von seinen Eltern geerbt. Außerdem hatte er mir erzählt, dass er den Großteil seines Gehaltes zur Seite legt, weil er so sparsam lebte. Aber obwohl Günther das Geld hatte, wollte er mir das Geld nicht leihen." Die Befragung war in den letzten Minuten in eine völlig unerwartete Richtung gelaufen. Tim hatte das Gefühl, dass er jetzt Mike Kühn nicht vom Haken lassen sollte, bis er sich ein umfassenderes Bild machen konnte. „Was hat er zu ihrer Bitte konkret gesagt?", bohrte er nach. „Er sagte mir, dass er mir als sein bester Freund gerne helfen wolle.

Aber ohne eine klare Vorstellung und einen durchdachten Plan, wie ich mich selbstständig machen und damit erfolgreich meinen Lebensunterhalt verdienen wolle, kam das für ihn nicht in Frage. Er sagte, dass er mich vor mir selbst beschützen wolle." Der Blick von Mike Kühn glitt zum Fenster. „Und was ist danach passiert?" Er fuhr fort und sagte: „Dann bin ich wortlos aufgestanden und nach Hause gegangen. Als ich meinen besten Freund das letzte Mal gesehen habe, sind wir im Streit auseinander gegangen. Und damit muss ich jetzt leben." Tim beschloss, die Befragung für heute zu beenden. Aber er würde die Angaben nachprüfen lassen.

Er verabschiedete sich von Mike Kühn, der langsam zurück in Richtung Werkstatt trottete. Nachdem sich Tim von Mike Kühns Chef verabschiedet hatte, fuhr er in die Waldstadt zu Ute Hoffmann. Er dachte über das gerade geführte Gespräch nach. Es war nachvollziehbar, dass Mike Kühn so sehr um seinen besten Freund trauerte. Tim hatte es allerdings noch nicht oft erlebt, dass ein Mann seine Trauer so stark über Weinen zeigen konnte. ‚Wann hatte er eigentlich das letzte Mal geweint'? Tim konnte sich nicht daran erinnern.

Die Fahrt dauerte nur fünf Minuten. Tim hielt vor dem kleinen Café, das in der Straße vor dem Neubaugebiet lag, in dem erste Häuser hochgezogen worden waren. Er erinnerte sich, dass das Café sowie die umliegenden Gebäude den Kern der sogenannten Bücherstadt innerhalb der Waldstadt bildeten. Die Idee dabei war, dass Bücher aus der Vergangenheit und Gegenwart mitten in dem historischen Militärareal gemeinsam mit Führungen durch die alten Bunker, Ausstellungen und Museen, sowie regelmäßige kulturelle Veranstaltungen, angeboten wurden. Daneben dienten ein Café und ein Restaurant dazu, um hungrigen Gästen den Besuch in angenehmer Erinnerung zu halten. Nicht nur bei Touristen, sondern auch bei den Bewohnern der Waldstadt war die Bücherstadt ein beliebter Treffpunkt und eine Art kulturelles Zentrum. Er betrat das Café und ging zielstrebig auf die Frau zu, die Tim auf Mitte dreißig schätzte. „Was möchten Sie trinken? Oder überlegen Sie noch?", fragte die Frau mit einem einnehmenden Lächeln. Tim stellte sich ihr vor und zeigte seinen Dienstausweis. Wie er vermutet hatte, war die Frau Ute Hoffmann. Nachdem sie ihn nochmals nach seinem Getränkewunsch gefragt hatte, entschied sich Tim für einen Latte Macchiato und ein Glas Wasser. Sie bat ihn, sich schon einmal an den Tisch in der hinteren Ecke des Cafés zu setzen.

Ute Hoffmann sprach kurz mit ihrer Mitarbeiterin, während Tim sich umsah. Außer ihm saß nur noch ein junges Pärchen in dem Café. Es war gemütlich eingerichtet, ohne kitschig zu wirken. An den Wänden hingen goldene Bilderrahmen mit Schwarzweiß-Bildern von Landschaften und Gebäuden, vermutlich aus Wünsdorf und Umgebung. Von der Decke hingen Kristallkronleuchter und anstatt auf gewöhnlichen Stühlen konnten es sich die Gäste auf rot gepolsterten Sesseln oder Sofas bequem machen. Herzstück des Cafés war ohne Zweifel eine Theke aus dunklem Holz mit geschwungenen Verzierungen und einer riesigen Glasscheibe. An der Wand hinter der Theke hing eine große Schiefertafel, auf der mit Kreide die warmen und kalten Getränke aufgelistet waren. Da Tim gerne guten Kaffee trank, entdeckte er unter der Schiefertafel eine silberne italienische Espressomaschine mit Siebträger. Tim war fest davon überzeugt, dass man die Qualität eines Cafés insbesondere von der Espressomaschine ableiten konnte und freute sich schon jetzt auf seinen Latte Macchiato.

Hinter der Glasscheibe konnten die Gäste einen Blick auf mehrere verzierte und liebevoll angerichtete Torten, Cupcakes und Macarons werfen. Alle sahen frisch und selbstgemacht aus. Bei diesem Anblick bekam Tim direkt Appetit und überlegte, ob er sich ein Stück Torte bestellen sollte. Im selben Augenblick kam Ute Hoffmann auf ihn zu, in ihrer rechten Hand balancierte sie ein Tablett, auf dem neben ihren Getränken eine Etagere mit verschiedenen Macarons und zwei Cupcakes stand. Tim fragte sich, ob sie ihm seinen Appetit ansehen konnte. Sie nahm ihm gegenüber Platz und verteilte die Getränke auf dem Tisch. Ihr fröhlicher, neugieriger Blick und ihr Lächeln waren Tim schon am Anfang aufgefallen. Aus seiner Sicht verstärkte sie dadurch die gemütliche Atmosphäre des Cafés. Die Gäste hier fühlten sich sicherlich sehr wohl. Gerne wäre Tim jetzt nur Gast, aber er erhoffte sich von Ute Hoffmann weitere Informationen für seine Ermittlungen.

Nachdem er einen Schluck Wasser getrunken hatte, begann Tim mit der Befragung und schaltete zugleich sein Diktiergerät ein. „Wann haben Sie Günther Ludwig das letzte Mal gesehen?", kam er auf den Punkt. Ihr Gesichtsausdruck wurde sofort ernst und traurig. „Auch wenn man es mir nicht ansieht, der Tod von Günther hat mir den Boden unter den Füßen weggerissen. Ich glaube, so sagt man das. Wir haben immer viel Zeit miteinander verbracht. Er war ein sehr guter Zuhörer und Ratgeber für mich. Ich versuche meine Trauer zu verbergen. Als Besitzerin eines Cafés bleibt mir ja auch nichts anderes übrig.", sagte Ute Hoffmann. Tim nickte. Ihm war in den Jahren bei der Mordkommission aufgefallen, dass viele Angehörige und enge Freunde von ermordeten Opfern bei einer Befragung zunächst einen sanften Gesprächseinstieg benötigten. Dabei wurde oft über die Beziehung zum Opfer und seine guten Seiten gesprochen. „Ich habe Günther das letzte Mal am Montag gesehen. Er hat mich zu Hause besucht und wir haben zusammen zu Abend gegessen", fuhr sie fort. „Haben Sie danach nochmal mit ihm telefoniert oder geschrieben?", hakte Tim nach. „Wir schreiben uns täglich.", Ute Hoffmann stockte und korrigierte sich, „ich meine, wir haben uns jeden Tag geschrieben. Ich kann immer noch nicht glauben, dass das wirklich passiert ist mit Günther." Tim nickte. Er wusste, dass es so kurz nach dem Mord wichtig war, behutsam vorzugehen. „Was hat er Ihnen diese Woche geschrieben?", wollte er jetzt genauer wissen. Sie holte ihr Smartphone hervor und zeigte Tim den Dialog. Bei der Letzten ging es um das Treffen am Mordabend und die Absage von Günther Ludwig an Mike Kühn und sie. „Wissen Sie mit wem sich Günther Ludwig treffen wollte?" Ute Hoffmann schüttelte den Kopf. „Nein, aber Günther hat sich eigentlich nur mit Mike oder mir getroffen. Wenn er Mike und mir absagt, muss ihm das Treffen sehr wichtig gewesen sein.". Wenn sie sich und Günther Ludwig so nah gestanden haben, fragte sich Tim, warum hat er dann so ein Geheimnis um das Treffen gemacht? „Was vermuten Sie denn, warum dieses Treffen so wichtig für Günther Ludwig gewesen sein könnte?" „Ich weiß es nicht, aber die beiden wichtigsten Dinge in Günthers Leben waren seine Nachforschungen zu Beate und die Arbeit beim Bauamt. Ich denke natürlich auch die Freundschaft mit Mike und mir", ergänzte sie.

„Wie eng war Ihre Freundschaft mit Günther Ludwig? Wie sehr hat er Ihnen vertraut?" Sie überlegte kurz. „Diese Frage habe ich mir nicht gestellt. Für mich war er mein bester Freund. Vielleicht klingt es für Sie komisch, weil ich eine Frau bin und Frauen in der Regel beste Freundinnen haben. Aber für mich war Günther die Vertrauensperson überhaupt. Zu der Zeit als mein Bruder Wieland nach München gezogen war, freundeten wir uns an und das ist nun schon vierzehn Jahre her. Ich denke, nein ich bin fest davon überzeugt, dass auch ich für Günther die engste Vertrauensperson war, die er hatte." Tim schaute sie erstaunt an. „Wieso sind Sie sich da so sicher? Für Mike Kühn war Günther Ludwig auch der beste Freund. War deren Beziehung nicht mindestens genauso eng?" Ute Hoffmanns Gesicht wurde rot. Tim schien sie an einem empfindlichen Nerv getroffen zu haben. „Ja, natürlich waren die beiden beste Freunde und haben sich regelmäßig getroffen. Aber Günther und mich verband mehr. Mit Mike konnte er nicht über das reden, was ihn beschäftigte und wie er sich dabei fühlte. Insbesondere wenn es um seine Schwester ging." Sie stockte. „Was meinen Sie genau?", Tim versuchte sie zum Weitersprechen zu bewegen. „Wissen Sie, mein Bruder Wieland war in der schrecklichen Nacht dabei. Er war, genauso wie Mike, damals mit Beate und

Günther befreundet. Ich war damals gerade mal vier Jahre alt und konnte noch nicht verstehen, was geschehen war. Aber gerade das hat Günther in unseren Gesprächen geholfen. Mike und Wieland wollten nicht über diese Nacht sprechen. Ich hatte den Eindruck, sie machten sich selbst Vorwürfe, die Vergewaltigung von Beate nicht verhindert zu haben. Ihre Strategie war, die Ereignisse zu verdrängen. Günther dagegen wollte Aufklärung und vor allem Gerechtigkeit". Tim nickte und wollte jetzt mehr zu der Nacht erfahren. „Hätten Günther, Mike und Wieland denn die Vergewaltigung von Beate verhindern können?" Ute Hoffmann überlegte kurz. „Nach allem was Günther mir erzählt hat, hätten sie die Vergewaltigung wahrscheinlich verhindern können, wenn sie nicht mit den sowjetischen Soldaten gestritten und Beate nach Hause begleitet hätten."

„Inwieweit waren Sie in die Nachforschungen von Günther Ludwig involviert?", wollte Tim von ihr wissen. „Er erzählte mir viel über den Stand seiner Nachforschungen. Ich kenne auch diesen Raum in seinem Haus, in dem Günther akribisch alle Informationen sortiert hat. Manchmal standen wir eine Viertelstunde vor der Wand und überlegten gemeinsam. Ich wollte so sehr, dass er diese brutalen Vergewaltiger endlich zur Strecke bringt, damit er seinen Frieden finden kann. Gleichzeitig hatte ich natürlich auch Sorge, dass er sich damit selbst in Gefahr bringt." Tim fragte sich, wie weit Günther Ludwig bei seinen Nachforschungen gekommen war, was er herausgefunden hatte. „Und, hat Günther Ludwig die Vergewaltiger aufspüren können?" „Günther hat herausgefunden, dass einer bereits gestorben ist, ein anderer lebte in Moskau und der aus Günthers Sicht Kopf der Gruppe schien in Deutschland zu leben. Günther sagte mir, dass er hoffte, in den nächsten Tagen die Adresse von dem Mistkerl herauszufinden."

Tim fragte Ute Hoffmann nach Konflikten und möglichen Feinden von Günther Ludwig. Aber sie erwiderte das, was alle anderen bisher geantwortet hatten: Er hatte keine Feinde. ‚Zumindest einen Feind schien Günther Ludwig doch gehabt zu haben', dachte Tim. Auch zu seinem verschwundenen privaten Laptop konnte Ute Hoffmann nichts Neues sagen. Zu seinen Gewohnheiten bezüglich des Abschließens seines Hauses, bestätigte sie die Angaben von Mike. „Haben Sie einen Schlüssel zum Haus von Günther Ludwig?" Sie sah Tim überrascht an. „Nein, habe ich nicht. Aber ich weiß, dass Günther einen Reserveschlüssel hinter dem Haus versteckt hatte." Als Tim sich verabschieden wollte, blickte Ute Hoffmann Tim tief in die Augen. „Wann meinen Sie, können wir Günther beerdigen?" Tim gab ihr die gleiche Antwort, die er bereits Mike Kühn gegeben hatte. Er erhob sich. „Vielen Dank für das Gespräch und vor allem für den tollen Latte Macchiato und das leckere Gebäck." Sie lächelte ihn an und gab ihm zum Abschied die Hand. Dann verließ er das Café. Er musste sich beeilen, rechtzeitig zur Obduktion zu kommen.

Tim überlegte, sie nochmals gemeinsam mit Rainer zu befragen. Vielleicht konnte sie ihnen damit Zeit beim Durcharbeiten der Unterlagen zu der Vergewaltigung ersparen. Sie mussten dringend die Adresse des sowjetischen Soldaten in Berlin herausbekommen. Das war aktuell ihre einzige Spur. Er stieg in das Dienstfahrzeug und fuhr zum Brandenburgischen Landesinstitut für Rechtsmedizin nach Potsdam zurück. Vorher machte er einen kurzen Halt bei Günther Ludwigs Haus. Der Ersatzschlüssel für das Haus befand sich in dem Versteck, genau wie es Mike Kühn und Ute Hoffmann übereinstimmend erzählt hatten.

14

Tim lenkte seinen Wagen durch die enge Einfahrt zur Rechtsmedizin und parkte direkt vor dem Eingang. Das zweigeschossige Gebäude war ein typischer Zweckbau der neunziger Jahre des öffentlichen Dienstes. Während das Erdgeschoss mit orangebraunen Backsteinen verkleidet war, fiel jedem Besucher sofort die dunkelgraue Fassadenverkleidung im Obergeschoss auf. Das Gebäude wirkte auf Tim auf eine gewisse Weise bedrohlich. Daran konnten auch die vielen grünen Bäume und Büsche auf dem Institutsgelände um das Gebäude herum nicht viel ändern. Tim vermutete, dass eigentlich nicht das Gebäude selbst bei ihm dieses Unbehagen verursachte, sondern vielmehr das was es im Inneren beherbergte.

Nachdem er sich am Empfang angemeldet hatte, wurde er zu einem der Obduktionsräume geschickt, vor dem Rainer bereits auf ihn wartete. „Und, wie war dein Ausflug zum Bauamt nach Zossen und in die Waldstadt in Wünsdorf?", fragte dieser mit seinem typischen Grinsen. „Sehr informativ! Die Vergewaltigerspur scheint sich zu erhärten. Günther Ludwig stand bei seinen

Nachforschungen wohl kurz davor, einen der Vergewaltiger in Berlin aufzuspüren", erwiderte Tim. Rainer nickte: „Ich habe mir alle Dokumente dazu angeschaut, die Günther Ludwig zusammengetragen hatte. Du wirst nachher sehen, dass wir die Wand bei uns im Besprechungsraum nicht nur nachgestellt sondern ergänzt haben". Gerade als Rainer mehr dazu erzählen wollte, ging die große grüne Schiebetür zum Obduktionssaal auf. Dr. Ulf Bergmann stand in blauem Kittel und Kopfbedeckung im Türrahmen und bat sie hinein.

Der grau gefliste Boden des Obduktionsraums war von weißen Wänden bis zur Decke umgeben. Neben den großen Fenstern, die mit blickdichter Folie bis auf halbe Höhe beklebt waren, schenkten die LED-Deckenlampen das für eine gründliche Untersuchung erforderliche Licht. Blickfang in dem Saal waren drei große Edelstahluntersuchungstische. Nur der mittlere Tisch war belegt. Tim ging davon aus, dass unter dem weißen Tuch der Leichnam von Günther Ludwig lag.

Sie standen zu dritt am Fenster. „Dann würde ich vorschlagen, dass wir beginnen und ich Ihnen zeige, was ich bei der Obduktion bisher herausgefunden habe", begann der Rechtsmediziner. Beide nickten und Tim unterschrieb das auf dem Tisch liegende, Formular, mit dem Rainer und er die Identifikation des Toten bestätigten. Tim beobachtete die schnellen und geschmeidigen Bewegungen, mit denen Dr. Bergmann das weiße Tuch entfernte. Ihm fiel auf, dass er nicht viel über ihn wusste, obwohl sie schon in mehreren Mordfällen zusammengearbeitet hatten. Soweit sich Tim erinnern konnte, hatte Dr. Bergmann an der Charité in Berlin gelernt und dort als Rechtsmediziner gearbeitet. Vor drei Jahren wechselte er dann hierher als Oberarzt der Rechtsmedizin. Ansonsten wusste Tim nur, dass er mit einer Ärztin verheiratet war und gerne in ferne Länder reiste. In diesen Momenten fiel Tim immer wieder auf, dass er und seine Kollegen sehr fokussiert auf ihre Ermittlungen waren und für ein Miteinander kaum Zeit blieb.

Zum Glück hatte der Rechtsmediziner bereits mit der Obduktion begonnen. Die Untersuchung und Öffnung des Schädels hatte er schon vor ihrem Eintreffen vorgenommen. Jetzt konzentrierte er sich auf die genauere Untersuchung des Oberkörpers. Mittlerweile hatte sich Tim an die Anwesenheit bei Obduktionen, als Bestandteil seiner Arbeit, gewöhnt. Aber, wenn Werkzeuge wie die Knochensäge zum Einsatz kamen, war er nur sehr ungern dabei. Denn das von ihr erzeugte Geräusch war eines der schlimmsten, die er kannte. Rainer schien dagegen deutlich unempfindlicher zu sein.

„Wie bereits am Tatort festgestellt und von mir erwähnt, befinden sich im Bereich des Oberkörpers des Opfers Hämatome sowie Rippenfrakturen. Darüber hinaus sind dort Hautschürfungen erkennbar. In diesen oberflächlichen Wunden sind Holzsplittern ersichtlich. Eine Probe habe ich bereits zur weitergehenden Untersuchung entnommen. Zusätzlich besteht hier ein Teilabdruck, vermutlich des Tatwerkzeuges, als geformtes Hämatom auf den Rippen." Dr. Ulf Bergmann zeigte auf den linken Brustkorb. Tim ging näher heran und betrachtete den Teilabdruck. „Während die anderen Verletzungen am Oberkörper durch starke Schläge mit der

Längsseite des Tatwerkzeuges vorgenommen wurden, stammt der Teilabdruck vermutlich von dessen Stirnseite", teilte ihnen der Rechtsmediziner mit. Auch hier waren leichte Hautabschürfungen und Holzsplitter erkennbar. Als Tim sich in Gedanken fragte, wie das Tatwerkzeug wohl aussehe, erläuterte der Rechtsmediziner: „Es könnte sich um ein Kantholz mit einer gefrästen Längsrille handeln." Tim und Rainer schauten sich an. Irgendwo hatten die beiden so eine Art Kantholz gestern gesehen. Dann fiel es Rainer ein: „Erinnerst du dich an die Kunststoffrohre, die am Straßenrand in der Nähe des Tatortes gestapelt waren?" Tim nickte. „Ja und jede Lage dieser Rohre lag auf mehreren Kanthölzern". „Lass uns gleich die Kriminaltechnik anrufen und fragen, ob sie Fotos von den Rohren und Kanthölzern gemacht haben. Ansonsten müssen sie schnellstmöglich nochmals an den Tatort und diese Hölzer untersuchen", bekräftigte Rainer.

Der Rechtsmediziner räusperte sich. „Darf ich vielleicht meine Ausführungen zur Obduktion des Opfers noch beenden oder reicht Ihnen der Obduktionsbericht?" Tim konnte die Ironie heraushören und nickte ihm zu, seine Erkenntnisse mit ihnen weiter zu teilen. „Da bei dem Opfer primär der Brustkorb betroffen ist, lag das Opfer beim Auftreffen der Schläge auf dem Rücken. Ich konnte keine Abwehrverletzungen an den Unterarmen feststellen, also scheint das Opfer direkt oder kurz nach dem ersten Schlag bewusstlos geworden zu sein. Dafür sprechen auch die Verletzungen am Schädel", fuhr er fort. „Sie meinen also, dass das Opfer zuerst einen Schlag auf den Hinterkopf bekam, dadurch bewusstlos wurde, zu Boden stürzte und der Täter dann weiter auf ihn eingeprügelt hat?", wollte Rainer wissen. „So in etwa. Bei den bisherigen Untersuchungen des Schädels des Opfers konnte ich Folgendes feststellen. Durch die Rasur des Kopfes wurde die Quetsch-Risswunde im Bereich der Schädelkalotte sichtbar. Diese hat unregelmäßige, radial nach außen ziehende Wundränder und Gewebebrücken in der Tiefe. Die Einblutungen sind jetzt gut ersichtlich." Der Rechtsmediziner zeigte auf die Stelle am Schädel. Da Günther Ludwig dunkles dichtes Haar gehabt hatte, war diese Wunde am Tatort nicht sichtbar gewesen. Tim merkte, dass der Rechtsmediziner jetzt in seinem Element war und so richtig in Fahrt kam. Problematisch war, dass er dabei gewöhnlich immer schneller reden und immer mehr medizinische Fachbegriffe verwenden würde. Daher stellte Tim jetzt eine Frage, um den Redefluss des Rechtsmediziners zu unterbrechen: „Und diese Wunde wurde ihm mit nur einem Schlag zugefügt?" Dr. Bergmann nickte. „Ja, mit einem gezielten und kräftigen Schlag entsteht dieses Verletzungsmuster. Nach Öffnung des Schädels und Aufschneiden des Gehirns konnte ich eine Mittellinienverlagerung feststellen. Ursache dafür sind durch den Schlag entstandene Einblutungen. In der Folge stieg beim Opfer der Gehirndruck so stark an, dass eine Einklemmung des Hirnstamms im Bereich des „großen Lochs" erfolgte. Für Ihr besseres Verständnis: Das ist die Verbindung des Gehirns mit dem Rückenmark. In der Folge wurde das Atemzentrum im Hirnstamm betroffen, was zur Atemlähmung und schließlich zum Tod führte." Tim versuchte den Ausführungen zu folgen.

„Bedeutet das, dass das Opfer sofort tot war?", wollte er wissen. Der Rechtsmediziner schüttelte den Kopf. „In diesem Fall nicht. Der Tod tritt nach Minuten, teilweise erst nach Stunden ein. Die Spuren an Händen und Hose des Opfers deuten darauf hin, dass er aus der Bewusstlosigkeit aufgewacht und ein paar Meter zu dem Baumstamm gekrochen ist, wo er dann starb."

„Können Sie mittlerweile abschätzen, wann das Opfer gestorben ist?" „Wie ich bereits am Tatort erläutert hab, hat das Verfahren der Todeszeitbestimmung aufgrund der hohen Außentemperatur und dem damit niedrigen Temperaturunterschied zur Körpertemperatur seine Grenzen. Wenn ich alle Faktoren, wie Temperatur des Opfers sowie Leichenstarre und Leichenflecken in Betracht ziehe, scheint der Tod zwischen zwanzig Uhr und zwei Uhr morgens eingetreten sein. Genauer kann ich den Zeitraum leider nicht eingrenzen", antwortete der Rechtsmediziner.

Damit waren Tims Fragen erst einmal beantwortet. „Vielen Dank Dr. Bergmann. Wann können wir mit dem finalen Obduktionsbericht rechnen?" Der Rechtsmediziner nahm seine Brille ab und putze sie. Nach einer für Tim gefühlten Ewigkeit antwortete er: „Nach Abschluss der Obduktion. Nachher werde ich den Obduktionsbericht vervollständigen und an die Staatsanwaltschaft schicken. Sie sollten den Bericht dann spätestens morgen früh vorliegen haben." Mit diesen Worten verabschiedete er sie.

15

Tim und Rainer fuhren nicht direkt zur Mordkommission zurück, sondern schauten noch kurz bei der Staatsanwaltschaft vorbei. Dr. Anna Richter hatte ihr Dienstzimmer im Justizzentrum Brandenburg, das nur zehn Minuten von der Rechtsmedizin entfernt lag. Das Justizzentrum war ein großer, dreistöckiger Gebäudekomplex, weiß verputzt mit rotem Dach. Tim war jedes Mal von dem zentralen Gebäudeteil beeindruckt. Dieser Teil war zur Preußenzeit eine Unteroffiziersschule. Seit über zehn Jahren war hier das Justizzentrum mit mehreren Gerichten und der Staatsanwaltschaft untergebracht. Nicht nur das Gebäude, mit den historischen dreigeteilten Fenstern, sowie die original restaurierte Fassade, wirkten auf jeden Besucher wie ein Blickfang. Auch die Treppe vor dem Haupteingang tat ihr Übriges dazu.

Nachdem Tim und Rainer durch den Eingang traten, zeigten sie kurz ihren Dienstausweis und gingen in den Gebäudetrakt, in dem die Staatsanwaltschaft ihre Dienstzimmer hatte. Tim war es ein Rätsel, warum das Gebäude noch immer nicht mit einer Kontrollschleuse ausgestattet war. Andere Gerichte, die auch als besonders gefährdet eingestuft waren, hatten diese Technik schon längst in Gebrauch. Angeblich sollte der Einbau hier im nächsten Jahr erfolgen. Dafür war es aus Tims Sicht auch höchste Zeit, denn schließlich waren in dem Gebäude nicht nur ein Amtsgericht, sondern auch das Landesgericht und das Verfassungsgericht des Landes Brandenburg untergebracht.

Endlich standen sie vor den Dienstzimmern der Abteilung VIII der Staatsanwaltschaft, zu der Dr. Anna Richter gehörte. Sie saß an ihrem langen Schreibtisch, auf dem sich, genau wie auf den beiden Sideboards an den Wänden, Akten stapelten. Tim versuchte abzuschätzen, wie viele Fälle dies waren, die von ihr zur gleichen Zeit bearbeitet wurden. Er glaubte, dass es mehr als vierzig Fälle waren. Hierbei hatten Mordfälle sicherlich den kleinsten Teil, dachte er. Für ihn wäre die Arbeit als Staatsanwalt nicht vorstellbar, Tim liebte die Ermittlungsarbeit und die Konzentration auf einen Fall. Bei seinem Hang zur Perfektion wäre die Arbeit als Staatsanwalt bestimmt zu unbefriedigend und aufreibend. Es faszinierte ihn immer wieder, dass sich die Staatsanwältin trotz dieses Stresses und Drucks nichts anmerken ließ und immer ein Lächeln auf den Lippen hatte.

Sie blickte von ihren Akten auf und sah die beiden an. „Wie kommen Sie in unserem Mordfall voran?" Tim und Rainer nahmen auf den zwei Stühlen vor ihrem Schreibtisch Platz. „Wir haben mittlerweile die Arbeitskollegen und die Freunde von Günther Ludwig befragt sowie sein Haus durchsucht. Insbesondere eine umfangreiche Dokumentation zu seinen Nachforschungen bezüglich der Vergewaltigung und dem anschließenden Selbstmord seiner Schwester Beate im Jahr 1989 sowie die Aussagen seiner beiden Freunde deuten darauf hin, dass dies der wesentliche Lebensinhalt neben der Arbeit für ihn war. Da sich in seinem Arbeitsumfeld bis jetzt keine Spuren ergeben haben, wollen wir den Schwerpunkt der Ermittlungen auf die Nachforschungen von Günther Ludwig zur Vergewaltigung legen", erläuterte

Tim. Die Staatsanwältin schaute ihn an, als ob sie gerne den Grund für die Schwerpunktsetzung in der Ermittlung erfahren wollte. Er spürte ihre Ungeduld, obwohl sie sie nicht direkt zeigte. Rainer übernahm, denn er hatte den bisherigen Tag mit der Durchsicht der von Günther gesammelten Dokumente verbracht. „Ich habe mit meinem Kollegen Sven Ziegler alle Papiere zu der Vergewaltigung der Schwester gesichtet, die wir in seinem Haus gefunden haben. Er war einer Gruppe von drei ehemaligen sowjetischen Soldaten auf der Spur, die diese Tat begannen haben sollen. Dabei hatte er festgestellt, dass einer der drei, ein gewisser Luka Lasarew, bereits vor mehreren Jahren in Russland verstorben ist. Ein weiterer namens Grigori Markow, soll zur Zeit in Moskau leben. Wir haben für beide Personen eine Anfrage bei den deutschen und auch den russischen Behörden gestellt, um hier mehr in Erfahrung zu bringen. Der dritte der Gruppe, ein gewisser Sergei Iwanow, soll in Berlin leben. Sein Name war auf verschiedenen Dokumenten, die wir im Haus von Günther Ludwig gefunden haben, farbig markiert". Das waren für Tim ebenso neue Informationen, aber sicherlich war diese Spur genau das, was Rainer ihm vorhin kurz vor der Obduktion mitteilen wollte.

„Dann könnte sich Günther Ludwig mit diesem Sergei Iwanow in der Mordnacht getroffen haben?", fragte die Staatsanwältin. „Das wäre möglich", antwortete Tim. „Mike Kühn und Beate Ludwig, seine zwei engsten Freunde, waren an dem Abend mit ihm verabredet. Günther Ludwig hat ihnen aber laut ihrer beider Aussagen kurz vorher abgesagt mit Hinweis auf ein kurzfristiges, wichtiges Treffen. Da der Vorgesetzte und die Kollegen im Bauamt keine Kenntnis von einem Arbeitstermin, hatten und sich Günther Ludwig an dem Abend bei seinem Vorgesetzten in den Feierabend abgemeldet hatte, gehe ich von einem privaten Termin aus. Und aus meiner Sicht hätte ein Treffen mit Sergei Iwanow für Günther Ludwig hohe Priorität." Die Staatsanwältin wollte wissen was sie noch herausgefunden hatten. „Der private Laptop von Günther Ludwig ist verschwunden. Der Mörder könnte nach dem Mord in Günther Ludwigs Haus gewesen sein und ihn mitgenommen haben. Dafür spricht, dass bei ihm keine Schlüssel gefunden wurden. Sein Schlüsselbund lag ebenso wie sein Smartphone im Haus. Wir erwarten die ersten Auswertungen, auch die des Smartphones, heute Abend von der Kriminaltechnik", schloss Tim sein Briefing ab.

Rainer ergänzte, dass die Obduktion heute durchgeführt wurde und die Staatsanwältin den Obduktionsbericht am Abend erhalten würde. „Selbstverständlich werde ich den Bericht sofort an die Mordkommission weiterleiten", sagte die Staatsanwältin mit einem Augenzwinkern und nahm so Rainers Bitte vorweg. Dennoch hatte Rainer eine letzte Frage: „Können Sie schon sagen, wann wir die Akten der Ermittlungen zur damaligen Vergewaltigung einsehen können?" Sie schüttelte den Kopf. „Die Akten der Volkspolizei sind nicht digitalisiert und müssen händisch aus dem Archiv gesucht werden. Es kam wohl damals nicht zu einer Anklage. Das Verfahren wurde eingestellt, was auch aufgrund der Zugehörigkeit der Beschuldigten zur sowjetischen

Armee nachvollziehbar wäre. Damals fielen die sowjetischen Soldaten nicht unter deutsche Gerichtsbarkeit. Es ist schon verwunderlich, dass es überhaupt eine Akte gibt."

Tim und Rainer wollten gerade aufstehen, als die Staatsanwältin nochmals das Wort ergriff. „Meine Herren, bevor sie gehen, möchte ich Ihnen noch kurz die Presseerklärung zeigen, die heute Abend veröffentlicht wird." Tim und Rainer sahen sich an. Ihnen war aus anderen Mordermittlungen klar, dass ab sofort die Presse ihnen auf den Fersen sein würde und die Berichterstattung auch das Interesse in den Führungsetagen von Polizei und Staatsanwaltschaft erhöhen würde. Somit stieg der Druck auf ihre Ermittlungen, einen schnellen Erfolg zu erzielen.

16

Nachdem Tim und Rainer wieder in ihrem Kommissariat angekommen waren, holten sie sich aus der Küche einen Kaffee und gingen in ihr Dienstzimmer. Sie wollten gerade über Sergei Iwanow und das weitere Vorgehen sprechen, als ihr Kollege Sven Ziegler den Kopf durch die Tür streckte. „Die Kriminaltechnik hat angerufen. Sie haben erste Ergebnisse zur Spurenauswertung des Tatortes und des Hauses von Günther Ludwig. Ihr könnt direkt zu ihnen runter gehen, wenn ihr wollt." Sven Ziegler war das Nesthäkchen in ihrem Team. Wenn man ihn sah, fiel einem zuerst sein roter, gestutzter Vollbart auf. Die hohe Stirn betonte sein schmales Gesicht. Sein Vater leitete die Polizeidirektion Ost und war hier in der Polizeidirektion West jedem bekannt. Tim hatte ihn einmal auf seinen Vater angesprochen, aber er versuchte dabei auszuweichen und wechselte das Thema. ‚Wahrscheinlich war es ihm unangenehm, dass sein Vater ein hohes Tier bei der Polizei war', dachte Tim. Rainer und er standen auf und machten sich auf den Weg zur Kriminaltechnik.

Dort wurden sie bereits erwartet. Tim und Rainer nahmen in dem Besprechungsraum Platz, ihnen gegenüber setzten sich zwei Kollegen. „Klasse, dass ihr so schnell seid. Rainer und ich sind schon gespannt, was ihr für uns habt." Tim schaute die beiden erwartungsvoll an. Die fingen ohne Umschweife mit ihrem Bericht an. „Also zum Tatort können wir euch aktuell folgende Spurenlage mitteilen: Wir haben in der Nähe des Fundortes des Opfers Blutspuren am Boden entdeckt, vermutlich der eigentliche Tatort. Wir gleichen die zugehörige DNA Spur gerade noch mit der Rechtsmedizin ab. Dafür sprechen auch auf dem Boden gefundene Kriechspuren, die von dort bis zum Fundort des Opfers gefunden wurden. Auch an der Hose des Opfers waren Reste von Erde und Gras zu finden, wie uns die Rechtsmedizin vorhin mitgeteilt hat." Tim nickte. Das passte zu den Informationen, die ihnen der Rechtsmediziner mitgeteilt hatte. Vom Ablauf des Mordes her schien es logisch zu sein. „Was habt ihr sonst noch an Spuren sichern können?" „Es gab eine Vielzahl von Fußabdrücken, sowie Abdrücke von Tierpfoten am Tat- und Fundort des Opfers. Ebenso haben wir Tierhaare sicherstellen können." Das verwunderte Tim wenig, denn Tat- und Fundort lagen direkt an einem Trampelpfad, der von

Spaziergänger und Hundebesitzern täglich genutzt wurde. Diese Spuren würden sie vermutlich nicht weiter bringen. Außer, sie könnten eine DNA-Spur mit der DNA eines Verdächtigen vergleichen, wie zum Beispiel von diesem Sergei Iwanow, überlegte Tim. „Auch bei den Reifenspuren am Straßenrand auf der Höhe des Tatortes gab es verschiedene, teilweise überlagerte Reifenspuren. Diejenigen, die wir bereits identifizieren konnten, gehörten vermutlich zu landwirtschaftlichen Fahrzeugen oder Baumaschinen", ergänzte ein Kollege der Kriminaltechnik. „Was ist mit den Spuren an der Bekleidung des Opfers?", wollte Tim wissen. „Es wurden Haare des Opfers, zwei verschiedene menschliche Haare, sowie Tierhaare gefunden. Zu den menschlichen Haaren gibt es keine Treffer in der Datenbank." Tim wusste, dass Haare am Opfer nicht automatisch bedeuteten, dass diese während des Mordes an die Kleidung gekommen waren. Sie könnten sich genauso schon bei Kontakten von Günther Ludwig an dem Tag mit anderen Personen angeheftet haben. Aber immerhin war dies eine Spur, der sie weiter nachgehen sollten.

„Und was ist mit der Tatwaffe?", wollte Rainer wissen. „Euer Kantholz scheint von den Abmessungen her zu passen. Leider konnten wir an keinem der Kanthölzer vor Ort Blutspuren oder menschliche Haare feststellen. Das Tatwerkzeug scheint vom Mörder vom Tatort entfernt worden zu sein", erwiderte einer der Kollegen. ‚Das wäre auch zu schön gewesen', dachte Tim.

„Im Haus von Günther Ludwig haben wir die Spurensicherung abgeschlossen, aber wir sind immer noch mit deren Auswertung beschäftigt. Erste Erkenntnisse können wir euch bereits jetzt vorstellen", fuhr der Kriminaltechniker fort. „Also, an der Haustür und auch an der Terrassentür, sowie an den Fenstern gab es keinerlei Einbruchsspuren. Wenn der Täter im Haus war, hat er vermutlich einen Haustürschlüssel benutzt." Tim dachte über den letzten Satz nach. Der Täter hatte also entweder den Schlüsselbund von Günther Ludwig nach dem Mord an sich genommen oder aber er kannte das Schlüsselversteck im Garten. „Darüber hinaus haben wir diverse Fingerabdrücke im Haus gefunden, allerdings keinen Treffer in der AFIS Datenbank des Bundeskriminalamtes gelandet." AFIS steht für „Automatisiertes Fingerabdruckidentifizierungssystem". Es dient dazu, aufgenommene Fingerabdrücke oder Teilfingerabdrücke mit allen gespeicherten Fingerabdrücken des Bundeskriminalamtes zu vergleichen. Während der Abgleich bei vollständigen Abdrücken oft nur Sekunden dauert, kann der Abgleich mit Teilabdrücken sogar Tage in Anspruch nehmen.

„Jetzt kommt aber der Höhepunkt: Wir haben das Smartphone des Opfers ausgewertet. Die Kontaktliste und auch der Kalender wurden sehr sorgfältig gepflegt. Hier habt ihr den Ausdruck dazu. Schaut euch bitte den Kalendereintrag zur Mordnacht an!", bat sie der Kollege. Tim schaute auf die Seite, auf die der Kollege zeigte. Er traute seinen Augen nicht. Neben dem Termin mit Mike Kühn und Ute Hoffmann um neunzehn Uhr stand ein Termin mit einem Sergei um halb zehn.

Rainer drehte sich zu den Kollegen der Kriminaltechnik. „Was ist mit Fingerabdrücken auf dem Smartphone?". „Nur die von Günther Ludwig haben wir darauf gefunden. Wir haben vom Telekommunikationsanbieter die Einzelverbindungsnachweise der letzten drei Monate erhalten. Hier habt ihr die Listen. Die Funkzellenauswertung für den Tatort haben wir beantragt. Sobald wir die Ergebnisse erhalten, melden wir uns." Damit war das Briefing der Kriminaltechnik beendet. Tim und Rainer bedankten sich und baten darum, dass von Mike Kühn und Ute Hoffmann Fingerabdrücke genommen würden, um die in Günther Ludwigs Haus gesicherten Fingerabdrücke zuordnen zu können.

Nachdem Tim und Rainer wieder in ihrem Dienstzimmer zurück waren, legte Rainer seine Beine auf den Schreibtisch, lehnte sich zurück und blickte zur Decke. „Also um mal den aktuellen Ermittlungsstand zusammenzufassen", fing er laut an nachzudenken. „Wir wissen wie und womit Günther Ludwig ermordet wurde, aber nicht warum. Es gibt keine eindeutigen Spuren des Mordes, die uns bei der Überführung eines Verdächtigen helfen könnten. Allerdings haben wir einen Kalendereintrag im Smartphone von Günther Ludwig, dass er sich vermutlich mit Sergei Iwanow treffen wollte. Den Mann, den er unter anderem für die Vergewaltigung seiner Schwester Beate verantwortlich machte. Und gleichzeitig der einzige der Dreiergruppe sowjetischer Soldaten, den er ausfindig machen konnte." Tim nickte und ergänzte seine Überlegungen dazu. „Sergei Iwanow könnte nach dem Mord den Haustürschlüssel an sich genommen und das Laptop aus dem Haus von Günther Ludwig mitgenommen haben, um Spuren zu beseitigen. Warum hat er aber nicht die Dokumente mit seinem Namen an der Wand entfernt?" Tim überlegte weiter.

„Vielleicht hatte er keine Zeit, oder er wurde vielleicht von jemanden gestört, als er die Dokumente entfernen wollte?" „Ja, das wäre auf jeden fall möglich. Die Nachbarn von Günther Ludwig konnten uns hier ja leider auch nicht weiterhelfen. Vielleicht müssen wir sie nochmal konkret dazu und nach Möglichkeit mit einem Foto von Sergei Iwanow befragen." Tim wiegte seinen Kopf hin und her. „Ja, das sollten wir machen. Aber wir wissen beide, dass gerade in der Dunkelheit die Identifizierung einer Person schwer ist. Aber einen Versuch ist es auf jeden Fall wert." Tim betrachtete den letzten Einzelverbindungsnachweis von Günther Ludwigs Smartphone. Zuletzt hatte er seinen Freund Mike Kühn an dem Mordabend angerufen. Das passte zu Mike Kühns Aussage. Davor hatte Günther Ludwig einen Anruf von einem Prepaid-Handy erhalten. Das könnte die Verabredung mit dem Mörder gewesen sein. Vielleicht mit Sergei Iwanow. „Dieser Sergei Iwanow ist momentan unsere einzige konkrete Spur. Wir müssen ihn ausfindig machen und vernehmen.", sagte Tim und sprang aus seinem Schreibtischstuhl auf. Es war Zeit für die heutige Besprechung.

Tim und Rainer gingen in den Besprechungsraum der Mordkommission. Die anderen Teilnehmer saßen bereits an dem Tisch und warteten. Nur die Staatsanwältin ließ sich entschuldigen. Aber Tim und Rainer hatten sie ja heute bereits informiert und Stefan Dittrich würde sie nach der heutigen Sitzung zusätzlich telefonisch auf den aktuellen Stand bringen.

Die Konferenz heute diente dazu, alle Teammitglieder auf einen einheitlichen Informationsstand zu bringen. Für Tim und Rainer gab es dabei heute keine neuen Erkenntnisse. Am Ende der Besprechung fasste der Leiter der Mordkommission den aktuellen Ermittlungsstand zusammen und bestätigte, dass Sergei Iwanow derzeit der einzige Verdächtige war. Nachdem die anderen Teilnehmer den Raum verlassen hatten, nahm er Tim und Rainer zur Seite. „Gute Arbeit ihr beiden! Ich habe noch zwei Informationen für euch. Als Erstes wollte ich euch die Pressemitteilung geben, die eben durch unsere Pressestelle veröffentlicht wurde." Er reichte Tim das Papier, das er bereits von der Staatsanwältin gezeigt bekommen hatte. „Ihr wisst, was das bedeutet. Jetzt sind wir intern und extern unter dem Brennglas." Stefan Dittrich sah beide dabei ernst an. Tim und Rainer nickten. Tim betrachtete seinen Vorgesetzten. Obwohl er schon Mitte fünfzig war, hatte er sich äußerlich gut gehalten. Seine drahtige große Figur, verbunden mit einer körperlichen Grundspannung, wie Tim das nannte, sowie der konzentrierte Blick, erzeugte bei seinem Gegenüber automatisch Respekt. Für Tim war Stefan Dittrich eine natürliche Autoritätsperson. „Und was ist die zweite Information, die du für uns hast?", wollte Tim von ihm wissen. Der Leiter der Mordkommission grinste. „Ich habe für euch meine Kontakte spielen lassen. Morgen Nachmittag bekommt ihr Besuch von dem damaligen Ermittler der Kriminalpolizei der Volkspolizei." Damit hatte Tim nicht gerechnet. Er war sich sicher, dass sie in dem Gespräch mit dem damaligen Ermittler weitere fehlende Puzzlestücke erhalten und dann ein klareres Bild haben werden.

Tim schaute auf die Uhr. Es war schon nach zehn. Er hatte mal wieder das Abendessen zu Hause verpasst. Rainer bemerkte Tims Blick zur Uhr. „Morgen ist auch noch ein Tag. Lass uns für heute Schluss machen!"

17

Es war wieder so ein herrlicher Juniabend. Er saß auf der Dachterrasse im großen und unheimlich teuren Sessel. Vor ein paar Wochen hatte er die neuen Loungemöbel, wie sie mittlerweile genannt wurden, gekauft. Sie passten perfekt zu den Terrassendielen aus Bangkirai Holz. Beim Blick über die Hausdächer der Stadt schwenkte er sein Whiskeyglas und dachte nach.

Obwohl es so lange her war, konnte er sich gut an seine Kindheit erinnern. Sein Vater hatte damals viel gearbeitet. Oft kam er erst spät abends nach Hause und teilweise verbrachte er sogar die Wochenenden an der Arbeit. Aber dennoch reichte das Geld kaum aus. Außer gelegentlichen Besuchen bei Verwandten gab es keine Familienurlaube. Sein Vater kam regelmäßig betrunken nach Hause und fing dann Streit mit seiner Mutter an. Wenn er keinen Alkohol getrunken hatte, wirkte er distanziert und schweigsam. Gelegentlich nahm er ihn zur Seite und erzählte ihm, wie wichtig ein guter Schulabschluss und eine vernünftige Ausbildung seien. Seine Mutter dagegen nahm er als liebevoll und fürsorglich wahr. Er hatte ein enges Verhältnis zu ihr. Aber er konnte nicht verstehen, wie sie über den Alkoholkonsum seines Vaters hinwegsehen konnte. Die Beziehung zu seiner Mutter änderte sich allerdings schlagartig von einem Tag auf den Anderen.

Seine Hand umschloss jetzt das Whiskeyglas so fest, dass die Fingerknöchel weiß hervortraten. Er fühlte sich zurückversetzt zu dem Tag, als er damals von der Schule nach Hause kam. Es trennten ihn weniger als fünfzig Meter bis zu seinem Elternhaus, als zwei Männer lachend aus dem Haus kamen und ihre Hemden in die Hosen steckten. Hinter ihnen stand seine Mutter und knöpfte sich kichernd ihre Bluse zu. Einer der Männer drehte sich nochmal zu ihr um, fasste ihr an den Hintern und küsste sie. Als diese ihn sahen, hörten sie abrupt mit dem Lachen auf und gingen mit schnellen Schritten in die entgegengesetzte Richtung. Seiner Mutter wurde bei seinem Anblick kreidebleich im Gesicht und starrte ihn erschrocken an. Er ging einfach wortlos an ihr vorbei.

‚Was für eine widerliche Schlampe hatte ich nur als Mutter? Was hat sich diese Nutte damals nur beim Rumvögeln gedacht? Wahrscheinlich nicht viel. Und unsere Familie muss ihr total egal gewesen sein! War denn mein Vater wirklich so schlimm, dass sie sich wie eine billige Nutte von anderen Männern ficken lassen musste?'. Er nahm einen großen Schluck Whiskey und versuchte den Schmerz, den er gerade empfand, herunterzuspülen.

Einen Tag später war seine Mutter abgehauen. Außer einem Zettel auf dem Küchentisch hatte sie ihm nichts hinterlassen. Ab diesem Tag lebte er alleine mit seinem Vater, der nur noch ein Schatten seiner selbst und dem Alkohol nun völlig ergeben war.

‚In diesem Augenblick entdeckte ich meine wahre Bestimmung. Vielleicht war das doch alles für etwas gut?'. Seine Gesichtszüge entspannten sich bei diesem Gedanken. Er musste lächeln, als er sich an den damaligen Vorfall erinnerte, der ihm einen ersten Vorgeschmack auf sein späteres Potenzial gab.

In der Schule kam eines Tages ein Mitschüler auf ihn zu und sagte „Wie ist es eigentlich, eine Nutte als Mutter zu haben? Hat sie dich denn auch rangelassen?" Die anderen Schüler in der Nähe fingen laut an zu lachen und grölten „Seine Mutter ist eine Nutte!". Auf dem Heimweg hatte er ihm dann aufgelauert und so lange auf ihn eingeschlagen, bis hellrotes Blut sein weißes T-Shirt mit lauter roten Flecken überzog. Als sein Mitschüler auf dem Boden lag, trat er weiter auf ihn ein, bis der nur noch leise winselte. Das war das letzte Mal, dass ihn in der Schule jemand auf seine Mutter angesprochen hatte.

‚Schluss mit dem sentimentalen Kram! Ich muss mich wieder auf mein eigentliches Ziel konzentrieren!'. Er stellte das leere Whiskeyglas vor sich auf den kleinen Beistelltisch, lehnte sich in seinem Sessel zurück und dachte über vorgestern nach.

Auch wenn der Mord an Günther Ludwig nicht geplant gewesen war, war er notwendig und richtig. Er war mit der Zeit zu einer echten Gefahr für seine Ziele geworden und das konnte er nicht zulassen. Die Frage war nur, ob er nicht mehr über die Ermittlungen zu dem Mord erfahren und gegebenenfalls einschreiten müsste. Sein Informant hatte ihm von dem Ermittler und seinen Fragen berichtet. Von ihm hatte er auch die Visitenkarte des Ermittlers erhalten. Er drehte die Karte von diesem Tim Beck zwischen seinen Fingern und dachte nach. Er musste mehr über die Ermittlungen erfahren. Sein Kontakt reichte hierzu jedoch nicht aus. Aber er hatte schon eine brillante Idee und griff zu seinem Smartphone. Nachdem er die Nummer gewählt hatte, dauerte es nur kurz bis sein Anruf beantwortet wurde. „Hey Chef, was kann ich für dich tun?", meldete sich eine dunkle und rauchige Stimme am anderen Ende der Leitung. Er lächelte. Seine rechte Hand war immer zur Stelle, wenn er sie brauchte. „Du musst etwas für mich erledigen und zwar sofort."

18

Als Tim zu Hause ankam, waren bereits alle Lichter im Haus ausgeschaltet. Sarah und Lea schienen zu schlafen. Er ging auf die Haustür zu, der Bewegungsmelder aktivierte jetzt nicht nur das Licht an der Tür, sondern auch die Beleuchtung in der kompletten Zufahrt. Tim war stolz darauf, dass er die Anlage, die aus mehreren Bewegungsmeldern und LED Leuchten bestand, alleine installiert hatte. Handwerkliche Tätigkeiten waren für ihn ein Ausgleich zu seiner mentalen Arbeit und entspannten ihn.

Er schloss die Haustür auf, Lasse stand schwanzwedelnd im Hausflur und begrüßte ihn. „Ist gut mein Freund. Sei leise, sonst weckst du die Frauen auf!". Tim legte dem Labrador das Halsband an, nahm die Hundeleine und zog die Haustür leise hinter sich zu. Die Temperatur war immer noch sehr angenehm, das Licht der

Straßenlaternen spiegelte sich auf dem See. Tim liebte die Gegend am Beetzsee. Um diese Uhrzeit waren die Straßen verlassen und er konnte mit Lasse ungestört am Wasser entlang gehen. Lasse wurde ungeduldig und jaulte. Tim wusste was er wollte und nahm ihn von der Leine. Sofort rannte Lasse los und sprang freudig ins Wasser. ‚Typisch Labrador', dachte Tim lächelnd. In diesen Momenten beneidete er seinen Hund. Der schien den Augenblick zu genießen und nicht an Morgen zu denken. Dazu würde Tim auch gerne in der Lage sein. Lasse kam zurück und schüttelte sich direkt vor Tim. Das Wasser aus seinem Fell spritzte durch die Luft. Jetzt hatte Tim auch seinen Teil des nächtlichen Bades abbekommen.

Zuhause trocknete er Lasse ab und ging in die Küche. Von der großen offenen Küche hatte Tim einen guten Blick durch das Wohnzimmer auf den See hinaus. Er mochte das Wasser. Es half ihm zu entspannen und zu entschleunigen.

An der Magnetwand hing ein Post-it von Sarah mit der Nachricht, dass ein Rest vom Abendessen im Kühlschrank stand. Tim öffnete den Kühlschrank und nahm den Teller mit Salat heraus. Lustlos stocherte er mit der Gabel in diesem herum und dachte an seinen Streit mit Sarah am gestrigen Abend. Er wusste, dass er das Gespräch mit ihr fortsetzen musste. Für heute war es dafür aber schon zu spät. Nachdem er den Salat im Stehen gegessen hatte, öffnete er die Küchenschranktür, hinter der Süßigkeiten warteten. Tim wusste, dass er wieder mehr Sport machen und seine Mahlzeiten regelmäßiger zu sich nehmen sollte. Auch wenn er eine sportliche

Figur hatte, machte sich ein Bauchansatz am Hosenbund immer deutlicher bemerkbar. Süßigkeiten waren sicherlich jetzt nicht die richtige Nahrung, aber schenkten Tim ein befriedigendes Gefühl. ‚Ab morgen starte ich und ernähre mich wieder gesünder', nahm Tim sich vor und griff lustvoll zur Schokolade.

Er ging die Treppe hoch ins Badezimmer und putzte sich die Zähne. Anschließend schlich er leise ins Schlafzimmer, ohne das Licht anzumachen. Er konnte sich ohne Mühe im Dunkeln zurechtfinden. Müde kroch er zu Sarah unter die Decke und kuschelte sich an sie. Innerhalb weniger Sekunden war Tim eingeschlafen.

Kapitel 4

19

Am nächsten Morgen stand Tim früh auf und bereitete seiner Familie das Frühstück zu. Wobei der Begriff Frühstück übertrieben war. Unter der Woche aßen sie morgens zusammen Müsli mit frischem Obst, vorausgesetzt Tim musste nicht früher zur Arbeit oder Lea hatte mal wieder verschlafen und hatte keine Zeit mehr. Er hatte gerade das Obst fertig geschnitten und alles auf den Esszimmertisch gestellt, als Sarah und Lea die Treppen runterkamen. Mit ihren hochgesteckten blonden Haaren und ihrem dezenten Make-up sah Sarah einfach umwerfend aus. Sie lächelte ihn an und gab ihm einen Kuss. Lea war eher ein Morgenmuffel und brachte nur ein leises „Morgen" über ihre Lippen.

Nach dem Frühstück verabschiedete Tim sich von beiden und fuhr mit seinem anthrazitfarbenen VW Golf zur Mordkommission. Auf dem Weg hielt er kurz bei seinem Lieblingsbäcker und kaufte sich ein mit Käse belegtes Brötchen und zwei Latte Macchiato mit Karamellsirup. ‚So viel zu meinen guten Vorsätzen', dachte Tim. Tim und Rainer trafen gleichzeitig auf dem Parkplatz der Polizeidirektion ein. Tim hielt einen Kaffeebecher hoch und reichte ihn Rainer. Der nahm ihn dankbar an und trank einen großen Schluck. „Lecker, ich liebe diesen Latte Macchiato mit Karamellsirup.", murmelte er. „Ja, ich weiß.", antwortete Tim lachend.

Als sie in ihrem Dienstzimmer Platz genommen hatten, kam ihr jüngerer Kollege Sven Ziegler dazu. „Guten Morgen zusammen!", grinste er sie überschwänglich an. „Was ist denn mit dir los? Hattest du eine heiße Nacht?", spottete Rainer. Er errötete und verzog den Mund. Tim wusste, dass Sven Ziegler Single und seit längerem auf der Suche nach einer Beziehung war. Genau wie Rainer. Das war genau die Eigenschaft, die Tim nicht so sehr an Rainer schätzte. Er wusste einfach nicht, wann er zu weit ging. Tim versuchte, den peinlichen Moment zu überspielen. „Hast du gute Neuigkeiten in Fall Günther Ludwig?", fragte er. Sven Ziegler sah ihn an und nickte. Man hatte das Gefühl, dass er dankbar war, das Thema wechseln zu können. „Also wir haben jetzt die Adresse von diesem Sergei Iwanow. Außerdem kommt der ehemalige Kollege von unserem Chef heute Nachmittag um fünfzehn Uhr vorbei. Und er bringt eine Kopie der Ermittlungsakte mit." ‚Das waren wirklich gute Nachrichten', fand Tim. Nachdem Sven Ziegler zurück in sein Dienstzimmer gegangen war, überlegten die beiden wie sie weiter vorgehen sollten. Sie waren sich einig, Sergei Iwanow als Beschuldigten zu vernehmen und seine Wohnung zu durchsuchen. Den Durchsuchungsbeschluss mussten sie über die Staatsanwältin beantragen. Während Rainer schon heute Sergei Iwanow vernehmen wollte, fand Tim diese Reaktion übereilt. „Rainer, du weißt, dass wir für die Vernehmung optimal vorbereitet sein sollten. Wir brauchen eindeutige Beweise, um ihn in die Enge zu treiben. Wir haben noch zu viele Vermutungen. Ich glaube nicht, dass wir ihn so zu packen bekommen." Rainer schaute aus dem Fenster und überlegte. „In Ordnung. Was schlägst du vor?"

Tims Vorschlag war recht einfach. Sie mussten die Unterlagen der Nachforschungen von Günther Ludwig erneut durcharbeiten, sich auf das Gespräch mit dem damaligen Ermittler vorbereiten und die Berichte des Rechtsmediziners und der Kriminaltechnik abgleichen. Tim hoffte, dass sie irgendwo in den Unterlagen etwas finden würden. Also gingen sie in den Besprechungsraum und schauten die von Rainer rekonstruierte Wand mit Günther Ludwigs Nachforschungsergebnissen an. Anschließend nahmen sie sich die Kartons vor, in denen die Kriminaltechnik die restlichen Unterlagen aus dem Haus eingepackt hatte. „Was ist das für ein Gebäude auf dem Foto?", fragte Tim. „Das ist das ehemalige Hotel Märkischer Hof in Wünsdorf", antwortete Rainer. „Heute ist das Gebäude ungenutzt und einsturzgefährdet. Es liegt direkt neben dem Bahnhof von Wünsdorf." Tim schaute sich das Foto, das älter zu sein schien, genauer an. Es handelte sich um ein zweistöckiges, sandfarben verputztes Gebäude mit einem Walmdach. Die Dachgauben waren mit Fachwerk verziert. Hinter den Fenstern konnte Tim Gardinen erkennen. „Das Foto wurde in den achtziger Jahren aufgenommen. Und so sieht das Gebäude heute aus." Rainer reichte Tim ein weiteres Foto. Darauf war das Gebäude erneut abgebildet. Die meisten Fenster waren eingeschlagen, das Dach teilweise eingestürzt und das Grundstück zugewuchert. Vor dem Gebäude befand sich ein Bauzaun, der vermutlich unbefugtes Eindringen in das einsturzgefährdete Gebäude verhindern sollte. „Welche Rolle spielte das

Gebäude für Günther Ludwig?", wollte Tim wissen. Da Rainer ihm darauf keine Antwort geben konnte, griff er zum Telefon. Mike Kühn hörte sich abgehetzt an, als er sich meldete. Tim stellte ihm die Frage zu dem Märkischen Hof. Ein Moment war es still in der Leitung. „Dort haben wir uns als Jugendliche immer getroffen und gefeiert. Vor knapp zwanzig Jahren wurde der Märkische Hof geschlossen, der Besitzer war pleite." Tim hakte nach: „Mit wem haben Sie damals gefeiert und was hat der Märkische Hof mit der Vergewaltigung von Beate Ludwig zu tun?" Erneutes Schweigen. Dann räusperte sich Mike Kühn: „Wir waren dort am Abend der Vergewaltigung. Und nicht nur wir, auch drei sowjetische Soldaten, die Beate auf dem Heimweg überfallen und vergewaltigt haben." „Vielen Dank, Herr Kühn, damit haben Sie uns schonmal weiter geholfen". Tim blickte Rainer nachdenklich an. „Was wissen wir bis jetzt alles über die Vergewaltigung?" „Nicht viel. Es muss passiert sein, als Beate Ludwig auf dem Weg nach Hause war. Ich gehe davon aus, dass wir heute Nachmittag mehr Informationen dazu bekommen", glaubte Rainer.

„Interessant finde ich diesen Artikel hier über das Zusammenleben der sowjetischen Soldaten und der Zivilbevölkerung in Wünsdorf." Rainer zeigte Tim den Zeitungsartikel, den er aus einer der Kisten der Kriminaltechnik entnommen hatte. Tim las ihn sich durch. Neben dem Militärareal und den beherbergten Truppen wurde der Alltag der sowjetischen Soldaten beschrieben. Interessant war, dass in dem Militärareal auch deutsche Zivilisten für die sowjetische Armee arbeiteten. Ihre Tätigkeiten und Aufenthaltsbereiche bei der

Arbeit schienen aber streng reglementiert gewesen zu sein. Bisher war Tim davon ausgegangen, dass das Militärareal ausschließlich für sowjetische Soldaten und ihren Angehörigen zugänglich war und es eine strenge Abschottung zur Zivilbevölkerung gab. Günther Ludwig hatten eine Textpassage gelb markiert. Zu Beginn ging es um das grundsätzliche Kontaktverbot zwischen sowjetischen Soldaten und der Zivilbevölkerung und dass Urlaub bzw. Ausgang eine Seltenheit gewesen war. Dann führte der Autor des Artikels aus, dass kriminelle Übergriffe von Soldaten außerhalb der Kasernen zur Tagesordnung gehört hatten. Aus den einsehbaren Stasi-Akten hatte er herausgefunden, dass es jährlich fast zweitausend Delikte gab: angefangen von Verkehrsdelikten bis hin zu Mord und Vergewaltigung. Weiterhin hieß es, dass die sowjetischen Soldaten gegenüber der Strafverfolgung der DDR eine Art Immunität besaßen. Dafür wurden viele dieser Delikte von der sowjetischen Armee selbst geahndet.

Tim blickte auf. „Vielleicht ist das der Grund, warum Günther Ludwig Gerechtigkeit wollte. Das Verfahren wurde nicht aufgrund mangelnder Beweise, sondern aufgrund der Immunität der drei Vergewaltiger eingestellt. Wahrscheinlich gab es für die drei Soldaten durch ihre Vorgesetzten keine oder aus Sicht von Günther Ludwig nur unzureichende Bestrafung. Oder was meinst du?" Rainer nickte. „Das klingt plausibel. Hoffentlich kann uns nachher der frühere Kollege vom Chef, der den Vergewaltigungsfall von Beate Ludwig damals leitete, hierzu mehr erzählen." Tim schaute auf seine Armbanduhr. Es war mittlerweile schon

Nachmittag. Gleich würden sie mit dem ehemaligen Kollegen sprechen können.

20

Mit seinem Hut und dem abgewetzten Trenchcoat sah Ronnie Schmitt ein bisschen wie ein Geheimagent aus, fand Tim. Nachdem sie sich begrüßt hatten, gingen Tim und Rainer mit ihm in einen kleinen Besprechungsraum auf dem Flur der Mordkommission. Ronnie Schmitt legte seinen Hut und seinen Trenchcoat sorgfältig auf dem Stuhl neben ihm ab.

Tim musterte ihn. Er war vermutlich schon über siebzig Jahre alt. Seine Augen starrten ihn aus seinem eingefallenen Gesicht an. Da Tim Ronnie Schmitt nicht zu viel von den Ermittlungen preisgeben wollte, hatte er diesen kleinen und neutralen Besprechungsraum und nicht ihr Dienstzimmer für das Gespräch ausgewählt. ‚Ehemaliger Kollege hin oder her. Bisher hat es sich immer bewährt, den Kreis der an einem Fall beteiligten Personen klein zu halten', dachte Tim.

Ronnie Schmitt legte eine dünne Aktenmappe auf den Tisch. „Beim Stöbern in meinen Kartons auf dem Dachboden, habe ich meine damalige Kopie der Ermittlungsakte finden können." „Haben Sie damals etwa alle Ihre Ermittlungsakten kopiert?", fragte Tim erstaunt. „Nein, nur von den Fällen die ungelöst blieben", antwortete er und schaute Tim dabei tief in die Augen. „Stefan hat gesagt, ihr braucht meine Hilfe. Was kann ich denn für euch tun? Wollt ihr meinen alten Fall von Beate

Ludwig neu aufrollen? Und tut mir einen Gefallen. Bitte nennt mich Ronnie!"

Tim war klar, dass sie ihm zumindest etwas über den Fall erzählen mussten, um seine Bereitschaft zu wecken. Also gab er Ronnie Schmitt einen kurzen Überblick über den Mord an Günther Ludwig und seine Nachforschungen zur Vergewaltigung der Schwester. „Derzeit sind die Nachforschungen von Günther Ludwig zur Vergewaltigung und dem Tod seiner Schwester Beate unsere heiße Spur. Wir vermuten, dass es ein Treffen mit einem der Vergewaltiger gegeben hat." Er hob erstaunt die Augenbrauen. „So wie ich Günther Ludwig damals kennengelernt habe, hätte ich ihm das mit den intensiven Nachforschungen gar nicht zugetraut. Er stand damals völlig neben sich und konnte kaum einen klaren Satz reden. Die behandelnden Ärzte führten das auf einen Schock aufgrund der Geschehnisse zurück. Und ihr vermutet, dass beide Fälle zusammenhängen?" Tim und Rainer nickten. Ronnie Schmitt breitete Fotos und Berichte auf dem Besprechungstisch aus und fing an zu erzählen. Als er ein Foto mit einer Straße und einer Bachunterführung zeigte, stutzte Tim. Der Ort kam ihm bekannt vor. „Wo ist das genau?" „Das kann ich euch gerne erklären", erwiderte Ronnie Schmitt. „Die auf dem Foto abgebildete Linkskurve der Landstraße mit den Laubbäumen auf beiden Seiten in Wünsdorf sieht noch heute so aus. Der Bach, den ihr unter der Brücke durchfließen seht, ist der Verbindungsbach zwischen dem kleinen und großen Wünsdorfer See. Parallel dazu gab es einen Trampelpfad. Diesen Weg hatte Beate Ludwig als Abkürzung nach Hause genommen. Ungefähr

fünfzig Meter von dieser Stelle den Trampelpfad entlang wurde sie damals überwältigt und vergewaltigt."
Jetzt erkannte Tim die Stelle. Über diese Brücke waren sie zum Haus von Günther Ludwig gefahren. Und das bedeutete, dass Beate Ludwig in der Nacht schon fast zuhause war, als die Vergewaltiger sie überfielen. Wut stieg in Tim auf, er ballte seine Faust unter dem Besprechungstisch. ‚Sie hatte es fast bis nach Hause geschafft. Und dann wird sie von diesen drei kranken Bastarden vergewaltigt.'

Ronnie Schmitt erzählte weiter, dass er die drei sowjetischen Soldaten aufgrund der Zeugenaussagen von Beate Ludwig, ihrem Bruder sowie den beiden Freunden Mike und Wieland, aber auch von anderen Gästen des Märkischen Hofs am Tag nach der Vergewaltigung identifizieren konnte. Sie waren damals nicht das erste Mal in der Gaststätte zum Feiern, aber anscheinend vorher noch nie in Streit mit der Zivilbevölkerung gekommen. „Was ist an dem Abend im Märkischen Hof passiert?" „Die vier waren dort an dem Abend feiern. Es kam zum Streit mit den drei Soldaten, weil die sich an Beate rangemacht hatten. Günther und seine beiden Freunde stellten sich schützend vor Beate, es kam zu einem Handgemenge. Der Wirt und mehrere Gäste griffen ein. Daraufhin verließen die drei Soldaten die Gaststätte, nicht aber ohne die vier zu bedrohen. Die vier blieben im Märkischen Hof, die Stimmung war nur kurzfristig bedrückt. Nach ungefähr zwei Stunden ist Beate gegangen, die drei Jungs blieben noch bis zur Schließung des Gasthausbereichs. Die drei Soldaten müssen Beate aufgelauert haben. Vermutlich wollten sie wohl eher die drei Jungs verprügeln. Aber als sie Beate sahen, wollten sie scheinbar etwas ganz anderes und ließen sich von ihren Trieben leiten." Ronnie Schmitt machte eine Pause und nahm einen Schluck aus dem vor ihm stehenden Wasserglas.

„Und genau vier Wochen nach dieser Nacht, hat sich Beate Ludwig ganz in der Nähe ihres Elternhauses das Leben genommen", fuhr er fort. Er zeigte ein Foto mit einem Holzschuppen an einem See. „In dieser Hütte am kleinen Wünsdorfer See haben die Jugendlichen sich regelmäßig getroffen", ergänzte er. „Warst du dir damals sicher, dass es Selbstmord war?", fragte Tim nach. Ronnie Schmitt zog ein weiteres Dokument aus seiner Aktenmappe. Es war der damalige Bericht zum Selbstmord. „Wir sind damals davon ausgegangen, dass Beate einen Strick aus dem Schuppen zu einer Schlinge geknüpft und den stehenden Teil des Stricks an einem Wandhaken in Kopfhöhe im Holzschuppen befestigt hatte. Anschließend hat sie sich die Schlinge um den Hals gelegt und ihre Haare vorher heraus gezogen. Anschließend hat sie ihre Knie gebeugt, wodurch der Hals in der Schlinge hing. Und innerhalb kürzester Zeit war sie tot." Ronnie Schmitt schaute jetzt Tim mit bedrücktem Blick an. Tim nickte. Der beschriebene Hergang passte durchaus zu einem Selbstmord. Zum einen nahmen vielen Frauen ihre Haare aus der Schlinge, bevor sie sich erhängten und zum anderen war das sogenannte atypischen Erhängen eine häufige Art des Selbstmordes. Dabei berührt der sitzende oder liegende Körper teilweise den Untergrund, der Aufhängepunkt liegt dann meistens seitlich verschoben. Dazu passten auch die

Verletzungsmuster bei Beate Ludwig, die Tim auf den Fotos erkennen konnte. An ihrem Hals verlief schräg nach oben die Strangfurche. Ansonsten waren keine weiteren Strangfurchen erkennbar. Das hätte auf ein vorheriges Erdrosseln durch einen Täter hingewiesen. Die kleineren Schlagverletzungen an den Fingern von Beate waren durch Berühren der Wand im Todeskampf entstanden. Tim konnte gut nachvollziehen, warum keine Obduktion vorgenommen wurde, sondern es bei der äußeren Leichenschau blieb.

„Was wurde aus den Ermittlungen zu der Vergewaltigung? Hast du auch die Aussagen der drei Beschuldigten?" Ronnie Schmitt verzog das Gesicht. „Nein, denn ich durfte nicht mit ihnen sprechen." Tim schaute ihn überrascht an. „Wer hatte das verboten und vor allem, was hast du dagegen getan, um den Fall aufzuklären?" Das Gesicht von Ronnie Schmitt war jetzt dunkelrot angelaufen, aber er versuchte, die Fassung zu wahren. „Ihr habt keine Ahnung, wie das damals mit den sowjetischen Soldaten in der DDR war. Die Volkspolizei hatte keinerlei Befugnisse gegenüber den Soldaten. Wir durften zwar ermitteln, mussten aber dann unsere Ergebnisse den sowjetischen Kommandanten übergeben. In diesem Augenblick waren wir raus und der Fall für uns abgeschlossen. Meint ihr etwa, dass das für mich leicht war? Ich bin damals zur Polizei gegangen um für Gerechtigkeit zu sorgen und Täter zu überführen. Aber die sowjetischen Soldaten standen über den Gesetzten der DDR. So war es nun einmal und keiner konnte etwas dagegen tun." Er war jetzt auf seinem Stuhl zusammengesunken und starrte in eine Ecke des Besprechungsraumes.

„Du hast absolut recht, wir wissen nicht, wie es damals war", erwiderte Tim. „Aber du kannst uns helfen, einen der Vergewaltiger für den Mord an Günther Ludwig zu überführen." Ronnie Schmitt saß jetzt wieder aufrechter auf seinem Stuhl und sah Tim an. „Bitte erzähle uns, was du über die drei Vergewaltiger herausgefunden hast, insbesondere zu diesem Sergei Iwanow." Er nickte. „Ich habe ja mit allen Zeugen über den Abend gesprochen. Alle haben einvernehmlich ausgesagt, dass Sergei der Kopf der Gruppe war. Er hatte den Streit mit Günther Ludwig und seinen Freunden begonnen und er war es auch, der beim Verlassen des Märkischen Hofs Rache versprochen hatte. Auch Beate Ludwig hatte ausgesagt, soweit sie sich überhaupt erinnern konnte, dass Sergei sie überwältigt und als erstes vergewaltigt habe. Die anderen beiden hätten sie festgehalten. Danach hätte Sergei die anderen beiden aufgefordert, sich ebenfalls an Beate zu vergehen. Als ich mit dem Vorgesetzten der drei Soldaten gesprochen hatte, schien der über Sergeis Verhalten keinesfalls überrascht gewesen zu sein. Er hörte mir zu, nahm den Bericht entgegen und sagte nur, dass er sich darum kümmern würde. Das war es dann. Mehr habe ich danach zu dem Fall nicht mehr gehört."

Ronnie Schmitt sah jetzt erschöpft aus, Tim bemerkte, dass ihn der Fall auch nach dreißig Jahren immer noch beschäftigte. Nachdem sie sich bei ihm bedankt und ihn verabschiedet hatten, gingen Tim und Rainer zu ihrem Chef, um ihn über den aktuellen

Ermittlungsstand zu informieren. Stefan Dittrich schaltete die Staatsanwältin per Telefon zur kurzen Besprechung dazu. Sie waren sich einig, Sergei Iwanow am nächsten Morgen sehr früh zuhause abzuholen und ihn zur Vernehmung in die Mordkommission zu bringen. Parallel sollte seine Wohnung durchsucht werden. Die Staatsanwältin hatte bereits den entsprechenden Antrag für den Richter vorbereitet. Stefan Dittrich hatte mit der Kriminalpolizei in Berlin ebenfalls über den Einsatz in der Wohnung von Sergei Iwanow gesprochen und um ihre Unterstützung gebeten.

Mehr konnten sie heute nicht tun. Rainer gähnte und rieb sich die Augen. Auch Tim war erschöpft, aber gleichzeitig voller Adrenalin wegen des morgigen Einsatzes. Tim nahm seine Autoschlüssel und verabschiedete sich von seinen Kollegen.

21

Auf dem Weg nach Hause dachte Tim über den heutigen Tag nach. Für ihn war es sehr wahrscheinlich, dass Sergei Iwanow der Mörder von Günther Ludwig war. Er wusste aber auch, dass ihnen die eindeutigen Beweise dazu immer noch fehlten. Tim war sicher, dass sie nach der erkennungsdienstlichen Behandlung von Sergei morgen früh Spuren an der Leiche und aus dem Haus von Günther Ludwig identifizieren würden. ‚Und dann haben wir ihn'. Dieser Gedanke fühlte sich sehr gut an.

Er kam pünktlich nach Hause zum Abendessen. Heute war ein besonderer Abend. Lea übernachtete bei einer Freundin. Tim und Sarah wollten den Abend gemeinsam verbringen, um endlich wieder Zeit füreinander zu haben. Sarah hatte den Tisch romantisch mit Kerzen gedeckt. Tim nahm sie in den Arm und küsste sie. „Wie war dein Tag, Schatz?" Tim hatte keine Lust über den aktuellen Fall zu sprechen und erwiderte nur kurz: „Es war ein erfolgreicher Tag. Wir kommen bei unseren Ermittlungen gut voran. Mich interessiert aber vielmehr, ob du heute den neuen Geschäftskunden von deinen einzigartigen Torten überzeugen konntest." Sarah strahlte. Sie hatte es geschafft. Seit Wochen bemühte sie sich mit kreativen Angeboten, Kostproben ihrer Torten und persönlicher Vorstellung, einen Großauftrag zu erhalten. Dabei ging es nicht nur um ein großes Teamevent der Führungsmannschaft eines Dienstleistungsunternehmens, sondern auch um die Sommerparty der Firmenzentrale hier in Brandenburg an der Havel. Tim war so stolz auf sie. Er wusste, wie wichtig ihr dieser Großauftrag war. Hoffte sie doch auf Folgeaufträge des Unternehmens aber auch einzelner Mitarbeiter. Begeistert erzählte sie, wie das heutige Gespräch abgelaufen war und dass sie schon die beiden Aufträge verbindlich erhalten hatte. „Dann haben wir ja einen tollen Grund heute zu feiern", meinte Tim. Nach dem Abendessen beschlossen sie spontan, ins Open Air Kino zu fahren, um dort eine romantische Komödie anzusehen. Tim genoss den Abend mit Sarah. In diesen Momenten vergaß er für kurze Zeit die Probleme, die sie immer wieder miteinander hatten.

Als sie nach dem Kinobesuch wieder vor ihrem Haus ankamen, bemerkte Tim auf der anderen Straßenseite ein geparktes Auto, das er hier noch nie gesehen hatte. Es handelte sich um einen schwarzen Mercedes mit getönten Scheiben. Das Kennzeichen konnte Tim nicht erkennen. Sarah war bereits aus dem Auto ausgestiegen und ging auf die Haustür zu. „Kommst du Schatz?", rief sie. Tim stieg aus und lief hinter ihr her. Als er sich nochmals umdrehte, meinte er, eine Bewegung in dem schwarzen Auto ausgemacht zu haben. Als er wieder hinsah, war alles still und unauffällig. „Was hast du denn?", fragte Sarah. „Ich glaube, ich sehe Gespenster mein Schatz. Ich dachte, ich hätte da in dem parkenden Auto etwas gesehen. Muss mich aber getäuscht haben." Tim schloss hinter sich die Haustür und folgte Sarah ins Wohnzimmer.

Auf der anderen Straßenseite wurde der Motor des schwarzen Mercedes gestartet. Der Fahrer wendete das Auto und fuhr langsam die Straße zurück. Für heute hatte er genug gesehen.

22

Tim hatte in der Nacht gut geschlafen. Er fühlte sich ausgeruht, als der Wecker klingelte und sprang aus dem Bett. Draußen war es noch dunkel. Nach dem Duschen gab er Sarah einen Kuss, die im Bett lag und heute ausschlafen wollte. Tim zog sich schnell an und ging zügig zu seinem Auto. Mit Rainer hatte er gestern besprochen, dass sie zusammen mit den Kollegen der Kriminaltechnik zur Wohnung von Sergei Iwanow nach Berlin fahren wollten. Die Berliner Kriminalpolizei wollten sie vor dem Wohnhaus in Berlin treffen. Tim hoffte, dass ihnen der Überraschungseffekt gelingen würde. Auf keinen Fall sollte Sergei Iwanow die Möglichkeit bekommen, Spuren zu beseitigen.

Die Fahrt nach Berlin kam Tim wie eine Ewigkeit vor, obwohl sie ohne größere Verkehrsbehinderungen vorankamen. Sie waren immer noch vor dem Berufsverkehr unterwegs, die Straßen wurden langsam voller. Die Wohnung von Sergei Iwanow lag im Berliner Stadtteil Wedding. Dieser war für seine multikulturellen Bewohner aber auch für viele Straftaten bekannt. Fast die Hälfte der Bewohner von Wedding hatte einen Migrationshintergrund. Tim wusste von Berliner Kollegen, dass die Polizei durch hohe Präsenz in den Weddinger Problemvierteln versuchte, die Straftaten zu reduzieren; bis jetzt nur mit geringem Erfolg. Als sie in die Straße einbogen, in der Sergei Iwanow wohnte, kamen aus der anderen Richtung neben dem Zivilfahrzeug der Kriminalpolizei noch zwei Streifenwagen und hielten am Straßenrand an. Normalerweise hätten die Kollegen der Berliner Kriminalpolizei ausgereicht, um sie zu unterstützen. Aber Tim konnte sich vorstellen, warum die Berliner Schutzpolizei zur Verstärkung dabei war. „Was für ein Empfangskomitee für uns. Das muss man der Berliner Polizei schon lassen.", meinte Rainer mit einer Spur Ironie in seiner Stimme. „Du findest also das Aufgebot übertrieben, oder?" Rainer nickte. „Soweit ich weiß, kommt es hier immer wieder zu Menschenansammlungen, selbst wenn nur eine Verkehrskontrolle vorgenommen wird. Ich denke, sie wollen nur für alle Fälle vorbereitet sein", antwortete Tim achselzuckend. „Da lobe ich mir doch unser ländliches Gebiet. Ich könnte mir nicht vorstellen hier in Berlin zu arbeiten". Tim konnte gut nachvollziehen, warum Rainer so empfand. Er mochte zwar die Großstadt als Besucher, aber zum Leben und Arbeiten konnte es sich Tim hier nicht vorstellen.

Rainer parkte ihren Dienstwagen direkt vor dem ersten Streifenwagen, die Kriminaltechnik mit ihren beiden Fahrzeugen direkt hinter ihnen. Tim schaute auf seine Uhr. ‚Perfekt! Es war erst sechs Uhr in der Früh. Sie würden Sergei Iwanow mit großer Wahrscheinlichkeit antreffen'. Tim und Rainer gingen zu den beiden Berliner Kriminalpolizisten. „Guten Morgen, vielen Dank für eure Unterstützung." Einer der beiden nickte. „Wir unterstützen gerne. Besonders, wenn wir einen Kriminellen aus dem Verkehr ziehen können, den wir noch nicht auf dem Radar hatten. Unsere Kollegen der Schutzpolizei werden den Hauseingang und das Treppenhaus sichern." Tim nickte zustimmend. „Dann werden wir mit euch den Zugriff durchführen. Lasst uns loslegen."

Um den Überraschungseffekt nicht zu gefährden, betraten sie zügig das Hochhaus und blieben im 3. Stock vor der Wohnungstür von Sergei Iwanow stehen. Rainer und die Berliner Kollegen der Kriminalpolizei postierten sich seitlich der Wohnungstür. Tim klingelte. Zunächst hörte er drinnen kein Geräusch. Dann klingelte er erneut und klopfte energisch gegen die Wohnungstür. „Polizei! Öffnen Sie die Tür!" Ein Poltern war plötzlich in der Wohnung zu hören. Die Wohnungstür wurde ein Spaltbreit geöffnet. Heraus schaute ein verschlafenes Gesicht, die Augen waren noch klein. Sie schienen ihn aufgeweckt zu haben. Unter dem Bademantel konnte Tim ein geripptes weißes Unterhemd sehen. Als Tim

Sergei Iwanow den Durchsuchungsbeschluss unter die Nase hielt und die Wohnungstür mit voller Kraft aufdrückte, weiteten sich die Augen von ihm schreckhaft. Er wich einen Schritt zurück in seine Wohnung, versuchte aber weiterhin, von innen die Wohnungstür wieder zu schließen. Er schien zu überlegen, was er jetzt tun sollte. „Öffnen Sie sofort die Tür!", sagte Tim sehr bestimmt, denn er wollte ihm keinerlei Gelegenheit geben weiter zu überlegen. Sergei Iwanow zögerte dennoch, öffnete dann aber doch langsam die Tür. „Geht doch!", entfuhr es Rainer.

„Wir teilen uns jetzt auf. Rainer und ich durchsuchen alle Räume der Wohnung, während ihr auf Sergei Iwanow in der Küche aufpasst", befahl Tim. Die Berliner Kollegen setzten ihn in der Küche auf einen Stuhl, ohne ihn auch nur einen Augenblick aus den Augen zu lassen. Nachdem sich Tim und Rainer vergewissert hatten, dass sonst niemand in der Wohnung war, informierte Tim die Kollegen der Kriminaltechnik, die im Treppenhaus warteten, bis die Wohnung gesichert sei und sie mit ihrer Arbeit beginnen könnten. Sie machten sich sofort an die Arbeit, um systematisch Raum für Raum gründlich zu durchsuchen.

Jetzt hatten Tim und Rainer Zeit, sich in der Wohnung in Ruhe umzusehen. Sie war klein und bestand neben einer winzigen Küche und einem noch kleineren Bad, nur aus einem Wohnzimmer, Schlafzimmer und dem Flur, durch den sie eben die Wohnung betreten hatten. Sergei Iwanow schien alleine hier zu leben. Das Wohnzimmer war übersichtlich möbliert. Neben zwei Sesseln, deren Kunstleder abgewetzt aussah, fiel Tim ein großer Couchtisch mit einer massiven Glasplatte auf, die durch vier vergoldete und verschnörkelte Tischbeine gehalten wurde. An jedem Bein war ein Löwenkopf mit offenem Maul eingearbeitet. An einigen Stellen war der goldene Überzug beschädigt und das Metall kam zum Vorschein. An der Wand gegenüber hing ein großer Flachbildschirm an der Wand. Darunter stand ein Sideboard aus dunklem Holz, ebenfalls mit vielen Verzierungen. Der graue Teppichboden war mit Flecken übersät und sah ausgetreten aus. Seine beste Zeit schien schon lange abgelaufen zu sein. Die ursprünglich weißen Gardinen am Wohnzimmerfenster waren schon vergilbt. Der ganze Raum wirkte lieblos eingerichtet und ungepflegt. „Hier ist es aber echt gemütlich! Scheint ja von einem Innendesigner eingerichtet zu sein." Rainer grinste Tim an. „Ich würde es funktional nennen", antwortete dieser lachend.

Das Schlafzimmer sah auch nicht einladender aus. Anstatt Teppich war hier einfacher Linoleumboden verlegt. Das Bett bestand aus einem schwarzen Metallgestell und einer großen Matratze, die auf einem Lattenrost lag. Unter dem Bett konnte Tim mehrere Kartons und Koffer sehen. Dazwischen wehten lauter Wollmäuse herum wie umgangssprachlich die Staub- und Faseransammlungen genannt wurden. ‚Anscheinend legte Sergei Iwanow nicht viel Wert auf Sauberkeit', dachte Tim.

Plötzlich riefen die Kriminaltechniker aus dem Wohnzimmer nach Tim und Rainer. „Schaut mal was wir gefunden haben!" Als Tim und Rainer das Wohnzimmer betraten, hielt ein Kollege zwei Gegenstände in ihre Richtung hoch. Neben einem Schlagring besaß Sergei Iwanow einen Teleskopschlagstock. Als Tim sich ihn näher betrachtete, stellte er fest, dass er aus Stahl gefertigt und mit einer Stahlkugel am Ende versehen war. Doch Tim merkte sofort, dass es sich hier nicht um einen gewöhnlichen Teleskopschlagstock, sondern um einen Totschläger handelte. Während der Teleskopschlagstock in Deutschland nicht grundsätzlich verboten war, war der Totschläger aufgrund seiner Schlagwucht nach dem Waffengesetz nicht erlaubt. „Ich wette, der liegt hier nicht zur Dekoration rum. Den hat er bestimmt auch schon benutzt", meinte Rainer. Tim nickte zustimmend und gab ihn der Kriminaltechnik zurück. Später im Labor würde er nach Blut- und Haarspuren untersucht werden. Tim fragte die Kriminaltechniker, ob sie einen Laptop gefunden hätten. „Nein, bisher nicht. Allerdings haben wir dieses Smartphone und ein Tablet gefunden." Tim nickte und hoffte, dass sie in einem der anderen Räume fündig werden würden. Im kleinen Bad, das mit ockerfarbenen Kacheln gefliest war und jeden Menschen mit Platzangst in kürzester Zeit in den Wahnsinn treiben würde, war ein großer Spiegelschrank über dem Waschbecken befestigt. Tim öffnete die Tür und schaute sich dessen Inhalt an. „Schau mal Rainer, hier steht aber eine ganze Reihe von Arzneiflaschen und Pillendosen. Diese sehen nicht wie aus der Apotheke aus. Diese hier hat sogar ein Etikett, welches handgeschrieben ist. Ich kann die Schrift nicht entziffern." Tim war sich nicht sicher, wofür das Medikament war. ‚Vielleicht handelte es sich um Steroide', überlegte

Tim. Die Kriminaltechnik würden es sicherlich herausfinden.

Zurück in der Küche saß Sergei Iwanow immer noch auf dem Stuhl, auf den ihn die Berliner Kriminalpolizisten gesetzt hatten. Mittlerweile hatte er seine Fassung wiedergefunden und fluchte auf Russisch. Nach einem Augenblick des Schweigens sah er Tim direkt in die Augen. Seine Augen funkelten vor Wut. Tim erwiderte den Blick und wartete. „Was wollt ihr eigentlich von mir? Ich habe nichts getan. Wieso durchwühlt ihr meine Sachen? Kümmert euch mal lieber um die vielen Arschlöcher hier im Viertel, anstatt mir meinen Tag zu versauen!" Tim sah Rainer an. „Lass ihn uns jetzt mitnehmen. Er hat uns sicherlich viel zu erzählen." Sergei Iwanow schaute jetzt abwechselnd Tim und Rainer an. „Ich habe euch eine Frage gestellt, was wollt ihr von mir?" Seine Wut war deutlich herauszuhören, seine Gesichtsfarbe wurde immer dunkler. „Sie kommen jetzt mit uns mit. Wir haben ein paar Fragen an Sie. Ziehen Sie sich was über, es wird bestimmt ein langer Tag!", antwortete Tim. Nachdem sich Sergei Iwanow widerwillig angezogen hatte, führten sie ihn zu ihrem Dienstwagen. Sie wollten ihn zur Vernehmung mit zur Mordkommission nehmen. Für eine Verhaftung reichte die Beweislage nicht aus. ‚Noch nicht', dachte Tim und schnallte sich an.

Nachdem sie zurück in der Mordkommission in Brandenburg an der Havel waren, brachten sie Sergei Iwanow zur erkennungsdienstlichen Behandlung. Dabei wurde neben den Fingerabdrücken und Fotos auch eine DNA-Probe von ihm genommen. Anschließend brachten Tim und Rainer ihn in den Vernehmungsraum.

Dieser Raum war speziell für Vernehmungen eingerichtet worden. Die Ausstattung entsprach dem modernsten Stand der Technik bei der Polizei. Neben einem großen Tisch, der am Boden festgeschraubt war, standen auf jeder Seite zwei Stühle. In der Tischmitte war ein Mikrofon installiert. An der einen Wand hing ein venezianischer Spiegel, mit dessen Hilfe die Vernehmung aus einem Nebenraum beobachtet werden konnte. Somit konnte der Raum auch für Gegenüberstellungen genutzt werden und Zeugen verdächtige Person identifizieren, ohne von diesen gesehen zu werden. Über dem Spiegel war eine Videokamera installiert, um die Vernehmung audiovisuell zu dokumentieren. So konnte sich der Richter bei einer Verhandlung neben dem Protokoll einen besseren Eindruck von dem Verhör verschaffen. Tim war sich noch nicht sicher, ob er die audiovisuellen Vernehmungen positiv bewerten sollte. Denn schließlich hatte der Anwalt eines Beschuldigten auch die Möglichkeit, im Rahmen der Akteneinsicht Zugriff auf diese Videos zu erhalten. Und so war es nicht unwahrscheinlich, dass Vernehmungsvideos im Netz landeten und die dort aufgenommenen Ermittler so leichter identifiziert und bedroht werden konnten. Aber der Gesetzgeber hatte so entschieden und die Ermittler, wie Tim, hatten die Vorgaben umzusetzen.

Tim stellte Sergei Iwanow einen Becher Wasser und einen Kaffee auf den Tisch und setze sich neben Rainer auf die andere Seite. Nachdem sie ihn über seine Rechte und Pflichten belehrt hatten und er ausdrücklich auf einen Anwalt verzichtet hatte, stellte Tim die erste Frage. „Wo waren Sie am vergangenen Dienstag zwischen zwanzig Uhr abends und zwei Uhr morgens?" Das war der Zeitraum, den ihnen Dr. Ulf Bergmann als wahrscheinliches Zeitfenster für die Ermordung von Günther Ludwig gesagt hatte. „Ich war zuhause. Es war mein freier Abend", antwortete Sergei Iwanow knapp. „War jemand an jenem Abend bei Ihnen und kann das bezeugen?". „Nein!", knurrte er. „Was soll der ganze Mist hier eigentlich? Ihr habt den Falschen! Ist das so schwer zu verstehen?" Sein russischer Akzent war deutlich zu hören, aber er hatte über die Jahre anscheinend die deutsche Sprache gründlich gelernt. Die Grammatik war einwandfrei, fand Tim. „Also, Sie haben den Abend zuhause verbracht. Haben Sie zwischendurch die Wohnung verlassen?". „Nein, ich habe Fernsehen geschaut und bin früh ins Bett gegangen!". ‚Ein Alibi hat er also nicht', dachte Tim. „Kennen Sie einen Günther Ludwig?". Er schüttelte den Kopf. „Sind Sie sicher oder soll ich Ihnen auf die Sprünge helfen?" Tim schob ihm ein Foto von der Leiche Günther Ludwigs über den Tisch. Sergei Iwanow schien zu überlegen, was er als Nächstes sagen sollte. Tim ließ ihm einen Moment Zeit. „Also nochmal: Kennen Sie diesen Mann? Er hieß Günther Ludwig." Jetzt fixierte er Tim mit seinen vor Wut funkelnden Augen. „Er kommt mir bekannt vor, aber ich weiß nicht woher. Vielleicht von der Arbeit." Nun übernahm Rainer die Vernehmung. „Welche Arbeit genau meinen Sie denn?" Sergei Iwanow drehte sich mit seinem Oberkörper leicht in die Richtung von Rainer. „Ich arbeite als Türsteher in einem Nachtclub und bei einem Inkassounternehmen. Alles ganz legal. Vielleicht habe ich da mal den Typ gesehen". Diese Antwort reichte

Rainer nicht. „Versuchen Sie sich zu erinnern! Wann und wo haben Sie Günther Ludwig gesehen?" Sergei Iwanow rieb sich das Gesicht. „Ich bin nicht sicher, aber ich glaube, der Typ stand letzte Woche vor dem Nachtclub herum. Ich fand es merkwürdig, dass er nur so auf der anderen Straßenseite stand und zu uns rüber sah. Aber ich hatte genug am Einlass zu tun, und als ich das nächste Mal auf die andere Straßenseite schaute, war der Typ weg." Rainer setzte nach. „Und das war ihre letzte Begegnung? Hatten Sie mit Günther Ludwig gesprochen?" Er blickte Rainer an. „Das habe ich doch gerade gesagt." „Verstehe!", antwortete Rainer und schob ihm einen Ausdruck des Kalenders von Günther Ludwigs Smartphone zu. „Warum war denn in dem Kalender von Günther Ludwig für diesen Dienstag ein Treffen mit Sergei eingetragen? Das sind doch Sie! Reden Sie endlich Klartext mit uns!"

Sergei Iwanow ballte seine Hände zu Fäusten. „Das vor dem Nachtclub war das einzige Mal, dass ich den Typ gesehen habe. Was versteht ihr daran nicht?" Jetzt schaltete Tim sich ein. „Nein, das stimmt nicht! Sie haben Günther Ludwig mindestens noch einmal gesehen. Und zwar damals als Sie noch Soldat waren. Überlegen Sie nochmal gut, bevor Sie weiterreden." Tim beobachtete ihn ganz genau. Er hatte ihn verunsichert, das konnte man ihm ansehen. Sergei Iwanow schien krampfhaft zu überlegen was Tim gemeint hatte. „Ich habe keine Ahnung, was ihr meint". Tim ignorierte, dass er Rainer und ihn konsequent duzte. Es war wichtig, sich nicht aus der Fassung bringen zu lassen. „Ich rede von 1989 und Ihrem abendlichen Ausflug in Wünsdorf.

Erinnern Sie sich jetzt?" Sergei Iwanow schüttelte den Kopf. Tim legte ihm ein Foto von Beate Ludwig vor. „Wer soll das sein?", fragte er. „Das wissen Sie doch ganz genau! Das war Beate Ludwig, die Sie und zwei Kameraden 1989 vergewaltigt haben. Wir haben die zugehörige Ermittlungsakte", erwiderte Tim gereizt. „Das ist doch schon Ewigkeiten her. Wir waren betrunken und haben dafür gebüßt!", schrie Sergei Iwanow. „Wieso rollt ihr den Fall nach all den Jahren wieder auf?" Tim erklärte ihm warum. Er blieb bei seiner Aussage, dass er Günther Ludwig weder getroffen noch gesprochen hatte. Auch den Totenschläger und den Schlagring konnte er erklären. Sie dienten ihm zur Verteidigung, sowohl als Türsteher als auch als Geldeintreiber. Tim glaubte ihm nur teilweise. Bestimmt hatte Sergei Iwanow die Waffen auch schon anderweitig eingesetzt. Aber das half ihnen bei der Aufklärung des Mordfalls nicht weiter.

Sie unterbrachen die Vernehmung, um sich mit der Kriminaltechnik zu besprechen. Ein Polizist bewachte den Vernehmungsraum, während Tim und Rainer zu dem anderen Dezernat gingen. „Was habt ihr in der Wohnung von Sergei Iwanow gefunden? Wir brauchen Beweise, um ihn in der Vernehmung mit dem Mord in Verbindung bringen zu können", begann Tim ohne Umschweife das Gespräch. „Ein Laptop war nicht in der Wohnung zu finden, auch nicht im Verschlag im Keller. Die Telefonnummer des Smartphones passt zu keinem eingehenden oder ausgehenden Gespräch von Günther Ludwigs Smartphone. Außerdem war das Smartphone von Sergei Iwanow nicht in der Funkzelle des Tatorts an dem betreffenden Tag eingewählt." Das war für Tim nicht überraschend. Er könnte ein Prepaid-Handy benutzt und Günther Ludwig angerufen haben, vielleicht hatte er es nach dem Mord entsorgt. „Was ist mit den Fingerabdrücken am Tatort und im Haus von Günther Ludwig?", fragte Rainer. „Auch Fehlanzeige! Er könnte aber Handschuhe getragen haben. Der DNA-Vergleich steht noch aus", antwortete der Kollege der Kriminaltechnik. „Ach so, die Tablettendose, die wir im Bad von ihm gefunden haben, enthält starke Tabletten gegen Schlaflosigkeit, die er vermutlich von irgendjemanden unter der Hand bekommen hat. Mehr können wir euch aktuell nicht sagen. Wir brauchen noch etwas Zeit." Tim merkte, wie Frust in ihm aufstieg. Nach einem kurzen Dankeschön begaben sich Tim und Rainer direkt zum Dienstzimmer von Stefan Dittrich. Nachdem sie ihn über die bisherige Vernehmung und die Auswertung der Kriminaltechnik informiert hatten, schaltete er die Staatsanwältin telefonisch dazu. Tim berichtete erneut von der Vernehmung und der Durchsuchung. Dr. Anna Richter fasste den Ermittlungsstand auf ihre direkte Art und Weise zusammen. „Meine Herren, Sie haben bisher keinen Beweis gefunden, der Sergei Iwanow mit dem Mord in Verbindung bringt. Korrekt?" Tim antworte ihr. „Das stimmt, bisher noch nicht. Aber der DNA-Vergleich steht noch aus, ebenso die Untersuchung der beiden Waffen, die wir in der Wohnung von Sergei Iwanow gefunden haben. Außerdem haben wir den Kalendereintrag über ein Treffen mit einem Sergei in der Mordnacht im Smartphone von Günther Ludwig. Wir müssen ihn weiter befragen und weiter suchen. Ich bin sicher, dass wir einen Beweis finden. Ein Motiv für den Mord ist vorhanden." Damit beendete Tim seine Antwort, die sich etwas nach einem Plädoyer anhörte. „Welches Motiv meinen Sie genau? Ich sehe da aktuell kein stichhaltiges Motiv. Er hat die damalige Vergewaltigung doch zugegeben!", erwiderte die Staatsanwältin. Tim wusste, dass es keinen Sinn machte, dies jetzt mit ihr zu diskutieren. „Wir sollten mit unseren Untersuchungen fortfahren und sowie wir etwas gefunden haben, wird Sergei Iwanow erneut vernommen. Er bleibt weiterhin ein Verdächtiger. Aber für heute kann er nach Hause gehen." Mit diesen Worten beendete Stefan Dittrich ihre Besprechung. Nachdem sie Sergei Iwanow entlassen hatten, gingen Tim und Rainer in ihr Dienstzimmer. „Verdammter Mist! Warum kommen wir nicht an diesen Typ ran? Der hat doch auf jeden Fall seine Hände in illegalen Aktionen. Ich glaube ihm nicht, dass er und Günther Ludwig nicht miteinander gesprochen haben. Er ist unser Mann, ganz sicher", sprudelte es aus Tim heraus. „Kann sein, aber wir müssen unsere Ermittlung weiter fortführen. Du hast Stefan und die Staatsanwältin gehört. Aktuell haben wir nichts Konkretes gegen ihn. Ich wünschte, es wäre anders. Wir warten die ausstehenden Auswertungen der Kriminaltechnik ab und befragen die Mitarbeiter des Nachtclubs. Dann sehen wir weiter", antwortete Rainer. „Das reicht mir nicht. Wir müssen an ihm dranbleiben, dann finden wir auch was. So einfach ist das!", erwiderte Tim. Und er hatte auch schon eine Idee, wie er das anstellen wollte.

23

Er ging mit zügigen Schritten zum Auto. Zu seinem Treffen wollte er nicht zu spät kommen. Er war gespannt, was seine rechte Hand in Erfahrung gebracht hatte. Vielleicht war seine Vorsicht übertrieben, aber bisher hatte sie ihm immer geholfen. Es war wie ein Ritual, in einigen Metern Entfernung von seinem Auto blieb er an einer Häuserecke stehen und beobachtete die Umgebung. Um diese Zeit waren viele Menschen auf den Straßen: Radfahrer, Fußgänger und Jogger. ‚Sie scheinen alle mit sich selbst beschäftigt zu sein', dachte er. Niemand beachtete ihn. Die meisten Fußgänger schauten auf ihre Smartphones oder schienen ins Leere zu schauen. Die Radfahrer erkämpften sich mit lautem Klingeln und Schimpftiraden auf dem Radweg ihr Recht, die den Lieferwagen galten, die mit eingeschaltetem Warnblinklicht auf dem Radweg parkten. Die vorbeifahrenden Autos nutzen jede sich bietende Lücke, um durch schnellen Fahrbahnwechsel ein paar Sekunden gut zu machen.

Gezielt suchte er die Umgebung nach Auffälligkeiten ab. Dies waren Personen, die in ihrem am Fahrbahnrand stehenden Autos die Umgebung beobachteten oder Fußgänger, die, wie er, teilnahmslos herumstanden. Allerdings suchte er gezielt die Fußgänger, die sich auffällig unauffällig verhielten und sich an ihr Ohr fassten oder in ihren Ärmel sprachen, um mit jemanden kommunizieren zu können. Er hatte ein Gespür für Polizisten in zivil. Auch wenn sie nicht ihre Uniformen trugen, verhielten sie sich weiterhin wie Polizisten. Das konnten sie einfach nicht ablegen. Was gut für Leute wie ihn war.

Nachdem er die Umgebung ausführlich beobachtet und keine verdächtigen Personen beobachtet hatte, stieg er in sein Auto ein. Er überprüfte, ob noch alles an seinem Platz war, insbesondere seine Pistole im Handschuhfach. Die Pistole war eine schwarze Glock mit dem Kaliber 9 x 19mm, die er sich vor ein paar Jahren anonym beschafft hatte. Dann startete er den Motor und reihte sich mit seinem dunkelgrauen BMW in den Verkehr ein. Nach einer halbstündigen Fahrt lenkte er sein Auto in einem Industriegebiet auf einen dunklen Hinterhof.

Weit und breit war kein Mensch zu sehen. Er hatte gerade den Motor ausgeschaltet, als sich vor ihm eine Gestalt aus dem Schatten einer Lagerhalle löste und langsam auf ihn zuging. Er stieg aus dem Auto aus und blieb stehen. „Hey Chef, gut siehst du aus. Ich habe deinen Auftrag erledigt", sagte die Gestalt mit der dunklen und rauchigen Stimme. Er lächelte und klopfte seiner rechten Hand auf die Schulter. „Was hast du für mich herausgefunden?". Sein Gegenüber gab ihm einen Umschlag, mit mehreren Fotos. „Wie du wolltest, habe ich mich erst einmal um seine Familie gekümmert. Das ist seine hübsche Frau, die ich auch nicht von der Bettkante schubsen würde. Ein echt heißer Feger, zum Anbeißen." Bei diesen Worten leckte sich seine rechte Hand die Lippen. „Lass ja die Finger von ihr, außer ich sage dir was anderes! Verstanden?" Bei diesen Worten spannte er seine Brust und blickte seine rechte Hand mit seinen grünen kalten Augen durchdringend an. „Natürlich Chef, geht klar! Das hier ist seine pubertierende Tochter. Die geht noch zur Schule." Er sah sich das Foto genauer an. Sie hatte blonde, mittellange Haare und lächelte auf dem Foto. So unbeschwert und naiv, aber sicherlich lernt sie gerade, ihre Weiblichkeit gezielt bei den Jungs in der Schule einzusetzen. Nur wenige Jahre und sie würde sich genauso verhalten wie die Frauen, die ihm immer wieder begegneten. Willig und naiv. Sie hatten keine Ahnung vom Leben. Und da war er zur Stelle, um es ihnen zu besorgen und sie zu benutzen. Das war das, was sie brauchten und die einzige Sprache, die sie verstanden. Er spürte, wie sich bei dem Gedanken daran seine Hose wölbte. Vielleicht würde er bei Gelegenheit auf das Mädchen zurückkommen. „Sehr gute Arbeit. Wir müssen jetzt einen Gang höher schalten, wenn du verstehst was ich meine." Seine rechte Hand grinste, als er ihm die weiteren Instruktionen gab.

Nach ihrem Gespräch fuhr er zurück in die Stadt. Er war zufrieden. Bisher lief alles nach Plan. Jetzt war es wichtig, weiterhin einen guten Überblick über die Ermittlungen zu behalten. Neben seinem Kontakt, den er fest in der Hand hatte, bot sich jetzt eine weitere Möglichkeit bei Bedarf die Ermittlungen gezielt zu steuern. Er lächelte: „Gut, dass ich noch ein Ass in der Hinterhand habe." Mit einem Grinsen im Gesicht fuhr er zu seinem nächsten Termin.

Kapitel 5

24

Den Nachmittag verbrachten Tim und Rainer in Berlin. Nachdem sie mit den Berliner Kollegen der Kriminalpolizei telefoniert hatten, bekamen sie die Adressen der beiden Arbeitgeber von Sergei Iwanow per Mail übermittelt. Zuerst fuhren sie zu dem Inkasso Unternehmen, bei dem Sergei Iwanow arbeitete. Die von den Berliner Kollegen zugesandte Adresse lag mitten in einem Hochhausviertel. Sie hielten vor einem Hochhaus, dessen Fassade verwittert aussah. Das Gebäude schien schon vor ein paar Jahren gelb gestrichen worden zu sein. Mittlerweile blätterte die Farbe an einigen Stellen ab. Der Eingangsbereich sah überraschend gepflegt aus. Es lag weder Müll herum, noch konnte Tim Unkraut zwischen den Gehwegplatten erkennen. Der Rasen links und rechts des Weges war frisch gemäht. Unter den Bäumen daneben spielten Kinder, die Tim und Rainer neugierig ansahen. Tim brauchte einen Augenblick, um an der Wand mit den vielen Klingelschildern das Unternehmen „Russisch-Inkasso GmbH" zu finden. Er drückte die Klingel. Wenige Sekunden später wurde der Türöffner betätigt. „Treppe oder Fahrstuhl?", fragte Tim, obwohl er schon die Antwort kannte. Rainer antworte erst gar nicht, sondern ging zielstrebig zu den Fahrstühlen. Sie mussten hoch in den vierten Stock, das zumindest stand auf dem Schild im Fahrstuhl. Tim drückte die Taste und die Fahrstuhltüren schlossen sich. Im vierten Stock angekommen, sah Tim zu ihrer Rechten ein Schild neben einer Wohnungstür. Unter dem Firmennamen stand mit großen Buchstaben „Wo Gerichtsvollzieher und Anwälte nicht weiter kommen, können wir Ihnen helfen!" Tim schaute Rainer an. „Die scheinen sich in der rechtlichen Grauzone zu bewegen. Also dem säumigen Zahler unterschwellig und nicht nachweisbar Gewalt androhen, um an das Geld zu kommen. Da sollten wir uns von den Berliner Kollegen noch mehr Hintergrundinformationen geben lassen", meinte er.

Tim klingelte an der Wohnungstür. Ein dicker Mann mit Schnäuzer und Glatze öffnete. „Wie kann ich Ihnen helfen, meine Herren?", fragte er freundlich und wollte sie gerade hineinbitten. Als Tim und Rainer ihre Ausweise zeigten, endete die Höflichkeit des Mannes abrupt und er stellte sich vor ihnen in den Türrahmen. „Was wollen Sie?", fragte er jetzt in einem merklich anderen Ton. „Wir haben ein paar Fragen zu Ihrem Mitarbeiter Sergei Iwanow.", sagte Tim. Der Mann schien zu überlegen, ob er überhaupt mit ihnen reden sollte, besann sich aber eines Besseren. Abwartend blickte er abwechselnd Tim und Rainer an. Nachdem Tim seinen Personalausweis überprüft hatte, begann Rainer mit seinen Fragen. „Seit wann arbeitet Sergei Iwanow für Sie und welche Aufgaben hat er bei Ihnen?". „Sergei ist einer meiner besten Männer. Er arbeitet für mich auf Provisionsbasis und treibt für unsere Kunden Schulden ein". „Und wie macht er das genau?", wollte Rainer wissen. „Das ist unser Geschäftsgeheimnis, aber ganz legal. Sergei ist absolut verlässlich und macht sehr gute Arbeit. Mehr habe ich dazu nicht zu sagen." „Eine Frage noch: War ein gewisser Günther Ludwig vielleicht auch einer

Ihrer säumigen Zahler?", fragte Tim. Der Mann schüttelte den Kopf. „Diesen Namen habe ich noch nie gehört. Jetzt entschuldigen Sie mich bitte, mehr Zeit habe ich nicht für Sie. Ich habe zu tun." Und damit schloss er die Wohnungstür. „Das war ja ein voller Erfolg!", meinte Rainer. „Was hast du erwartet bei so einem Unternehmen?", fragte Tim und ging zurück zum Fahrstuhl.

Als Nächstes fuhren sie den Nachtclub an, wo Sergei Iwanow als Türsteher arbeitete. Auf der Fahrt telefonierte Tim mit der Berliner Kriminalpolizei. Er erfuhr, dass die zuständige Staatsanwaltschaft vor einigen Tagen ein Verfahren gegen die Russisch-Inkasso GmbH eingeleitet hatte. Es bestand der Verdacht, dass ihre Geschäftspraktiken beim Geldeintreiben nicht mehr nur im Graubereich, sondern strafbar waren. Der Staatsanwalt war außer sich, weil Tim und Rainer den Mann, der sich als Geschäftsführer ausgab, befragt hatten. Die Berliner Kollegen mussten dem Staatsanwalt kleinlaut erklären, dass sie den Hinweis über das laufende Verfahren bei der Adressermittlung heute Morgen für Tim und Rainer übersehen hatten. „In deren Haut möchte ich jetzt nicht stecken.", meinte Rainer. „Das kann passieren, gerade bei der Vielzahl der Fälle, die sie gerade sicherlich bearbeiten müssen", antworte Tim. „Wir sollten uns demnächst bei ihnen persönlich für die Zusammenarbeit bedanken", schlug Rainer vor. Diese soziale Ader von Rainer schätzte Tim sehr. Während Tim sich immer voll und ganz auf ihre Ermittlungen konzentrierte und dabei möglichst effizient vorging, achtete Rainer darauf, dass der Teamgedanke bei der Mordkommission und zu den anderen Dienststellen nicht zu kurz kam.

Sie hielten mit ihrem Dienstfahrzeug auf der anderen Straßenseite gegenüber des Nachtclubs. „Ungefähr hier hat Günther Ludwig angeblich gestanden, als Sergei Iwanow ihn vom Eingang aus gesehen hatte", meinte Tim. „Die Entfernung ist so gering, dass es durchaus möglich wäre", erwiderte Rainer. Sie gingen zum Eingang des Nachtclubs, der aber nachmittags noch nicht geöffnet hatte. Nachdem sie mehrmals geklingelt hatten, öffnete ihnen eine dunkelhaarige Frau mit eng anliegendem Top, kurzem Rock und hohen Schuhen die Tür. Tim und Rainer zeigten ihren Ausweis und baten darum, den Besitzer sprechen zu dürfen. Die Frau drehte sich wortlos um und ging durch den spartanisch beleuchteten Flur. Bei jedem Schritt wackelte ihr Hintern im Takt ihrer hochhackigen Schuhe auf den Fliesen. Tim und Rainer folgten ihr vorbei an einer großen Garderobe, an der die tanzwütigen Besucher ihre Jacken und Taschen abgeben konnten und erreichten einen großen, schummrig beleuchteten Saal.

Die Frau ging links auf eine Bar mit einer langen Theke zu. „Boss, Besuch für dich! Es ist die Polizei. Hast du etwa was ausgefressen?" Sie lachte heiser. Ein Mann trat hinter der Theke hervor und ging auf Tim und Rainer zu. „Guten Tag, ich bin der Geschäftsführer. Wie kann ich Ihnen helfen?" Er trug eine schwarze Jeans mit einem schwarzen Hemd und einem dunkelgrauen Jackett. An seinem Hemd waren die obersten drei Knöpfe geöffnet, so dass seine Brustbehaarung und eine goldene Panzerkette zum Vorschein kamen. „Wir haben ein paar Fragen zu Sergei Iwanow", antwortete Tim. „Was ist mit ihm? Geht es ihm gut?", wollte der

Geschäftsführer wissen. „Ich denke schon. Wir möchten nur einige Aussagen zu einer laufenden Ermittlung überprüfen", antwortete Tim. Der Mann nickte. „In Ordnung. Wenn ich Sergei helfen kann, tue ich das gerne." Viel konnte er Tim und Rainer allerdings nicht sagen. Er bestätigte, dass Sergei Iwanow an dem Abend als Türsteher gearbeitet hatte, als er Günther Ludwig auf der anderen Straßenseite gesehen hatte. Obwohl der Geschäftsführer des Clubs länger das Foto von Günther Ludwig betrachtet hatte, konnte er sich nicht erinnern, ihn im Nachtclub schon einmal gesehen zu haben. Als Tim und Rainer sich verabschieden wollte, senkte der Mann seine Stimme. „Meine Herren, ich verbürge mich für Sergei. Er ist einer meiner besten Mitarbeiter und immer hundertprozentig korrekt. Das können Ihnen meine anderen Mitarbeiter gerne bestätigen."

Als Tim und Rainer wieder vor dem Nachtclub standen, atmete Tim laut aus. „Was für ein mustergültiger Mitarbeiter unser Sergei angeblich ist. Wahrscheinlich hilft er älteren Damen auch jeden Tag über die Straße. Ich kann das nicht glauben. Wer mindestens eine Vergewaltigung auf dem Kerbholz hat, ist auch zu ganz anderen Sachen fähig." Tim ließ sich auf den Beifahrersitz ihres Dienstwagens fallen und knallte die Tür zu. „Die kann doch auch nichts dafür", sagte Rainer. „Komm, wir fahren zurück. Sicherlich haben wir dann die ausstehenden Ergebnisse der Kriminaltechnik vorliegen." Mit diesen Worten startete er den Motor und reihte sich in Berlins dichter werdenden Berufsverkehr ein.

Zurück in der Mordkommission gingen Tim und Rainer direkt zur Kriminaltechnik. „Wie weit seid ihr?", kam Tim ohne Umschweife zur Sache. „Wir haben gerade das Ergebnis des DNA-Vergleichs erhalten. Es gab keine Übereinstimmung mit den an der Leiche gesicherten DNA-Spuren." Tim konnte es nicht fassen. Er war sich so sicher, dass der DNA-Vergleich der Schlüssel zum Erfolg der Ermittlungen werden würde. „Habt ihr was auf dem Smartphone von Sergei Iwanow gefunden?" Tim griff nach dem verbleibenden Strohhalm. Wenn sie auch dort nichts gefunden hatten, gab es keinerlei Beweise gegen ihn. „Er scheint regelmäßig Pornoseiten zu besuchen und hat viele Fotos von sehr jungen, kaum bekleideten Frauen in eindeutigen Posen auf seinem Handy. In dem Nachrichtenverlauf gab es insbesondere Unterhaltungen mit dem Besitzer des Nachtclubs und dem Geschäftsführer der Russisch-Inkasso GmbH. Interessant sind einige Nachrichten von Sergei Iwanow hinsichtlich seiner Arbeit als Geldeintreiber. Schaut euch die Nachrichten auf dem Ausdruck an." Tim und Rainer nahmen die beiden Dokumente vom Tisch und überflogen sie. Sergei berichtet hier seinem Chef von seinen erfolgreichen Kundenbesuchen. „Jetzt verstehe ich, warum ihn sein Chef so gelobt hat. Er scheint jeden säumigen Zahler überzeugt zu haben. Aber in den Nachrichten sind nur Andeutungen wie „er ist eingeknickt und hat direkt gezahlt." Das ist nichts Verwertbares für uns", sagte Rainer und legte die Ausdrucke auf den Schreibtisch der Kriminaltechnik. Tim verließ wortlos den Raum, Rainer konnte seinen Frust spüren.

Als sie den Gang der Mordkommission betreten hatten, kam ihnen ihr Chef entgegen. „Kommt bitte kurz mit mir, ich muss mit euch reden." Tim und Rainer folgten ihm in sein Dienstzimmer und nahmen Platz. Stefan Dittrich schloss die Tür. „Was habt ihr heute Nachmittag in Berlin herausgefunden?" Tim berichtete ihm alles, was sie in Erfahrungen bringen konnten, und informierte ihn über die restlichen Ergebnisse der Kriminaltechnik. „Das bedeutet also, wir treten immer noch auf der Stelle?" Der Leiter der Mordkommission schaute Tim und Rainer an. Er sprach ruhig und sachlich. Tim schätzte seine besonnene und ruhige Art. Allerdings konnte er die unterschwellige Kritik seines Vorgesetzten spüren. „Ich will direkt zum Punkt kommen. Natürlich halte ich euch den Rücken frei, aber ich erwarte von euch, dass ihr in alle Richtungen ermittelt. Aktuell habe ich den Eindruck, dass ihr euch ausschließlich auf Sergei Iwanow konzentriert. Doch das scheint die Ermittlungen nicht weiter zu bringen. Oder seid ihr da anderer Meinung?" Tim wollte gerade zu einer Antwort ansetzen, als Rainer das Wort ergriff. „Da Sergei Iwanow aktuell unser einziger Verdächtiger ist, haben wir uns bisher auf ihn konzentriert. Für uns ist er immer noch verdächtig, wir können ihn als Mörder nicht ausschließen. Aber ich gebe dir natürlich recht, wir sollten die Ermittlungen in alle Richtungen führen. Morgen werden wir nochmals alle bisherigen Ermittlungsergebnisse durcharbeiten". Stefan Dittrich nickte zufrieden. Tim war froh, dass Rainer geantwortet hatte. Heute fiel es ihm ausnahmsweise schwer, sachlich zu bleiben. Für ihn war Sergei Iwanow nicht nur ein Verdächtiger. Er wollte diesem kranken Schwein unbedingt das Handwerk legen. Tim und Rainer wollten aufstehen, als Stefan Dittrich seinen Monitor zu ihnen drehte. „Die Presse fängt an, über unsere Ermittlungen zu berichten. Ihr wisst was das bedeutet. Passt gut auf, dass hier nichts außerhalb unserer offiziellen Pressemitteilungen durchsickert." Tim und Rainer nickten. Damit war das Gespräch beendet, sie konnten gehen.

„Ich mache für heute Schluss. Sarah und ich wollen einen gemütlichen Abend zuhause verbringen." Tim klopfte Rainer kurz auf die Schulter und verließ die Polizeidirektion. Rainer schaute ihm hinterher. Er konnte Tims Frust über die schleppende Ermittlung verstehen, aber irgendwie reagierte Tim heute zu emotional. Was war bloß los mit ihm?

25

Tim stieg in sein Auto und startete den Motor, genau wie jeden Abend, wenn er sich auf den Weg nach Hause machte. Doch anstatt loszufahren, schaltete er den Motor wieder aus und griff zu seinem Smartphone und nahm eine Sprachnachricht für seine Frau auf. „Hallo mein Schatz, es wird spät heute Abend. Rainer und ich sind mitten in unseren Ermittlungen zu dem aktuellen Fall und kurz vor dem Durchbruch. Bitte wartet nicht auf mich. Gib Lea einen Kuss von mir." Tim legte das Smartphone in die Mittelkonsole, startete den Motor erneut und fuhr los. Er hatte schließlich eine längere Fahrt vor sich.

Während der Fahrt ging Tim in Gedanken ihre bisherigen Ermittlungsergebnisse durch. Fieberhaft überlegte er, was er bei Sergei Iwanow übersehen hatte. Als plötzlich in ihm alte Erinnerungen aus seiner Vergangenheit hochkamen, drehte er die Lautstärke des Radios hoch. Er hatte diese doch so gut in seinem Inneren vergraben.

Nachdem Tim sein Ziel erreicht hatte, parkte er so am Straßenrand, dass er einen guten Überblick über beide Straßenseiten hatte. Es war ein weiterer lauer Sommerabend. Auf den Bürgersteigen waren viele eng umschlungene Paare zu sehen, die ihren Feierabend gemeinsam genießen wollten. Tim nahm seine Umgebung nur unscharf wahr. Zu sehr war er auf den gut zehn Meter entfernten Hauseingang konzentriert. In den folgenden zwei Stunden passierte nichts. Tim rutschte auf dem Autositz hin und her und trank seine Cola, die er auf dem Weg mit weiteren Getränken und Süßigkeiten an einer Tankstelle gekauft hatte. Er wusste, dass dies ein langer Abend, oder eher eine lange Nacht werden würde. Aber er hatte keine andere Wahl. Plötzlich stellte Tim die Cola zur Seite und setzte sich aufrecht hin. Endlich war eine Bewegung im Hauseingang zu sehen. Der Mann, auf den er gewartet hatte, trat auf die Straße. Er schlug genau die Richtung ein, in der sich Tim in seinem Auto befand. ‚Hoffentlich sieht er mich nicht', dachte Tim und duckte sich schnell. Er hatte Glück, denn der Mann schien ihn nicht bemerkt zu haben. Tim musste sich jetzt entscheiden, ob er die Verfolgung zu Fuß oder mit dem Auto aufnehmen sollte. Er entschied sich das Auto stehen zu lassen und später abzuholen. Mit ein paar Metern Abstand folgte Tim ihm unauffällig. Da zu dieser Uhrzeit viele Fußgänger unterwegs waren, hatte

Tim eine natürliche Deckung. Der Mann ging zügig, schaute sich aber kein einziges Mal um. Tim schien kein Aufsehen zu erregen. Als der Mann die Treppen zur U-Bahn herunterging, fluchte Tim leise. Jetzt musste er aufpassen, um den Anschluss nicht zu verlieren und gleichzeitig auch nicht entdeckt zu werden. Als Tim den Bahnsteig betrat, warteten viele Menschen auf die nächste U-Bahn. Tim sah, wie der Mann teilnahmslos auf die gegenüberliegende Werbetafel des Bahnsteigs starrte. Unauffällig betrat Tim den Bahnsteig und nutzte die Deckung eines Betonpfeilers. Im nächsten Augenblick fuhr die U-Bahn ein, der Mann stieg in den letzten Wagen. Tim trat aus der Deckung des Betonpfeilers hervor und setzte sich in den mittleren Wagen. Von hier konnte er den letzten Wagen gut sehen. Tim entschied sich, bei den nächsten Haltestellen von der Tür aus zu beobachten, ob er die U-Bahn verließ. Zunächst tat sich nichts. Mittlerweile hatten sie schon fünf Haltestellen hinter sich gelassen, als der Mann plötzlich aufstand und zur Tür ging. Nachdem die U-Bahn angehalten hatte, stieg er aus und ging die nächste Treppe hoch. Tim kämpfte sich durch die einsteigenden Menschenmassen und folgte ihm unauffällig. Nachdem er die Treppen hochgerannt war, stand er in einem Tunnel mit kleinen Läden auf beiden Seiten. An jedem Tunnelende gab es eine Treppe zur darüberliegenden Straße. Da Tim ihn nicht entdecken konnte, entschied er sich für den Treppenaufgang zu seiner Linken. Er rannte die Treppen hoch und trat auf die Straße. Schnell blickte er nach links und rechts, um den Mann zu erspähen. Als Tim auf die andere Seite schaute, entdeckte er ein ihm bekanntes

Gebäude. Und jetzt sah er auch den Mann wieder, der gerade das Gebäude betrat. Es war fast einundzwanzig Uhr. Tims Magen knurrte. Er suchte sich einen Imbiss mit Blick auf das Gebäude und bestellte sich Kaffee und einen großen Burger. Von dort würde er sehen, sobald der Mann das Gebäude wieder verließ.

Der Nachtclub öffnete pünktlich um zweiundzwanzig Uhr. Sergei Iwanow war heute an der Eingangstür mit einem Kollegen eingeteilt. Die Arbeit als Türsteher machte ihm deutlich mehr Spaß als sein normaler Beruf. Er genoss die Aufmerksamkeit, die man als Türsteher bekam. Viele Frauen flirteten mit ihm und seinen Kollegen, nur um in den begehrten Nachtclub eingelassen zu werden. Viele der weiblichen Stammgäste begrüßten ihn mit Küsschen. Gelegentlich konnte er eine der weiblichen Damen zu später Stunde noch überzeugen, die Nacht mit ihm zu verbringen. Auch wenn es offiziell verboten war, etwas mit den Gästen anzufangen, sah sein Boss bei ihm großzügig darüber hinweg. Das war auch kein Wunder, denn immer, wenn es Ärger im Nachtclub gab, meistens durch betrunkene Männer am Eingang oder im Club, war es Sergei Iwanow, der für Ordnung sorgte. Entweder mit Worten oder notfalls auch mit dem nötigen körperlichen Nachdruck. Heute schien das nicht notwendig zu sein. Vielleicht lag es am Wetter, aber die Gäste warteten geduldig vor dem Nachtclub auf Einlass und feierten ausgelassen und friedlich. Da er morgens seinem normalen Beruf nachgehen musste, durfte er seine Schicht bereits um ein Uhr beenden. Nachdem er sich am Eingang von seinen beiden Kollegen verabschiedet hatte, ging er los. Bevor er die U-Bahn nach Hause nahm, wollte Sergei Iwanow noch bei seinem Lieblingstürken eine Kleinigkeit essen. Voller Vorfreude auf den Döner bog er in die nächste Straße ab und pfiff vor sich hin.

Tim hätte ihn fast verpasst. Nachdem er die letzten Stunden aus dem Imbiss heraus den Eingang des Gebäudes beobachtet hatte, wollte er gerade eine weitere Tasse Kaffee bestellen. Da sah er, wie Sergei Iwanow den Nachtclub verließ und zu Fuß in eine Seitenstraße einbog. Tim stand auf und rannte über die Straße. Auf keinen Fall wollte er nach all dem langen Warten den Anschluss verpassen. Anders als vorhin war die Nebenstraße menschenleer. Für Tim war es nun deutlich schwieriger ihm unentdeckt zu folgen. Er konnte ihn pfeifen hören. Tim versuchte jede Deckung, die ihm die Hauswände boten, zu nutzen. Sergei Iwanow bog in eine weitere Nebenstraße ab. Tim sah vorsichtig um die Ecke. Dieser schien ihn nicht zu bemerken. Er ging mitten auf der Straße weiter und pfiff ein neues Lied, das Tim nicht erkannte. Er ließ ihm etwas mehr Vorsprung und folgte ihm vorsichtig im Schatten der Häuser die Straße entlang. Plötzlich bog Sergei Iwanow erneut ab. Als Tim vorsichtig in die Straße blickte, war von ihm nichts zu sehen. Er war wie vom Erdboden verschwunden. Tim überlegte. Die Straße war nur etwa einhundert Meter lang. Dann mündete sie in eine Größere. Tim konnte die vielen Autos in der Ferne sehen und den Lärm hören. Ihm blieb keine andere Wahl, als die Straße hinunterzulaufen und Sergei Iwanow zu suchen. Es gab zwar links und rechts Straßenlaternen, aber nur zwei waren eingeschaltet. Es war dunkel und die großen

Mülltonnen auf beiden Seiten machten es für Tim noch unübersichtlicher. Als Tim noch ungefähr zwanzig Meter von der Einmündung der vielbefahrenen Straße entfernt war, bemerkte er rechts neben ihm einen Schatten aus einer Öffnung in der Hauswand hervortreten. Unvermittelt wurde Tim angegriffen. Er versuchte, dem Schlag auszuweichen, aber er war zu langsam. Der Überraschungseffekt war Sergei Iwanow voll gelungen. Er schlug ihm so hart in das Gesicht, dass dieser ins Taumeln kam. Tim versuchte das Gleichgewicht zu halten. Sofort zielte er auf das Kinn von Sergei Iwanow und schlug mit aller Kraft zu. Der Treffer schien ihn nicht wirklich zu beeindrucken. Er schien eher überrascht, dass Tim sofort einen Gegenangriff gestartet hatte. Jetzt deckte er Tim mit einer Kombination von linken und rechten Haken gegen den Oberkörper ein. Die Schläge prasselten auf Tim ein. Wie ein Boxer versuchte Tim seinen Oberkörper mit seinen Armen zu schützen. Als Sergei Iwanow seine kurze Kombination beendet hatte, nahm Tim seine letzte Kraft zusammen, stieß ihn mit beiden Händen zurück und landete anschließend einen harten Treffer auf dessen Nase. Blut strömte aus Sergei Iwanows Nase und tropfte auf sein weißes T-Shirt. Während er sich in den letzten Minuten auf den Kampf mit seinem Gegner konzentriert hatte, konnte er ihn jetzt das erste Mal in Ruhe mustern. Erst jetzt erkannte er Tim.

Sergei Iwanow senkte seine Fäuste und grinste. „Hallo Bulle, was machst du denn alleine nachts hier in Berlin? Möchtest du mir noch weiter auf die Nerven gehen? Ihr habt mich doch schon den ganzen Tag belästigt. Aber wenigstens wie ein Mann kämpfen kannst du."

Tim hatte den Eindruck, dass er eine gewisse Anerkennung in seinen Worten hörte. Plötzlich fing Sergei Iwanow laut an zu lachen. „Jetzt verstehe ich es erst. Ihr habt nichts gegen mich in der Hand und du scheinst so verzweifelt zu sein, dass du mir nachts nachschleichst. Weiß dein Boss eigentlich davon?" Tim spürte Wut ins sich aufsteigen. Aber er konnte schlecht einordnen, ob er auf Sergei Iwanow oder sich selbst wütend war. „Sie haben Beate Ludwig vergewaltigt. Vielleicht vergewaltigen Sie immer noch junge Mädchen. Warum soll ich Ihnen glauben, dass Sie Günther Ludwig nicht umgebracht haben?" Sergei Iwanow wischte mit seinem rechten Arm das Blut von seinem Gesicht und ging einen Schritt auf Tim zu. „Jetzt hör gut zu Bulle! Ja, ich habe dieses deutsche Mädchen damals vergewaltigt. Bei der Armee waren wir Soldaten damals eingesperrt wie Tiere. Wir waren jung und geil und es gab in unserer Kaserne nichts zu vögeln. Ich will mich nicht entschuldigen für das, was damals passiert ist. Aber es ist nun mal geschehen. Und dafür hat mich mein Kommandant auch bestraft. Schau dich um! Hier in Berlin gibt es genug heiße Muschis für mich. Ich habe es überhaupt nicht nötig irgendeine Tussi zu vergewaltigen. Die Frauen lieben mich und meinen Schwanz. Sag mir Bulle, warum sollte ich diesen Günther töten? Was hätte ich denn davon? Und jetzt verpiss dich! Das nächste Mal lasse ich dich nicht einfach so davonkommen! Verstanden?"

Sergei Iwanow drehte sich um und ging die Straße hinunter. Kurze Zeit später bog er um die Straßenecke nach rechts. Tim konnte sein provozierendes Pfeifen immer noch hören. Er blieb stehen und blickte in beide

Richtungen. Außer ihm war keine Menschenseele in der Straße. Sein Oberkörper tat ihm von den Schlägen weh. Sicherlich würde er ein paar Blutergüsse die nächsten Tage als Andenken haben. Vielleicht würde sogar ein blaues Veilchen im Gesicht dazukommen. ‚Was habe ich mir nur dabei gedacht, ich Idiot. Noch nie habe ich mich so von meinen Gefühlen leiten lassen. Ich habe auf ganzer Linie als Ermittler versagt'. Mit diesem Gedanken ging Tim langsam und niedergeschlagen zurück zur U-Bahnstation und versuchte seine Wut auf sich selbst zu unterdrücken.

Den parkenden schwarzen Mercedes am Straßenrand nahm Tim in diesem Augenblick nicht wahr. Er war zu sehr mit sich selbst beschäftigt. Kurze Zeit später startete der Motor des Fahrzeuges und fuhr in die andere Richtung davon. Der Fahrer hatte für heute genug gesehen.

26

Der Rückweg zu seinem Auto kam Tim wie eine Ewigkeit vor. Als er an seinem Auto angekommen war, setzte er sich hinter das Lenkrad und starrte auf die Straße. ‚Was soll ich jetzt bloß tun?'. Er musste sich unbedingt wieder fangen und als Ermittler funktionieren. Das war schließlich sein Traumberuf, ja seine Berufung. Er konnte nicht einfach aufgeben. Aber dieser Fall brachte ihn an seine Grenzen. Tim hatte nicht das Gefühl, dass er das alleine schaffen konnte. Er griff zu seinem privaten Smartphone und wählte eine Telefonnummer aus seinem Adressbuch. Es kam Tim wie eine

Ewigkeit vor, bis sich am anderen Ende der Leitung jemand meldete.

Rainer lag im Bett und schlief tief und fest. Er brauchte in der Regel nur wenige Sekunden, um abends einzuschlafen. Plötzlich klingelte sein dienstliches Smartphone. Rainer schreckte hoch und sah auf das beleuchtete Display. Er sah, dass Tim von seinem privaten Handy anrief. „Weißt du eigentlich wie spät es ist?" Für einen Moment hörte Rainer nur Stille. „Ja, ich weiß. Es ist mitten in der Nacht und es tut mir leid, dass ich dich störe." Rainer war jetzt hellwach. Irgendetwas stimmte mit Tim nicht. Sein Kollege und Freund hörte sich nicht nur erschöpft, sondern auch niedergeschlagen an. „Nimmst du dir das immer noch so zu Herzen, dass wir heute einen Einlauf vom Chef bekommen haben?" Wieder herrschte Stille. „Nein, nein. Ich habe gerade richtig Scheiße gebaut. Du musst mir helfen!" Rainer sprang aus dem Bett. „Was ist passiert? Wo bist du?"

Etwa fünfundvierzig Minuten später saß Tim in Rainers Wohnzimmer und hielt eine Tasse Tee in der Hand. Sie saßen sich gegenüber. Rainer rührte seinen schwarzen Tee immer noch um und das, obwohl sich der Zucker schon längst aufgelöst hatte. Aber Rainer konnte mit dem Umrühren einfach nicht aufhören. Viel zu gebannt hörte er Tims Erzählungen von den Ereignissen der heutigen Nacht zu. „Nur noch mal für mich zum Verständnis: Du hast dich mit unserem bisherigen Hauptverdächtigen, nein, was sage ich, dem einzigen Verdächtigen in unserem Mordfall, auf offener Straße geprügelt?" Tim nickte beschämt und schaute frustriert zu Boden. „Was ist denn los mit dir? So kenne ich dich nicht! Du bist doch immer so gefasst, so sachlich. Nichts bringt dich so leicht aus der Ruhe. Was ist denn in diesem Fall anders? Oder stimmt irgendetwas mit dir und Sarah etwa nicht?" Rainer sah Tim direkt in die Augen. Er wollte seinem Kollegen und Freund so gerne helfen, konnte aber nicht verstehen, was mit Tim los war. Tim wendete seinen Blick ab und schaute durch das Fenster hinaus auf die Straße. „Es ist kompliziert." Rainer verstand immer noch nicht, wie Tim so die Fassung verlieren konnte. „Dann erkläre es mir in einfachen Worten. Du hast mich um Hilfe gebeten. Aber wenn ich dir helfen soll, musst du mir schon sagen, was wirklich los ist." Tim sah jetzt nicht mehr aus dem Fenster, sondern fixierte das Foto auf dem Regal, das Tim und Rainer bei der letzten Weihnachtsfeier der Polizeidirektion zeigte. „Ich kann es selbst kaum fassen, dass mich dieser Fall emotional so mitnimmt. Ich habe das Gefühl, dass meine Emotionen das Kommando übernommen haben und all das was mich als Ermittler ausmacht, verdrängt haben." Tim machte eine längere Pause. Rainer ließ ihm Zeit um sich zu sammeln. „Zuerst habe ich nicht wahrhaben wollen, dass die Emotionen so stark wurden. Dabei wusste ich von Anfang an, was der Auslöser war." Rainer sah, dass Tim sich anstrengte die Fassung zu wahren. „Der Auslöser war die Vergewaltigung von Beate Ludwig." Rainer nickte verständnisvoll. Dabei hatte er keine Ahnung, warum dies der Auslöser sein sollte. „Es hängt mit meiner Familie zusammen. Genauer gesagt mit einem Vorfall der schon viele Jahre zurückliegt." Langsam dämmerte es Rainer. „Hat es was mit deiner Schwester zu tun?" Tim sah ihn an, bewegte sich aber überhaupt nicht. Rainer konnte es aber in Tims glänzenden Augen sehen, dass er ins Schwarze getroffen hatte. „Meine Schwester wurde vergewaltigt, als sie neunzehn Jahre alt war. Als ihr jüngerer Bruder haben unsere Eltern versucht, die Vergewaltigung vor mir zur verheimlichen. Natürlich wollten sie mich beschützen. Aber als ich ein Gespräch von ihnen belauscht hatte, war ich so wütend auf sie und habe ihnen Vorwürfe gemacht. Zum Glück hat meine Schwester eine sehr starke Persönlichkeit. Sie hat sich gefangen und eine Therapie gemacht. Sie ist so verdammt tapfer und stark. Ich glaube, dass ich die Vergewaltigung einfach verdrängt hatte und jetzt kommt alles wieder hoch. Was soll ich jetzt bloß tun?" Tim sah ihn mit flehendem Blick an. „Du tust genau das Richtige", antwortete Rainer. Tim sah ihn fragend an. „Anstatt weiterhin dieses traumatische Erlebnis zu verdrängen und in den Tiefen deines Herzens zu vergraben, lässt du es gerade raus. Du redest mit mir darüber und das ist das Beste, was du in solch einer Situation machen kannst. Gerade in diesem Augenblick bekämpfst du die alten Dämonen." Tim sah nachdenklich aus. „Vielleicht hast du recht. Es ausgesprochen zu haben fühlt sich an, als ob eine zentnerschwere Last von meinem Herzen abfällt. Aber trotzdem hätte ich mich nicht so gehen lassen dürfen. Ich habe mich mit jemanden geprügelt, der ein Verdächtiger in unserem Mordfall ist. Das war überhaupt nicht professionell." Rainer nickte. „Du hast recht, das war für einen Angehörigen der Kriminalpolizei nicht professionell. Es gefährdet sogar unsere Ermittlungen. Ich will hier nichts beschönigen. Aber jeder von uns macht Fehler, das ist menschlich." Tim wusste nicht was er dazu sagen sollte. „Dieser Vorfall macht dich jetzt nicht plötzlich zu einem schlechten Ermittler. Ganz im Gegenteil. In meinen Augen bist du der beste. Ich bin stolz dein Partner zu sein. Du kannst aber nicht ändern, was passiert ist. Du solltest jetzt deine ganze Energie zusammennehmen, vom Boden aufstehen und weitermachen. Das erwarte ich von dir als mein Partner und Freund." Bei diesen Worten stand Rainer von seinem Sessel auf und ging auf Tim zu. Tim stand ebenfalls auf und beide nahmen sich in die Arme.

„Danke, mein Freund." Tim klopfte Rainer auf die Schulter. Ich fühle mich schon viel besser, nur mein Körper merkt gerade die Folgen der Schlägerei. Rainer lachte. Tim versuchte mitzulachen, aber die Prellungen an seinem Oberkörper schmerzten immer stärker. „Ich glaube, ich fahre jetzt nach Hause und leg mich ins Bett. Als erstes spreche ich morgen früh mit Stefan. Er sollte wissen was passiert ist. Danach rollen wir den Fall gemeinsam von vorne auf. Was meinst du?" Rainer überlegte kurz und fuhr dann fort. „Ich bin mir nicht sicher, ob das wirklich eine gute Idee ist, Stefan zu informieren. Sergei Iwanow wird bestimmt nicht zur Polizei gehen, um Anzeige zu erstatten. Aber du könntest dir eine Menge Ärger einhandeln, wenn du ihn informierst. Du kennst ihn ja, er ist normalerweise immer hundertprozentig korrekt und dann hätte dieser Zwischenfall sehr wahrscheinlich Folgen für dich." Tim nickte. „Ich weiß, aber dieses Risiko muss ich eingehen. Ich muss für meinen Fehler gerade stehen. Wenn ich es Stefan nicht sage, kann ich mir nicht mehr in den Spiegel schauen." Rainer klopfte Tim noch einmal auf die Schulter, "Tu das was du für richtig hältst. Ich bin an deiner Seite." Tim ging die Treppen hinunter zur Haustür des Mehrfamilienhauses, in dem Rainer wohnte und steuerte auf sein Auto zu.

27

Als Tim Beck zuhause ankam, war es schon beinahe fünf Uhr morgens. Wie immer, erwarte Lasse ihn an der Haustür. "Ist gut, mein Freund. Leg dich wieder schlafen!", sagte Tim und tätschelte dem Labrador den Kopf. Lasse trottete zurück ins Wohnzimmer und ließ sich mit einem kurzen Stöhnen auf seine Decke fallen. Tim folgte ihm ins Wohnzimmer und setzte sich in einen der beiden Ledersessel. Nach wenigen Sekunden übermannte ihn der Schlaf. Er hatte knapp anderthalb Stunden geschlafen, als er wieder aufwachte. Mühsam stand Tim aus dem Sessel auf. Er hielt sich die Hand an seinen Oberkörper, der bei jeder Bewegung schmerzte. Leise ging er die Treppe zum Obergeschoss hinauf. Sarah und Lea würden jeden Augenblick aufwachen. Aber Tim wollte erst einmal duschen und die Spuren des Kampfes von letzter Nacht abwaschen. Die beiden sollten ihn nicht so mitgenommen sehen. Tim genoss den heißen Wasserstrahl der Dusche. Er ließ das Wasser über seine verhärtete Nackenmuskulatur fließen und kreiste seinen Kopf. Nachdem er sich geduscht und abgetrocknet hatte, fühlte er sich deutlich frischer. Die Schwellung im Gesicht war kaum noch zu sehen, dafür färbten sich die Blutergüsse am Oberkörper langsam von Grün zu

Dunkelblau. Er betrachtete seinen durchtrainierten Oberkörper. Er hatte Glück gehabt, dass er keine Rippenbrüche davongetragen hatte. Instinktiv hatte Tim bei der Schlägerei alle Muskeln angespannt und bei der Abwehr der Schläge versucht, möglichst wenig Angriffsfläche zu bieten. Das zahlte sich im Nachhinein aus. Die Blutergüsse würden ihn zwar noch ein paar Tage an die gestrige Nacht erinnern, doch die Schmerzen würde er mit ein paar Schmerztabletten ertragen können. In dem Moment als er sein Hemd anziehen wollte, platzte Sarah ins Bad. Voller Sorge schaute sie seinen Oberkörper an. „Oh Gott Schatz, was ist denn mit dir passiert? Woher kommen diese ganzen Verletzungen und wo warst du nur die ganze Nacht?"

Tim erzählte Sarah von letzter Nacht und auch von seinem Gespräch mit Rainer. Sarah hörte ihm mit sorgenvoller Miene zu. Nachdem Tim alles berichtet hatte, nahm Sarah ihn in den Arm. „Du bist ein toller Polizist. Du hast mit deinem Partner schon so viele Fälle aufgeklärt. Auch diesen Fall werdet ihr zusammen lösen." „Danke mein Schatz. Es tut mir gut das von dir zu hören!" „Irgendwann musste das mit deiner Schwester aus dir herausbrechen. Ich bin stolz, dass du endlich darüber reden kannst." Tim genoss die Umarmung. Lange blieben sie so im Bad stehen.

Er zog sich fertig an und trank nur noch schnell in der Küche eine Tasse Kaffee im Stehen. Sarah machte währenddessen für Lea und sich das Frühstück. Als seine Tochter verschlafen, die Treppe herunterkam, ging Tim auf sie zu. „Hallo, mein Sonnenschein. Ich kann heute nicht mit euch frühstücken. Komm zum Abschied mal kurz in meinen Arm." Tim streckte die Arme aus, aber Lea sah ihn nur kopfschüttelnd an. „Ich bin nicht mehr deine kleine Tochter sondern erwachsen! Wann verstehst du das endlich?" Dann setzte sie sich ohne weitere Worte an den Esstisch und ignorierte ihn. Sarah ging auf Tim zu und gab ihm einen Kuss. „Mach dir nichts daraus, sie ist halt ein Morgenmuffel." Tim gab Sarah einen Kuss zurück und ging zum Auto. Er fragte sich, was er schon wieder bei Lea falsch gemacht hatte? In letzter Zeit war es egal was er sagte oder tat. Er schien immer ihren Zorn auf sich zu ziehen. ‚Und das gerade jetzt, wo es mit Sarah wieder besser zu laufen scheint', dachte Tim. Er startete das Auto und schüttelte den Gedanken ab. Denn jetzt musste er sich auf das konzentrieren, was ihm als Nächstes bevorstand. Die Beichte bei seinem Chef.

Als Tim das Dienstzimmer betrat, war von Rainer noch keine Spur zu sehen. Tim ging direkt zum Büro von Stefan Dittrich. Die Tür stand offen und der Leiter der Mordkommission saß hinter seinem Schreibtisch. Als er Tim sah, stand er auf. „Als in Ordnung, Tim? Was ist mit deinem Gesicht passiert?" Tim schloss die Tür und setzte sich auf den Stuhl vor dem Schreibtisch, ohne die Aufforderung dazu abzuwarten. Während er von letzter Nacht berichtete, hörte sein Vorgesetzter ihm aufmerksam zu. Tim erzählte von der Schlägerei und dem Grund für seinen emotionalen Ausbruch. Sein Gespräch mit Rainer behielt er für sich. Denn das ging nur ihn und Rainer etwas an. Stefan Dittrich sah Tim nachdenklich an. „Gut, dass du direkt zu mir gekommen bist. Du weißt, wie wichtig Vertrauen und Loyalität für mich sind. Ich gehe davon aus, dass Rainer auch Bescheid weiß, oder?" Tim nickte. „Ich muss dir nicht sagen, dass dein Verhalten gestern unprofessionell war und die Ermittlungen zu dem Mordfall Günther Ludwig gefährden. Nachdem was du mir erzählt hast, handelt es sich um eine leichte Körperverletzung. Ich muss dir nichts über den zugehörigen Straftatbestand erzählen. Allerdings hat dieser Sergei Iwanow dich angegriffen und du hast den Angriff abgewehrt. Ich muss überlegen, wie ich mit dem Wissen jetzt umgehen soll. Stefan Dittrich stand auf. „Du bist mein bester Ermittler. Ich glaube an dich und bin mir sicher, dass du am Anfang einer erfolgreichen Karriere bei der Kriminalpolizei stehst. Du bist viel talentierter als ich es damals war. Deine sachliche und nüchterne Art hilft dir als Ermittler. Aber solche emotionalen Ausbrüche wie in der letzten Nacht dürfen einfach nicht passieren. Wenn du das nicht in den Griff bekommst, wirst du irgendwann nicht nur keine Karriere bei der Kriminalpolizei machen, sondern schlimmstenfalls kein Angehöriger der Polizei mehr sein. Verstehst du, was ich dir sagen will?" Stefan Dittrich sah ihn mit ernster Miene an. Tim nickte und stand auf. „Und jetzt dreht jeden Stein auf links und sucht den Mörder!" Mit diesen Worten verabschiedete er Tim und schloss die Tür hinter sich.

Zurück in ihrem Dienstzimmer saß Rainer mittlerweile an seinem Platz und sah Tim sorgenvoll entgegen. Er stand auf und stellte sich vor Tim. „Wie ist das Gespräch verlaufen? Zumindest hat er dir ja den Kopf nicht abgerissen." Nachdem Tim ihm von dem Gespräch mit ihrem Chef erzählt hatte, klopfte ihm Rainer auf die

Schulter. „Gut, dass du auf deinen Instinkt gehört und Stefan von letzter Nacht erzählt hast. Jetzt bleibt dir nichts anderes übrig, als abzuwarten." Tim nickte. „Aber jetzt lass uns loslegen, um bei unseren Ermittlungen endlich voran zu kommen!"

Tim und Rainer bereiteten alle Berichte zu dem Mordfall auf ihren beiden Schreibtischen aus. Rainer rief Sven Ziegler zu sich. Als er in das Dienstzimmer kam, entdeckte Sven Ziegler sofort die leichte Schwellung im Gesicht von Tim. Er wollte dazu gerade eine Frage stellen, als er Rainers drohenden Blick sah. Daher behielt er sie für sich. „Guten Morgen, wie kann ich euch helfen?" Rainers Blick hellte sich auf. „Sven, wir brauchen deinen scharfen Sachverstand und deine Hintergrundrecherchen. Du musst uns helfen, den Mordfall Günther Ludwig neu aufzurollen!" Sven Ziegler zögerte einen Moment. Er konnte Rainer und seine ironische Art oft nicht einschätzen. Er glaubte ihm aber in diesem Augenblick, dass die beiden seine Unterstützung benötigten. Diesen Augenblick genoss Sven Ziegler. Oft fühlte er sich als fünftes Rad am Wagen. Tim und Rainer bildeten ein perfekt eingespieltes Team. Ihm selbst blieb oft nur die Rolle als Beobachter und Zuarbeiter aus dem Hintergrund. Meistens fehlte ihm ihre Wertschätzung für seine umfangreichen und schnellen Datenbankrecherchen. „Wie kann ich euch helfen?", fragte Sven Ziegler und trat an die beiden Schreibtische. Tim schaute ihn an. „Indem du erst einmal mit uns alle Dokumente durchgehst und im Anschluss Vorschläge machst, welche zusätzlichen Recherchen du noch machen könntest. Wir fangen mit unseren Ermittlungen noch mal bei null an."

Drei Stunden später hatten sie alle Dokumente und Fotos auf dem Tisch ausgelegt. Die aus ihrer Sicht entscheidenden Fotos und Dokumente hingen am großen Whiteboard. Jetzt standen sie davor und schauten sich die handschriftlichen Notizen und Verbindungslinien an, die Tim ergänzt hatte. „Was wissen wir bis jetzt?", fragte Tim. Rainer wusste, dass Tim nicht wirklich eine Antwort erwartete. Vielmehr war er in seinem Denkprozess, bei dem er vor sich hinsprach und versuchte, alle Informationen neu zu strukturieren. „Also, wir wissen wann und wo Günther Ludwig ermordet wurde. Ebenso wissen wir, dass er an dem Abend eine wichtige Verabredung hatte. Allerdings waren weder Haustürschlüssel noch Smartphone des Opfers am Tatort. Vielleicht hat Günther Ludwig beides zu Hause gelassen. Aber zu mindestens das Smartphone hätte er doch zu seiner Verabredung mitgenommen. Wenn das Treffen für ihn so wichtig war, hätte er doch sichergehen wollen, dass er für den Fall, dass sich einer der beiden verspäten oder den Treffpunkt nicht finden würde, erreichbar gewesen wäre. Oder was meint ihr?" Rainer und Sven nickten. „Dann lasst uns davon ausgehen, dass der Täter das Smartphone vom Tatort mitgenommen und im Haus von Günther Ludwig platziert hat. Das würde auch erklären, warum der Haustürschlüssel nicht am Tatort war. Der Täter ist damit ins Haus gelangt. Die Kriminaltechnik hat keine Einbruchsspuren an der Haustür und den Fenstern gefunden. Das deutet auch darauf hin, dass der Täter das Versteck des Ersatzschlüssels im Garten von Günther Ludwig nicht kannte", fuhr Tim fort. „Allerdings könnte auch das ein Ablenkungsmanöver des Täters gewesen sein. Er könnte den Haustürschlüssel bewusst mitgenommen haben um zu verschleiern, dass er das Versteck mit dem Ersatzschlüssel kannte." Gerade als Rainer aufgehört hatte zu sprechen, drehte sich Tim abrupt zu Sven Ziegler um. „Wo wir gerade von Verschleiern reden. Bekommen wir heraus, wann der Kalendereintrag mit der Verabredung für den Abend mit Sergei erstellt wurde?" Sven Ziegler nickte aufgeregt. „Das ist meines Wissens kein Problem. Das bekommt die Kriminaltechnik sicherlich ganz schnell heraus. Ich laufe kurz runter und frage nach."

Kurze Zeit später war er mit dunkelrotem Kopf zurück. Er hatte das mit dem Runterlaufen wohl wörtlich gemeint. Nachdem er wieder zu Atem gekommen war, hielt er einen Zettel hoch. „Tim, du hattest mal wieder recht. Der Kalendereintrag in Günther Ludwigs Handy ist erst um 22:37 Uhr in der Mordnacht erstellt worden. Das muss also der Täter gewesen sein." Damit konnten sie Sergei Iwanow endgültig als Verdächtigen ausschließen, denn dieser hätte nicht seinen eigenen Namen in den Kalender eingetragen. Tim dachte laut: „Der Täter muss, genau wie wir, den Raum mit den Dokumenten von Günther Ludwigs privaten Ermittlungen zur Vergewaltigung seiner Schwester in Ruhe betrachtet haben. Dabei hat er wahrscheinlich die Gelegenheit erkannt, die Tat mit der Vergewaltigung in Verbindung und uns auf eine falsche Spur zu bringen. Nur wenn es bei der Tat nicht um die Vergewaltigung ging, was war dann das Motiv?"

Rainer unterbrach als Erster das entstandene Schweigen. „Lasst uns doch mal die klassischen Mordmotive durchgehen und auf das Leben von Günther Ludwig übertragen." Weitere dreißig Minuten später hatten sie das Whiteboard vollgeschrieben. Tim hatte zur besseren Struktur eine Tabelle aufgemalt und mit den drei Spaltenüberschriften ‚Kränkung', ‚Habgier' und ‚Rache' versehen. „Wir sollten mit diesen drei Grundmotiven anfangen. Später können wir noch Weitere wie Eifersucht oder Hass aufnehmen" schlug Tim vor. „Und aus meiner Sicht können wir ein sexuelles Motiv zum jetzigen Zeitpunkt erst einmal ausschließen, oder was meint ihr?" Rainer und Sven Ziegler nickten zustimmend. In den nächsten sechzig Minuten hatten die drei mögliche Mordmotive gesammelt und zugeordnet. Sie blickten angestrengt auf die Tabelle am Whiteboard. „Lasst uns nun die aus unserer Sicht wahrscheinlichsten Szenarien identifizieren", schlug Tim vor. „Was war mit dem besten Freund von Günther Ludwig, diesem Mike Kühn? Der wollte doch unbedingt Geld von ihm geliehen bekommen, um seinen Traum von der Selbstständigkeit zu realisieren", sagte Rainer. Tim überlegte kurz. „Da ihm Günther Ludwig das Geld nicht leihen wollte, könnte Rache ein Motiv sein. Oder eventuell auch Habgier, wenn Mike Kühn von ihm als Erbe vorgesehen war. Sven, bitte überprüfe ob Günther Ludwig ein Testament hatte und wer jetzt die Erben sein werden." Sven Ziegler sprang fast übermotiviert auf und eilte in sein Dienstzimmer nebenan, um mit dem zuständigen Amtsgericht zu sprechen.

Tim lief langsam zur Höchstform auf. „Damit hätten wir eine mögliche Spur im privaten Umfeld. Was ist mit dem beruflichen Umfeld? Er war doch verantwortlich für die Ausschreibung der Neubaugebiete inklusive deren Erschließung. Da geht es um größere Geldbeträge, vielleicht sind ihm dabei Ungereimtheiten aufgefallen? Gib mir bitte mal die Liste aller Baufirmen, die den Zuschlag erhalten haben." Rainer suchte den Ausdruck und gab ihn Tim. „Also zwei Firmen haben den Zuschlag erhalten. Hier sollten wir unsere Kollegen mal fragen, ob gegen die beiden Baufirmen etwas vorliegt." Rainer stimmte dem Vorschlag zu. „Das kann ich übernehmen. Allerdings fehlt uns hier noch jeglicher Anfangsverdacht, um in eine konkrete Richtung zu ermitteln. Aber einen Versuch ist es wert." Tim nickte und beäugte intensiv das Whiteboard.

„Wenn ich an meine Befragung von Mike Kühn zurückdenke und an das Telefonat, hat er uns sehr schnell und mit Nachdruck auf die Vergewaltigerspur geführt. Das könnte auch nur Zufall gewesen sein. Aber lass uns ihn und sein Umfeld genauer unter die Lupe nehmen. Und wenn wir ihn danach auch nur als Verdächtigen ausschließen können, sind wir auf jeden Fall einen Schritt weitergekommen." Tim rief nach Sven Ziegler, denn es gab noch mehr Recherchen durchzuführen.

28

Tim und Rainer beschlossen, den besten Freund von Günther Ludwig zur erneuten Befragung in die Mordkommission vorzuladen. Bevor sie mit Mike Kühn sprechen wollten, sollte ein Gespräch mit Ute Hoffmann weitere Informationen zu der Beziehung zwischen Günther Ludwig und Mike Kühn bringen. Rainer wollte in der Zwischenzeit mit den für Wirtschaftskriminalität zuständigen Kollegen über Ausschreibungen von Bauleistungen und Baugrundstücken sprechen. Vielleicht könnte sich dort ein weiterer Ermittlungsansatz ergeben.

Als Tim das Café in der Waldstadt betrat, sah er Ute Hoffmann hinter dem Tresen stehen. Ihre Mitarbeiterin bediente gerade zwei Frauen, die es sich in einer Ecke auf zwei Sesseln gemütlich gemacht hatten. Ansonsten konnte er keine weiteren Gäste sehen. „Ach, hallo Herr Beck! Mit Ihnen habe ich so schnell gar nicht wieder gerechnet. Ich bin gleich bei Ihnen. Setzen Sie sich gerne so lange schon mal hin". Sie blickte ihn dabei mit ihren blauen Augen an und lächelte ihm zu. Sie hatte heute ihre blonden Haare zu einem Pferdeschwanz zusammengebunden. Dadurch wurde ihr schlankes Gesicht mit den vielen Lachfalten betont. Er sah, dass sie dunkle Augenringe hatte. Trotz ihres Lächelns hatte er das Gefühl, ihre darunter versteckte Trauer über den Tod von Günther Ludwig wahrzunehmen. Er suchte sich den gleichen Tisch wie bei ihrer ersten Begegnung aus und setzte sich auf einen der gemütlichen Stühle. Kurze Zeit später stand sie vor ihm. „Herr Beck, kann ich Ihnen das Gleiche wie beim letzten Mal bringen?" Tim lachte. „Wie könnte ich da widerstehen? Aber nur, wenn sie wieder mit mir essen. Sie wissen doch, geteiltes Leid ist halbes Leid." Ute Hoffmann drehte sich um und holte ihnen den Latte Macchiato sowie ein Etagere mit verschiedenen Macarons und zwei Cupcakes.

„Dafür, dass es hier so hervorragenden Kaffee und Süßes gibt, sind aber wenig Gäste hier. Oder liegt das nur an der Tageszeit?" Sie schaute ihn erstaunt an. „Am späten Nachmittag ist hier deutlich mehr los. Auch an den meisten Wochenenden haben wir viel zu tun. Über mehr Gäste würde ich mich natürlich nicht beklagen. Wenn durch die geplanten Neubaugebiete weitere Familien hier in die Waldstadt ziehen, wird hier sicherlich mehr los sein. Da bin ich mir ganz sicher!" Tim spürte, dass ihr das Thema unangenehm war, und lenkte das Gespräch in eine andere Richtung. „Wenn ich noch öfter in Ihrem Café vorbeischaue, ist es bald vorbei mit meiner guten Figur", zwinkerte er ihr zu. „Aber es schmeckt einfach zu gut bei Ihnen." Ute Hoffmann lachte, „Wenn es sich einer leisten kann, dann ja wohl Sie. Außerdem muss man sich auch mal etwas gönnen. Die Seele braucht doch manchmal was Süßes." Tim war sich nicht so sicher, ob er sich Süßes wirklich leisten konnte. Auch wenn sein Oberkörper durchtrainiert aussah, so hatte er den Eindruck, dass seine Lieblingsjeans, die er heute trug, seit ein paar Wochen sehr eng anlag. Besonders wenn er saß, konnte er den Hosenbund am Ansatz der Bauchfalte spüren. ‚Ich muss wieder anfangen, regelmäßiger Sport zu treiben', dachte er. „Ich wünschte, ich wäre nur wegen des leckeren Latte Macciatos und ihren Cupcakes hier. Es geht aber um die laufenden Ermittlungen zum Tod von Günther Ludwig. Vielen Dank, dass Sie sich erneut die Zeit nehmen. Im Rahmen unserer Ermittlungen sind ein paar weitere Fragen aufgetaucht, die ich gerne mit Ihnen besprechen möchte."

Er stellte das Diktiergerät auf den Tisch und begann mit der Befragung. „Der Vollständigkeit halber möchte ich Sie bitten mir zu erzählen, wo Sie in der Mordnacht von Günther Ludwig waren." Ute Hoffmann schaute ihn verwirrt und mit großen Augen an. „Ich hätte Ihnen die Frage eigentlich schon letztes Mal stellen sollen, daher hole ich das jetzt nach.", ergänzte Tim. Sie nickte. „An dem Abend war ich mit meinem Steuerberater hier im Café. Wir sind so bis circa zwanzig Uhr meine Bücher durchgegangen. Danach bin ich zu meiner Freundin nach Zossen gefahren. Wir waren dort zum Essen verabredet. Ich kann Ihnen ihren Namen und ihre Telefonnummer geben, wenn Sie dies nachprüfen müssen." Tim nickte. „Ja bitte, das wäre hilfreich. Kann Ihre Mitarbeiterin bestätigen, wann Sie das Café verlassen haben?" Sie überlegte kurz. „Ich muss nachsehen, aber ich glaube, dass an dem Abend nur eine meiner beiden Mitarbeiterin hier war, die ich früher nach Hause geschickt habe."

Tim nickte. „Wissen Sie eigentlich, wer das Haus und die Ersparnisse von Günther Ludwig erbt, da er ja leider keine Verwandten mehr hatte?" Ute Hoffmann rutschte unruhig auf ihrem Stuhl hin und her. Mit dieser Frage schien sie nicht gerechnet zu haben. „Also Günther hat mir mal erzählt, dass er ein Testament geschrieben und beim Amtsgericht hinterlegt hat. Ich wollte damals jedoch nichts davon hören. Wissen Sie, ich rede nicht gerne über den Tod, sondern konzentriere mich auf das Hier und Jetzt. Ich will nicht vor lauter Angst gelähmt auf den Tod warten." Das konnte Tim sehr gut nachvollziehen. Auch er dachte nicht gerne über den Tod nach, obwohl er beruflich oft damit konfrontiert wurde. „Günther hat meinen Wunsch, nicht über seinen Tod und das Testament zu reden, ignoriert. Er fand es wichtig, dass für den Fall seines Todes alles geregelt und ich informiert sei. Daher hat er damals auch noch erzählt, dass er Mike und mich als Erben im Testament vorgesehen habe. Außer uns hatte er ja niemanden mehr. Nachdem seine Schwester und dann auch noch seine Eltern gestorben waren, glaube ich, dass wir wie eine Familie für ihn waren." Ute Hoffmann stockte. Bei den letzten Worten hatte sie Tränen in den Augen. „Ich kann es immer noch nicht fassen, er fehlt mir so sehr." Tim gab ihr einen Augenblick um sich zu sammeln und bot ihr ein Taschentuch an. Sie nahm es und putze sich damit die Nase.

„Wusste Mike Kühn auch von dem Testament?" Sie steckte das Taschentuch in die rechte Tasche ihrer Jeans. „Das weiß ich ehrlich gesagt nicht. Günther hatte mir nur einmal von dem Testament erzählt, da war Mike nicht dabei. Und da ich mich ja weigerte über dieses Thema zu sprechen, hat er mir darüber auch nichts gesagt.", erläuterte sie nachdenklich. „Wie ist ihre Beziehung zu Mike? Haben Sie beide sich auch ohne Günther Ludwig getroffen?" Ute Hoffmann schüttelte den Kopf. „Verstehen Sie mich bitte nicht falsch, ich mag Mike und wir verstehen uns gut. Aber Günther war der Mittelpunkt in unserer Freundschaft zu dritt. Ich teile viele Ansichten von Mike nicht und auch mit seiner Freundin bin ich nicht so auf einer Wellenlänge. Aber wenn Günther dabei war, dann hatten wir immer andere Gesprächsthemen und echt viel Spaß. Warum fragen Sie?" Tim sah ihr direkt in ihre blauen Augen. „Bei unseren Ermittlungen gehen wir allen Hinweisen nach. Viele dieser Hinweise führen zu keiner konkreten Spur. Aber irgendwann treffen wir auf den entscheidenden

Hinweis, der uns weiterhilft. Nur so können wir einen Mordfall aufklären. Wussten Sie, dass Mike Kühn Günther Ludwig darum gebeten hatte, ihm Geld zu leihen?" Ute Hoffmann schüttelte verwirrt den Kopf. „Nein, das habe ich nicht mitbekommen. Günther hat mir gegenüber auch nichts davon erzählt. Eigentlich kommt Mike mit seinem Gehalt als Mechaniker gut zurecht, dachte ich zumindest immer. Er spart auch fleißig für seinen Traum mit der eigenen Autowerkstatt. Moment mal! Wollte er etwa deshalb Geld von Günther?" Tim bestätigte das. „Aber soweit wir wissen, hat Günther Ludwig ihm das Geld nicht geliehen und hatte dies auch nicht in naher Zukunft vor. Was glauben Sie, wie könnte Mike Kühn darauf reagiert haben?" Sie überlegte kurz, wie sie auf diese Frage antworten sollte. „Die eigene Autowerkstatt ist für Mike sein größter Wunsch. Fast bei jedem unserer Treffen hat er davon gesprochen. Günther fand seine Träumereien nicht konkret genug und hat ihm geraten, sich Unterstützung für die Selbstständigkeit zu holen. Dazu gibt es hier ja auch in der Nähe eine Beratungsstelle. In seinen Augen fehlte ihm die betriebswirtschaftliche Erfahrung, um die Autowerkstatt erfolgreich zu führen. Mike wechselte dann immer das Thema. Irgendwie fühlte er sich dann immer missverstanden. Ehrlich gesagt, kann ich mir Mike auch eher als Angestellten vorstellen. Er liebt das Schrauben an Autos, aber Büroarbeit ist überhaupt nichts für ihn."

Das passte zu dem Eindruck den Mike Kühn auf Tim gemacht hatte. Ute Hoffmann schien mit dieser Antwort jedoch seiner konkreten Frage ausweichen zu wollen. „Basierend auf dem, was Sie mir gerade geschildert haben. Was glauben Sie denn, wie hat Mike Kühn reagiert, als er erfahren hat, dass er das Geld von Günther Ludwig nicht bekommt?" Sie schien sich sichtlich unwohl bei der Frage zu fühlen. Tim nahm es an ihrem nervösen Hin- und Herrutschen auf dem Stuhl und ihrem jetzt roten Gesicht wahr. „Ich weiß es nicht. Er wäre bestimmt sauer und frustriert. Aber wenn Sie denken, dass er Günther deswegen was antun würde, irren Sie sich definitiv. Sie waren beste Freunde. Wie Brüder! Und das nicht erst seit gestern. Sie haben schon vieles gemeinsam durchgestanden."

Aber Tim hatte bereits in vielen Fällen erlebt, dass es selbst unter besten Freunden, ja sogar unter Geschwistern, zu einer Situation kommen konnte, wo das nichts mehr bedeutete. Aber das wollte er Ute Hoffmann nicht sagen. „Vielen Dank für Ihre Zeit Frau Hoffmann, ich habe keine weiteren Fragen. Es war schön Sie wiederzusehen." Tim zog sein Portmonee und bezahlte. Morgen würden Rainer und er die Befragung von Mike Kühn durchführen. Denn es fehlten noch einige Antworten, die sie von ihm haben wollten. Tim schaute auf seine Uhr. Mittlerweile war es schon nach sechs Uhr. Er würde nur noch kurz in der Mordkommission vorbeischauen und dann nach Hause fahren. ‚Könnte das Motiv für den Mord an Günther Ludwig doch Habgier sein?'. Mit diesem Gedanken fuhr er zurück nach Brandenburg an der Havel.

29

Er konnte sein Glück kaum fassen. Vor wenigen Minuten hatte er von einem Kurier einen braunen Umschlag erhalten. Mittlerweile hatte er jedes darin enthaltene Foto schon dreimal angeschaut. Was er darauf sah, ließ seine Stimmung in die Höhe schnellen.

Plötzlich klingelte sein Smartphone. Auf diesen Anruf hatte er gewartet. „Hey Chef, ich weiß, dass du immer viel zu tun hast. Aber hast du dir vielleicht schon die Fotos angeschaut, die ich dir geschickt habe?" „Die sind eben angekommen. Das konnte ich mir doch nicht entgehen lassen. Klasse Arbeit hast du da geleistet. Erzähle mir bitte ganz genau was passiert ist." Er lauschte den Ausführungen seiner rechten Hand. Seine Augen wurden immer größer. Jetzt konnte er sich einfach nicht mehr beherrschen, schlug sich auf die Schenkel und fing an zu lachen. Es war ein tiefes, boshaftes Lachen. „Unglaublich, der verdammte Bulle hat sich mit dem Russen geschlagen und ordentlich was auf die Fresse bekommen? Da wäre ich gerne dabei gewesen. Und du hattest als Zuschauer einen Platz in der ersten Reihe." Er hörte, wie auch seine rechte Hand am Lachen war. „Ja Chef, der Bulle war nicht schlecht bei der Schlägerei, das muss man ihm lassen. Hat aber ordentlich was abbekommen, der Idiot. Danach ist er wie ein geprügelter Hund über die Straße geschlichen. Der war einfach nur mit den Nerven durch. Am liebsten wäre ich ausgestiegen und hätte dem Bullenschwein auch eine verpasst. Meine Fäuste haben so gejuckt." Das konnte er gut verstehen. Aber hier ging es um was Größeres als um ein paar Schläge.

„Hat er dich gesehen?" „Nein Chef, ich habe natürlich aufgepasst, dass der Bulle mich nicht entdeckt. Der hatte keine Ahnung, dass ich da war. Wie geht es jetzt weiter? Was soll ich als nächstes tun?"

Nachdem er weitere Anweisungen gegeben hatte, legte er sein Smartphone zur Seite und überlegte. Jetzt war klar, dass die Polizei nicht mehr lange der Vergewaltigungsspur folgen würde. Anscheinend steckten sie mit ihren Ermittlungen in einer Sackgasse. Nur so konnte er sich erklären, dass dieser Beck die Beherrschung verloren hatte. ‚Vielleicht steckt da aber noch mehr dahinter', dachte er. Er schob den Gedanken beiseite, denn schließlich musste er sich wichtigeren Dingen widmen. Er war so kurz vor dem Ziel seiner Träume, das wollte er sich auf keinen Fall versauen lassen. Es wurde Zeit, seinen Plan B zu starten. Und er wusste genau, was er jetzt zu tun hatte.

Nachdem er sein MacBook eingeschaltet hatte, erstellte er ein Facebook- Profil. ‚Wie könnte ich mich denn nennen? Wie wäre es mit Ben? Ja, das klingt nett, vertrauenswürdig aber auch irgendwie süß. Jetzt brauche ich nur noch ein passendes Profilbild und ein paar interessante Angaben zu mir', überlegt er. Eine Viertelstunde später betrachtete er sein Werk. Anerkennend nickte er, verschickte eine Freundschaftsanfrage und klappte das MacBook zu. Er war sich sicher, dass diese schon sehr bald angenommen würde. ‚Und dann kann der Spaß beginnen', dachte er mit einem Grinsen voller Vorfreude.

Kapitel 6

30

Als Tim zuhause ankam, war es bereits kurz nach sieben Uhr. Er schloss die Haustür auf und hörte die Stimmen von Sarah und Lea aus der Küche. Tim merkte, dass er großen Hunger hatte. Wie so oft hatte es auch heute kaum Gelegenheit gegeben etwas zu essen. Lasse kam mit einem Freudenjaulen zur Tür gerannt und hatte Mühe, noch rechtzeitig zu stoppen. Tim liebte seinen Übermut und die große Freude des Labradors, ihn wiederzusehen. Lasse tat gerade so, als ob er sein Herrchen seit Tagen nicht mehr gesehen hätte. Tim bückte sich und kraulte den Labrador liebevoll. Der ließ sich direkt auf den Rücken fallen und genoss die Streicheleinheiten.

Tim stand auf und ging in die Küche. „Hallo ihr beiden. Was gibt es denn heute Leckeres zum Abendessen?" Er gab Sarah einen Kuss, als sie sich zu ihm umdrehte. Sein Versuch, Lea ebenfalls einen Kuss zu geben, scheiterte wie so oft. Sie drehte sich von ihm weg und sah sehr mürrisch aus. „Was ist denn mit dir los? Habe ich vielleicht etwas falsch gemacht, oder warum bist du immer so abweisend zu mir?" „Lass mich einfach in Ruhe!", antwortete Lea und stapfte aus der Küche. „Lass sie gehen. Es liegt nicht an dir." Sarah schob die selbstgemachte Pizza in den Ofen und wusch sich die Hände. „Was ist denn nur mit ihr los? Ich habe das Gefühl, es wird von Woche zu Woche schlimmer." Sarah sah ihn an. „Sie hat Liebeskummer. Für sie ist heute eine Welt untergegangen." Tim kratzte sich am Hinterkopf. „Jetzt verstehe ich gar nichts mehr. Ich dachte, sie sei verliebt. Und jetzt hat sie plötzlich Liebeskummer?" Sarah rollte die Augen. „Das ist doch für ein Teenager total normal. Heute ist sie verliebt und morgen hat sie von ihrer vermeintlich großen Liebe einen Korb bekommen. In ein paar Tagen wird sie sich sicherlich wieder in einen anderen Jungen vergucken. Was ist denn daran nicht zu verstehen?" Tim wusste nichts darauf zu antworten. Er konnte das einfach nicht nachvollziehen. Oft waren Frauen für ihn wie ein Buch mit sieben Siegel. Aber seine Tochter hatte er immer gut verstanden. Und jetzt veränderte sie sich so stark, dass er das Gefühl hatte, es hätte sich zwischen ihnen eine große Kluft aufgetan. „Ich habe halt nur das Gefühl, dass sie sich so sehr von mir abschottet. Das ist schwer für mich zu ertragen!", sagte Tim. „Dann solltest du endlich wieder mehr Zeit mit ihr verbringen. Das wird euch sicherlich helfen. In den letzten Monaten bearbeitest du ja einen Fall nach dem anderen. Ich habe manchmal den Eindruck, unser Zuhause ist eher wie ein Hotel für dich." Tim konnte die plötzlich aufgetauchte Wut in Sarahs Augen sehen. „Tut mir leid, ich wollte dir nicht schon wieder Vorwürfe machen." Mit diesen Worten nahm Sarah die Teller aus dem Schrank und ging ins Esszimmer, um den Tisch zu decken.

Tim holte sich ein Bier aus dem Kühlschrank und ging auf die Terrasse. Er blickte auf den See hinaus, um seine Enttäuschung in den Griff zu bekommen. So hatte er sich den Abend zuhause nicht vorgestellt. Plötzlich merkte er, wie seine linke Hand von etwas Feuchtem angestoßen wurde. Es war die Schnauze von Lasse. In seinem Maul hatte er einen Ball. Wie alle Labradore liebte es Lasse hinter dem Ball herzulaufen und ihn zu apportieren. „Danke Kumpel, dass du mich aufmuntern willst." Tim nahm ihm den Ball ab und warf ihn in den Garten. Lasse sprintete voller Freude dem Ball hinterher.

Das anschließende Abendessen verlief schweigsam. Tim achtete darauf, weder bei Sarah noch bei Lea ein falsches Wort zu sagen. Auf keinen Fall wollte er heute Abend einen weiteren Streit riskieren. Kaum hatte Lea das letzte Stück Pizza heruntergeschlungen, stand sie wortlos auf und ging die Treppe hoch in ihr Zimmer. Tim und Sarah räumten schweigend den Tisch ab. Tim konnte diese Ruhe zwischen ihnen kaum ertragen. Er wusste, dass Sarah wütend auf ihn war, weil er gerade viel zu wenig Zeit zu Hause verbrachte. Aber das gehörte nun einmal zu seinem Beruf dazu. Er hatte keinen normalen Schreibtischjob mit geregelten Arbeitszeiten. Immer wieder war dies Thema ihrer Auseinandersetzungen. Tim hatte die Strategie entwickelt, wie ein Strauß den Kopf in den Sand zu stecken, um keine weitere Angriffsfläche zu bieten. Aber er hatte den Eindruck, dass dies Sarah noch wütender machte. Er musste jetzt etwas sagen, um das endlose Schweigen zu beenden. „Ich werde versuchen mit Lea zu reden, vielleicht kann ich mit ihr einen Ausflug machen. So wie früher." Sarah nickte. Eine andere Reaktion brachten Tims Worte bei ihr nicht hervor. Tim nahm sich eine weitere Flasche Bier aus dem Kühlschrank und ging ins Wohnzimmer zum Fernseher. Ihm war jetzt nach etwas Ablenkung zumute.

Am nächsten Morgen war Tim alleine in der Küche und machte sich sein Müsli. Lea hatte die ersten beiden Schulstunden frei und Sarah konnte heute ebenfalls ausschlafen. Um zehn Uhr hatte sie ihren ersten Termin bei einer Kundin. Tim dachte an den kommenden Abend. Sie erwarteten Freunde aus der Nachbarschaft zum Kartenspielen. Er würde alles daransetzen, dass er heute trotz seiner Ermittlungen pünktlich zuhause wäre.

Nachdem Tim in der Mordkommission angekommen war, goss er sich erst einmal einen Kaffee ein. Rainer und Sven Ziegler waren noch nicht da und die Tür von Stefan Dittrichs Dienstzimmer war verschlossen. Tim stellte sich mit seinem Kaffee vor das Whiteboard und ging alle Notizen Stück für Stück durch. Vielleicht konnte er mit frischem Kopf einen weiteren Ansatzpunkt finden. Gerade als Sven Ziegler zur Tür hineinschaute, um „Guten Morgen" zu sagen, kam Tim eine Idee. „Guten Morgen Sven, hast du eigentlich die Liste der Telefonnummern der Funkzellenabfrage vom Tatort mit der Handynummer von Mike Kühn abgeglichen?"

Genauso schnell, wie Sven Ziegler ihn eben begrüßt hatte, war er jetzt verschwunden. Tim musste grinsen. Er mochte ihn. Er war bescheiden und ein fleißiger Kollege. Allerdings musste er noch lernen, etwas gelassener zu werden. Eine Viertelstunde später hatte er Tim die Listen mit seinem Abgleich gebracht. Es gab keine Übereinstimmung. „Mist, das wäre auch zu schön gewesen", fluchte Tim. „Was wäre zu schön gewesen? Etwa, wenn ich dir ein belegtes Brötchen vom Bäcker mitgebracht hätte?" Tim hatte nicht bemerkt, dass Rainer mittlerweile ins Dienstzimmer gekommen war. Er war zu konzentriert bei der Überprüfung der Liste der Funkzellenauswertung. Tim vertraute der Arbeit von Sven Ziegler, aber er musste ganz sicher sein, dass sie nichts übersahen. „Es geht nicht immer nur ums Essen. Ich hatte vorhin eine Idee. Leider bringt sie uns nicht weiter." Tim zeigte Rainer die Liste. „Ein Versuch war es wert. Übrigens habe ich gerade Mike Kühn auf dem Gang gesehen. Er ist überpünktlich zu seiner Befragung. Allerdings sieht sein Gesicht nicht so aus, als ob er sich darauf freuen würde. Er scheint etwas angespannt zu sein."

Rainer brachte Mike Kühn in den gleichen Vernehmungsraum, in dem sie vor drei Tagen Sergei Iwanow vernommen hatten. Als Tim kurze Zeit später den Vernehmungsraum betrat, saß Mike Kühn am Tisch und blickte sich im Raum um. Tim konnte seine Unsicherheit in seinem Gesichtsausdruck erkennen. Hier zu sitzen war etwas ganz anderes, als durch die Kriminalpolizei in gewohnter Umgebung befragt zu werden. Das hatte Tim schon in mehreren früheren Fällen erlebt. In der Umgebung, die viele nur aus Fernsehkrimis kannten, wurde ihnen bewusst wie ernst die Lage war. Tim setzte sich ihm gegenüber an den Tisch. Rainer öffnete die Tür mit einem Becher Kaffee in der Hand und stellte ihn direkt vor Mike Kühn auf den Tisch. „Wie gewünscht Herr Kühn, ihr Kaffee." Rainer setze sich neben Tim. In diesem Raum hatten sie schon viele Befragungen und Vernehmungen zusammen durchgeführt. Sie waren ein eingespieltes Team und kannten ihre Rollen für die nächsten Minuten genau. Tim schaltete das Mikrofon an. „Guten Morgen Herr Kühn, wir möchten Ihnen noch ein paar Fragen stellen, die im Laufe der bisherigen

Ermittlungen aufgetreten sind. Ich möchte gerne zuerst wissen, wo Sie in der Mordnacht waren!" Mike Kühn sah Tim an, als ob er die Frage nicht verstanden hatte. Aber dann antworte er. „Zuhause bei meiner Freundin." Tim nickte und schob ihm Stift und einen Notizblock zu. „Bitte notieren Sie mir die Telefonnummer Ihrer Freundin, damit wir Ihre Angaben überprüfen können." Als Mike Kühn den Stift wieder ablegte, fuhr Tim mit der Befragung fort. „Ich möchte nochmal auf den Abend zurückkommen, als Sie Ihren Freund Günther Ludwig um Geld gebeten haben." Er blickte Tim irritiert an. „Aber dazu habe ich Ihnen doch alles schon beim letzten Mal gesagt." Tim schwieg einen Moment, er wollte die Stille ausnutzen. Er wusste genau, dass viele Menschen Stille nicht gut ertragen konnten und irgendwann zu reden anfingen, um das Schweigen zu beenden. „Eine eigene Autowerkstatt zu haben, scheint Ihr größter Traum zu sein, oder?" Mike Kühn nickte, er verstand immer noch nicht, worauf Tim hinauswollte. „Und Ihr bester Freund wollte Ihnen nicht das Geld dazu geben, weil er nicht daran glaubte, dass Sie erfolgreich wären. Das waren Ihre Worte, oder?" Mike Kühn blickte seine Hände an. „Ja, das war für mich wie ein Schlag in die Magengrube, das stimmt. Ich war wütend, denn Günther wusste ganz genau wie wichtig für mich die eigene Autowerkstatt war. Und endlich bot sich dafür die Gelegenheit. Aber mittlerweile glaube ich, dass er recht hatte." Tim und Rainer sahen sich erstaunt an. „Wie meinen Sie das," fragte Tim. „Ich hatte das mit der Autowerkstatt wirklich nicht komplett durchdacht. Es war wie eine fixe Idee von mir." Tim konnte den plötzlichen Sinneswandel nur schwer nachvollziehen. „Wussten Sie, dass Günther Ludwig ein Testament hatte?" Jetzt starrte er nicht mehr auf seine Hände, sondern blickte Tim an. „Nein, davon hat er mir nie was erzählt. Das müssen Sie mir glauben." Mike Kühn senkte seinen Blick wieder auf seine Hände. „Ich will Ihnen auch verraten, was in dem Testament steht. Als Erben sind Sie und Ute Hoffmann vorgesehen. Mit Ihrem Erbteil können Sie endlich Ihren Traum erfüllen." Mike Kühn kämpfte mit seinen Tränen. „Damit habe ich überhaupt nicht gerechnet. Günther war mein bester Freund. Ich wusste, dass er Geld hat. Aber er hat nie groß darüber geredet. Es war ein Fehler von mir, ihn um Geld zu bitten, das ist mir mittlerweile klar geworden." „Und woher kommt Ihre plötzliche Einsicht, Herr Kühn?" „Mittlerweile war ich endlich bei der Beratung für Leute, die sich selbstständig machen wollen. Die Menschen dort sind sehr nett und hilfsbereit. Jetzt habe ich endlich verstanden, was mir Günther immer sagen wollte. Ich werde voraussichtlich sogar einen Förderkredit für Selbstständige erhalten. Den zugehörigen Antrag haben die gestern mit mir ausgefüllt." Tim schaltete das Mikrofon aus und stand auf. Auch diese Spur hatte sich gerade als Sackgasse erwiesen. ‚Oder ist er einfach ein brillanter Lügner und spielte uns gerade etwas vor?', dachte Tim. Er würde Sven Ziegler gleich bitten, das Alibi von Mike Kühn zu überprüfen und bei der Beratungsstelle anzurufen.

Kaum zurück in ihrem Dienstzimmer, stand Stefan Dittrich in der Tür. „Leute, die Kacke ist richtig am Dampfen. Die Führung unserer Polizeidirektion fragt nach unserem Ermittlungsstand. Heute ist der siebte

Tag und die Damen und Herren werden langsam ungeduldig. Auch die Staatsanwaltschaft ruft täglich bei mir an und fragt nach Neuigkeiten. Und dann gibt es heute Morgen noch diesen schönen Artikel über den Mord an Günther Ludwig." Stefan Dittrich knallte die aktuelle Ausgabe der Tageszeitung auf den Tisch. Tim konnte auf der aufgeschlagenen Seite der Zeitung den Artikel über die Ermittlung sofort erkennen. Neben einem Foto von Günther Ludwig stand die Überschrift „Mitarbeiter des Bauamtes Zossen vor sieben Tagen ermordet – Und unsere Polizei scheint immer noch im Dunkeln zu tappen." Weiter konnte Tim nicht lesen, denn der Leiter der Mordkommission ergriff erneut das Wort. „Was habt ihr mittlerweile gefunden?" Tim und Rainer berichteten ihm von der Befragung von Mike Kühn und zeigten ihm ihre Tabelle möglicher Mordmotive.

Sven Ziegler kam zu ihrem Gespräch dazu. „Tut mir leid, wenn ich euch unterbrechen muss. Ich habe gerade die Angaben von Mike Kühn überprüft. Seine Freundin hat sein Alibi für die Mordnacht bestätigt. Die Mitarbeiterin der Beratungsstelle für Selbstständige hat mir gesagt, dass er in den letzten fünf Tagen an zwei Beratungsgesprächen teilgenommen hat und sie ihn bei der Antragsstellung für einen Förderkredit unterstützt haben. Hierbei sei ihr nichts aufgefallen." Zunächst antwortete keiner. Stefan Dittrich war der Erste, der auf die Neuigkeiten reagierte. „Danke Sven, gute Arbeit. Jetzt zurück zu euch beiden." Er schaute Tim und Rainer an. „Mir gefällt euer Ansatz, nochmal in alle Richtungen zu ermitteln. Mike Kühn hätte durchaus ein starkes Motiv für den Mord. Wenn ich Sven aber richtig verstanden habe, hat er ein Alibi und mittlerweile eine Lösung für das fehlende Geld gefunden. Damit scheint es so, als würde er ausscheiden." Tim und Rainer nickten frustriert. „In Ordnung! Bleibt am Ball und findet endlich die berühmte Nadel im Heuhaufen! Ich informiere die Staatsanwaltschaft und halte euch weiter den Rücken frei."

Tim rieb sich das Gesicht. ‚Was hatten sie bloß bei ihren Ermittlungen bisher übersehen?'

31

„Ich kann mich nicht erinnern, bei welchem Fall wir dermaßen auf der Stelle getreten sind. Sieben Tage lang haben wir gefühlt jeden Stein umgedreht und trotzdem keinen konkreten Anhaltspunkt." Rainer wirkte auf Tim sehr frustriert. Heute hatte er noch keinen einzigen lustigen Spruch gemacht. Konzentriert schaute er auf das Whiteboard und ging jedes Dokument und Foto zum wiederholten Male durch. „Wenn der Täter nicht im privaten Umfeld von Günther Ludwig zu finden ist, bleibt uns eigentlich nur das berufliche Umfeld.", sagte Tim. „Was haben dir gestern eigentlich die Kollegen für Wirtschaftskriminalität gesagt. Gab es hier etwas Auffälliges?"

„Es liegt nichts zu den beiden Baufirmen vor, die die Ausschreibungen zu den Neubaugebieten in der Waldstadt gewonnen haben. Eine der Baufirmen, die Meyer Bau GmbH, hat ihre Zentrale in Berlin. Zu dieser Firma liegen in Brandenburg keine Informationen vor. Daher werden unsere Kollegen mit dem zuständigen Dezernat für Wirtschaftskriminalität in Berlin sprechen. Die zweite Baufirma, die Schwarz Hoch & Tiefbau GmbH, ist eine regionale Baufirma aus Zossen in Familienbesitz. Sie hat schon als Bauträger mehrere Neubaugebiete erschlossen, bebaut und anschließend die Häuser vermarktet. Auch zu den Ausschreibungen des Bauamtes gibt es keine Auffälligkeiten oder Anzeigen. Aber das muss ja nichts heißen, oder?" Tim nickte, „Das stimmt. Bisher haben wir uns hier nur an der Oberfläche bewegt. Es wird Zeit, bei unseren Ermittlungen auch hier tiefer einzusteigen". Rainer kratzte sich am Kinn. „Die Frage ist nur, ob bei einer Ausschreibung für ein aus meiner Sicht normales Neubaugebiet wirklich ein so hoher Gewinn erwirtschaftet werden kann, für den sich kriminelle Machenschaften lohnen." Tim dachte kurz nach. „Aber du weißt ja auch, dass Menschen schon für wenig Geld töten, oder?"

Sven Ziegler kam in ihr Dienstzimmer zurück. „Ich habe mir nochmals alle vorliegenden Informationen zu den Ausschreibungen der Waldstadt angeschaut. Gut, dass Ausschreibungen mittlerweile auch online verfügbar sind. Dabei bin ich auf den Begriff „Öko-Stadt Waldstadt" gestoßen." Tim und Rainer schauten ihn interessiert und aufmerksam an. „Als ich im Internet nach diesem Begriff gesucht habe, habe ich diesen Zeitungsartikel gefunden." Sven Ziegler gab Tim und Rainer jeweils einen Ausdruck des zweiseitigen Artikels. Tim konnte jedes Dokument, das er vorliegen hatte, innerhalb kürzester Zeit lesen und den wesentlichen Inhalt lückenlos erfassen. Er beherrschte die Technik schon seit seiner

Kindheit, ohne sie je gelernt zu haben. Während andere Kinder Texte Zeile für Zeile lasen, konnte Tim mehre Zeilen auf einmal betrachten und wusste sofort, wovon der Text handelte. Auch dieses Mal hatte er den Ausdruck des Zeitungsartikels schon für sich ausgewertet, als Rainer noch die erste Seite las. „Das ist vielleicht der entscheidende Hinweis, den wir gesucht haben. Klasse gemacht, Sven." Sven Zieglers Augen leuchteten. Rainer legte entnervt seinen Ausdruck zur Seite. „Na gut, Superhirn und Gewinner im Schnelllesewettbewerb! Dann klär mich mal auf!" Tim nahm ein leeres Blatt und fing mit einem Stift an zu skizzieren. „Bisher sind wir davon ausgegangen, dass neben dem vorhandenen Neubaugebiet noch zwei weitere Neubaugebiete in der Waldstadt erschlossen und bebaut werden sollen. Also so, wie wir auch Neubaugebiete hier bei uns in Brandenburg an der Havel kennen. Aus dem Zeitungsartikel wird aber deutlich, dass das nur der Anfang ist. Ziel ist die Erschaffung der ersten Öko-Stadt in Deutschland. Die bis zu achttausend Bewohner sollen sich selbstversorgen können, ohne von irgendwelcher Energie oder Lebensmittel von außerhalb abhängig zu sein. Alles, was sie zum Leben brauchen, entsteht in dieser Öko-Stadt." Tim zeichnete die drei Neubaugebiete auf dem Blatt am Rand ein. Dann malte er einen großen Kreis daneben. Er zeigte auf den Kreis. „Hier, wo heute noch die alten Gebäude und Schießanlagen des Militärareals verrotten, sollen zukünftig Gewächshäuser, Sportanlagen, Kompostanlagen, Energiespeicher, Wohneinheiten, Kindergärten und Vieles mehr entstehen. Und alles wird so gebaut, dass man nicht einmal ein Auto zur Fortbewegung benötigt." Tim schaute Rainer und Sven an. „Na toll, die Müslifresser erobern unser schönes Brandenburg. Klingt ja wie eine Invasion von einem anderen Planeten", sagte Rainer. „Übertreib mal nicht! Bei meiner Befragung von Manfred Schneider hatte dieser kurz über ein Konzept der Öko-Stadt Waldstadt gesprochen. Damals schien es mir nicht relevant. Aber jetzt könnte dies natürlich einen Sinn ergeben. Diese Öko-Stadt ist übrigens nur die Keimzelle. Was hier funktioniert, soll später in Deutschland und Europa an vielen anderen Stellen nachgebaut werden. Also von dem ehemaligen Militärstandort, der heute dem Zerfall preisgegeben ist, zur Zukunftsvision für unser Leben. Was für eine Wiederauferstehung. Ich könnte mir gut vorstellen, dass diejenigen, die von Anfang an dabei sind, auch in den weiteren Ausbauphasen der Öko-Stadt mitmischen werden." Rainer nickte zustimmend. Jetzt hatte er verstanden, worauf Tim hinauswollte. „Eine einmalige Gelegenheit, den ganz großen Jackpot zu kassieren. Wer würde sich das entgehen lassen."

In den nächsten zwei Stunden zermarterten sie sich das Gehirn, wie der Mord in ihren neuesten Ansatz hineinpassen könnte. „Wir müssen nochmal zum Bauamt. Vielleicht hatte Günther Ludwig nicht nur auf seinem privaten Laptop etwas gespeichert, was uns weiterhelfen könnte. Wir brauchen seinen dienstlichen PC. Außerdem sollten wir Manfred Schneider und Günther Ludwigs Bürokollegen nochmals befragen", sagte Tim. „Ich rufe die Staatsanwältin an. Einfach so wird uns das Bauamt den PC sicherlich nicht aushändigen", erwiderte Rainer.

Nach dem Telefonat mit der Staatsanwaltschaft dauerte es noch nicht einmal eine Stunde, bis die erforderlichen Unterlagen vorlagen. Tim hatte in der Zwischenzeit bei Ute Hoffmann angerufen. Sie bestätigte ihm, dass Günther Ludwig bei ihrem letzten Gespräch über die Öko-Stadt gesprochen hatte und sich Sorgen über irgendwas zu machen schien. Da er aber nicht mehr dazu erzählte und dies schon öfter bei beruflichen Themen der Fall war, wollte sie auch nicht weiter nachfragen. ‚Immerhin, jetzt hatten sie endlich einen erfolgversprechenden neuen Ansatzpunkt für ihre Ermittlungen', dachte Tim.

32

„Hat unser Chef dich eigentlich nochmal auf deine Schlägerei in Berlin angesprochen?" Rainer fuhr den Dienstwagen auf der Autobahn in Richtung Osten, sie würden mindestens noch eine halbe Stunde bis Zossen benötigen. Tim saß auf dem Beifahrersitz und las sich zum fünften Mal die Unterlagen zur ersten Befragung der Mitarbeiter des Bauamtes durch. Er wollte auf keinen Fall etwas übersehen, was ihren Ermittlungen helfen könnte. „Nein, Stefan hat mich bisher nicht darauf angesprochen, seitdem ich ihm davon berichtet habe. Er wird schon darauf zu sprechen kommen, wenn er sich entschieden hat, wie er mit dem Vorfall umgehen will." Rainer nickte. „Wahrscheinlich hast du recht. Du hast ihm von der Schlägerei berichtet, jetzt liegt die Entscheidung bei ihm. Ich mache mir nur Sorgen um dich. Nicht, dass dich dieser Schwebezustand zu sehr belastet." Tim schaute aus dem Seitenfenster und sah die anderen Fahrzeuge, die sie überholten, an sich vorbeiziehen. „Danke Rainer, ich bin froh dich als Kollegen und Freund zu haben. Diese Dummheit habe ich mir selbst zuzuschreiben und ich bin bereit, die Konsequenzen zu tragen." Tim nahm wieder die Unterlagen zur Hand und ging alle Befragungen jetzt zum sechsten Mal durch.

Rainer parkte direkt vor dem Rathaus in Zossen. „Dann mal los, fühlen wir Manfred Schneider mal auf den Zahn!" Tim stieg aus dem Dienstwagen und schloss die Tür. Rainer hatte Mühe seinem Kollegen zu folgen. Diesmal wurden sie nicht von Manfred Schneider persönlich am Empfang abgeholt. Seine Sekretärin kam ihnen freundlich lächelnd entgegen. „Hallo Herr Beck, schön Sie wiederzusehen." Sie lächelte Tim an. Er erwiderte ihr Lächeln. „Darf ich Ihnen meinen Kollegen Rainer Sauer vorstellen?" Rainer gab ihr die Hand und wollte sie gar nicht mehr loslassen. Sie schien es ihm angetan zu haben. Auf dem Weg zu den Büros des Bauamtes ging die Sekretärin vor. Tim und Rainer folgten ihr mit etwas Abstand. „Was für eine attraktive Frau und so sympathisch." Tim hatte den Eindruck, dass Rainer seine Schwärmerei gar nicht mehr beenden wollte. „Du hast sie doch gerade erst kennengelernt. Warte mit deinem Heiratsantrag doch noch etwas." Rainer rollte genervt die Augen. „Sehr witzig. Ich habe halt den Blick für eine tolle Frau. Wenn man wie du verheiratet ist, geht der ja vielen Männern bekanntlich verloren." Tim verkniff sich eine Antwort. Die Sekretärin führte Tim und Rainer in das Büro von Manfred Schneider. Der saß hinter seinem Schreibtisch und blätterte in einem Aktenordner. Als sie das Büro betraten, stand er auf und begrüßte Tim und Rainer. „Ich war überrascht, als mir meine Sekretärin von Ihrem Wunsch berichtete, uns nochmals hier in Zossen zu besuchen. Wie kann ich Ihnen dieses Mal helfen?" Tim meinte, einen leicht genervten Unterton bei ihm herauszuhören. Er war definitiv nicht so freundlich wie bei Tims ersten Besuch. „Vielen Dank, Herr Schneider für Ihre Zeit. Im Rahmen unserer Ermittlungen sind weitere Fragen aufgetaucht, die wir gerne mit Ihnen und dem Bürokollegen von Günther Ludwig einzeln besprechen möchten." Tim beendete seinen Satz und machte eine Pause. Er wollte von Anfang an deutlich machen, dass sie heute konkrete Antworten erwarten und sich nicht mit allgemeinen Aussagen von Manfred Schneider begnügen würden. „Welche Fragen sind das denn? Und warum glauben Sie, dass wir Ihnen bei Ihren Ermittlungen weiterhelfen können? Ich hatte Ihnen doch schon das letzte Mal gesagt, dass Günther immer sehr zurückgezogen war und er nicht viel Kontakt zu seinen Kollegen über die Arbeit hinaus hatte." Tim hatte das Gefühl, dass sie hier auf der richtigen Spur zu sein schienen. Warum sonst sollte Manfred Schneider plötzlich so defensiv auftreten? „Wir würden dann gerne mit der Befragung des Bürokollegen von Günther Ludwig beginnen und danach mit Ihnen sprechen. Können wir wieder den Besprechungsraum vom letzten Mal nutzen?" Tim hatte kaum zu Ende gesprochen, als er schon Richtung Bürotür ging. Hinter ihm hörte er Manfred Schneider brummen, „Natürlich, was bleibt uns denn anderes übrig?"

Günther Ludwigs Bürokollege hatte gegenüber von Tim und Rainer im Besprechungsraum Platz genommen. Tim kam der Raum heute kleiner als beim letzten Mal vor. Die Wände waren weiß gestrichen, der Tisch hatte ebenfalls eine weiße Tischplatte. Der Raum wirkte sehr nüchtern, ja fast schon klinisch steril. „Vielen Dank, dass wir Sie nochmals zum Tod Ihres Kollegen befragen dürfen." Tim nahm die Unterlagen der letzten Befragung und legte sie vor sich auf den Tisch. Er kannte den Inhalt auswendig, wollte aber durch die Geste deutlich machen, dass er jede Abweichung bei den Antworten sofort merken würde. „Sie und Günther Ludwig trugen ja eine große Verantwortung mit den Ausschreibungen zur Öko-Waldstadt. Wie haben Sie sich die Aufgaben aufgeteilt?" Ihr Gegenüber wirkte gefasst und antwortete ruhig. „Für Günther und mich ist es etwas Besonderes, bei so einem großen Projekt mitarbeiten zu dürfen. Ich meinte natürlich das war es, zumindest für Günther. Wissen Sie, es ist wirklich schwer den ganzen Tag auf seinen Schreibtisch zu schauen und zu wissen, dass er nicht mehr zurückkommen wird. So ganz kann ich seinen Tod immer noch nicht wahrhaben." Er knetete sich die Hände, als er weitersprach. „Also wir waren ein eingespieltes Team. Wir hatten uns die Ausschreibungen aufgeteilt und jeder hat an seinem Teil allein gearbeitet. Vor Beginn der Ausschreibung haben wir dann die Unterlagen des anderen durchgelesen. Genauso während der Ausschreibung, um das Vieraugen-Prinzip zu wahren. Und natürlich hat unser Vorgesetzter, also Herr Schneider, vor den Ausschreibungen alle Unterlagen geprüft und freigegeben." Tim hatte ihn genau beobachtet.

Sein Gesicht sah entspannt beim Erzählen aus, er hielt den Blickkontakt zu Tim und sprach flüssig. Tim konnte keine Anzeichen erkennen, dass er log. „Wenn ich Ihren Chef richtig verstanden habe, bearbeiten Sie die Ausschreibung von drei Neubaugebieten in der Waldstadt. Wer von Ihnen hat sich denn um welches Neubaugebiet gekümmert?"

Der Bürokollege von Günther Ludwig richtete sich in seinem Stuhl auf und sah Tim an. „Ich habe mich um das Neubaugebiet I gekümmert. Die Ausschreibung ist schon seit Ende letzten Jahres abgeschlossen. Die ersten Häuser wurden bereits errichtet." Tim nickte, das waren die Häuser, die sie auf der Fahrt zum Tatort gesehen hatten. „Günther hatte vorgeschlagen, dass ich das Neubaugebiet I betreue. Das Gelände lag brach, es mussten nur zwei alte Hallen abgerissen werden. Er hat dagegen das Neubaugebiet II übernommen. Das zugehörige Gelände musste vor der Erschließung noch vorbereitet, beziehungsweise alte Gebäude abgerissen werden." Jetzt ergriff Rainer das Wort. „Also ich bin ja kein Experte für Neubaugebiete. Was bedeutet denn Vorbereitung? Ich kann Ihnen da nicht so ganz folgen." Günther Ludwigs Bürokollege sah Rainer an. „Ich habe ganz vergessen, dass Sie ja nicht vom Fach sind. Mir selbst fällt es nicht auf, dass wir hier im Bauamt viele Fachbegriffe verwenden. Dann versuche ich es einfacher zu erklären. Sie müssen wissen, dass auf dem Gelände, wo wir die Neubaugebiete erschließen lassen, früher militärische Gebäude standen oder noch stehen. Beim Neubaugebiet II waren das Fahrzeughallen und Werkstätten und im Neubaugebiet III stehen noch Wohngebäude. Die müssen alle abgerissen und der Boden auf Altlasten untersucht werden. Die Untersuchung übernimmt ein Ingenieurbüro, das ein Bodengutachten erstellt. Bei Bedarf muss sogar der Boden ausgetauscht werden, wenn dort zum Beispiel Altöl entdeckt wird. Außerdem müssen die Bäume und Büsche gerodet werden. Erst dann werden Straßen angelegt und die Versorgungs- und Entsorgungsleitungen verlegt. Danach erfolgt die Bebauung durch den Bauträger."

Tim nickte. „Und da die Vorbereitungen des Geländes für das Neubaugebiet II komplizierter waren, hat das Günther Ludwig übernommen?" Der Bürokollege nickte. „Ja genau, er war einfach viel erfahrener als ich. Er wollte, dass ich von ihm lerne und dann im Anschluss das Neubaugebiet III übernehme." Rainer kratzte sich das Kinn. Das tat er immer, wenn ihm etwas unklar war. „Haben Sie vielleicht eine Karte von den Neubaugebieten? Ich komme bei den unterschiedlichen Bezeichnungen ganz durcheinander." Der Mann stand auf. „Bitte warten Sie einen Augenblick, ich hole die Karten aus meinem Büro." Kurze Zeit später war er mit zwei eingerollten Karten zurück, die er vor Tim und Rainer auf dem Tisch ausbreitete. Die erste Karte zeigte die Waldstadt mit den vorhandenen Gebäuden, Straßen und Grünflächen. Darüber hinaus waren mit schwarzen Linien die Neubaugebiete eingezeichnet. „Also hier befindet sich das Neubaugebiet I, direkt neben dieser Straße." Tim tippte auf diese. „Das ist die Straße, die wir zum Tatort gefahren sind. Hier unterhalb des Neubaugebietes I liegt das Café von Ute Hoffmann. Und hier auf dieser Wiese standen ein Bagger und eine Planierraupe, als wir am Tatort waren." Tims fotografisches Gedächtnis half ihm bei der Orientierung auf der Karte. Am Tatort hatte er sich einen dreihundertsechzig Grad Eindruck verschafft und sich die Umgebung eingeprägt. „Dann ist das hier das Neubaugebiet II, wo der Bagger und die Planierraupe standen?", fragte Tim. „Was für Baufahrzeuge dort stehen, kann ich Ihnen nicht sagen. Aber derzeit werden dort durch eine Baufirma Wasserleitungen verlegt und Kanalarbeiten durchgeführt."

Tim schaute sich die Karte genauer an. „Und das Neubaugebiet III ist also auf der anderen Straßenseite?" Tim tippte auf die entsprechende Stelle. „Da habe ich beim Vorbeifahren aber nur Bäume und einen bewachsenen Erdwall gesehen." Der Mann nickte. „Von der Straße aus sehen Sie die Gebäude hinter dem Erdwall und den Bäumen nicht. Die liegen etwa dreihundert Meter hinter der Straße, nämlich hier. Wenn Sie dorthin wollen, müssen Sie an dieser Kreuzung abbiegen." Tim erinnerte sich an die Kreuzung, nur ein schmaler asphaltierter Weg führte in die Richtung. „Also das Neubaugebiet I wird schon bebaut und das Neubaugebiet II wird gerade erschlossen. Was ist mit dem Neubaugebiet III?", wollte Tim wissen. „Da sind wir kurz vor Abschluss der Ausschreibung. Nächste Woche werden wir einem Bauträger den Zuschlag erteilen."

Tim sah nachdenklich auf die Karte. „Gab es irgendwelche ungeplanten Herausforderungen mit dem Neubaugebiet II?" Der Bürokollege sah ihn an, als ob er die Frage nicht verstehen würde. „Was uns interessiert ist, ob Ihnen bei der Ausschreibung oder auch bei der Erschließung irgendetwas aufgefallen ist oder ob es zu irgendwelchen Zwischenfällen gekommen ist?" Der Bürokollege überlegt kurz. „Bei der Ausschreibung für das Neubaugebiet II sind zwei Mitbewerber kurz vor Zuschlagserteilung ausgestiegen. Und der Bieter, der den Zuschlag erhalten hat, hätte fast die Frist zur Angebotseinreichung verpasst. Das ist aber nicht ungewöhnlich. Natürlich läuft nicht immer alles wie geplant. Und dann verzögerte sich nach dem Abriss der Fahrzeughallen das Gutachten für den Boden. Ich weiß noch, wie ungeduldig Günther darauf gewartet und immer wieder nachgefragt hat. Schließlich hat sich Herr Schneider darum gekümmert. Vor einem Monat lag dann endlich das Bodengutachten vor. Zum Glück gab es keine Altlasten. Von da an verlief alles im Zeitplan." Tim wollte gerade etwas erwidern, als dem Mann noch etwas einfiel. „Warten Sie! Letzte Woche hat sich Günther die Aktenordner zum Neubaugebiet II nochmal vorgenommen. Er sagte mir nur, dass er etwas überprüfen wolle. Was er genau in den Unterlagen suchte, hat er mir aber nicht gesagt." Tim machte sich eine Notiz. „Und was glauben Sie? Was hat er in den Unterlagen gesucht? Was war ihm aufgefallen?" Der Bürokollege rieb sich am Unterarm. „Das habe ich mich auch gefragt, aber ich habe keine Idee. Die Ausschreibung war abgeschlossen, das Gelände vorbereitet. Der Großteil unserer Arbeit war erledigt. Ich musste mich auf das Neubaugebiet III konzentrieren und brauchte Günthers Unterstützung. So hatten wir das abgesprochen. Ich habe echt keine Ahnung was er gesucht hat."

Rainer schaltete sich ein. „Was ist eigentlich auf der zweiten Karte, die Sie mitgebracht haben?" Der Mann rollte die zweite Karte auf dem Tisch aus. Diese zeigte zusätzlich zur Ersten die geplanten Straßen und Gebäude der drei Neubaugebiete. Während in I und II klassische Einfamilienhäuser vorgesehen waren, sollten im Neubaugebiet III Mehrfamilienhäuser gebaut werden. „Im Neubaugebiet III werden wir bautechnisches Neuland betreten. Neben der Nutzung von Sonnenenergie, Regenwasser und des Brauchwassers sollen alle Gebäude mit möglichst hohem Anteil an natürlichen Baustoffen gebaut werden. Die Dächer werden nicht nur begrünt, sondern mit einem Dachgarten versehen. Das werden die ersten Gebäude der Öko-Waldstadt werden." Tim konnte den Stolz auf seine Arbeit in seiner Stimme heraushören.

Nach der Befragung blieben Tim und Rainer für ein paar Minuten alleine in dem Raum zurück. „Was meinst du? Haben wir schon etwas Konkretes?", fragte Rainer. Tim rollte seine Schultern mehrmals zurück. Das war eine Übung, die ihm sein Physiotherapeut gegen Schulterverspannungen gezeigt hatte. „Günther Ludwig hätte sich auf die Unterstützung seines Kollegen beim Neubaugebiet III konzentrieren können. Mit seinem Neubaugebiet II war er doch fast fertig. Stattdessen durchsucht er alle Aktenordner zum Neubaugebiet II. Irgendwas schien ihm aufgefallen zu sein. Für mich ist das ein guter Ansatzpunkt. Aber jetzt befragen wir Manfred Schneider. Mal schauen, was der noch zu berichten hat."

Als Manfred Schneider den Besprechungsraum betrat, fiel Tim sofort auf, dass er einen anderen Anzug als bei der Begrüßung trug. „Ich habe leider nur zwanzig

Minuten für Sie Zeit. Dann wird die Staatssekretärin des Ministeriums für Infrastruktur und Landesplanung von Brandenburg im Rathaus eintreffen. Sie möchte sich über die Pläne zur Öko-Waldstadt informieren. Und da ich dieses für unser Land Brandenburg so wichtige Projekt leite, verstehen Sie sicherlich, dass ich gebraucht werde." Jetzt war Tim klar, warum er sich umgezogen hatte. Er wollte einen perfekten Eindruck bei der Staatssekretärin hinterlassen. „Dann sollten wir direkt mit der Befragung beginnen. Und falls wir in den zwanzig Minuten nicht fertig werden sollten, können wir diese heute Nachmittag bei uns in der Mordkommission fortführen." Der Leiter des Bauamtes blickte Tim wütend an. „Dann legen Sie schon los."

Die Befragung von Manfred Schneider brachte nichts Neues hervor. Er wusste nichts davon, dass Günther Ludwig die Akten zum Neubaugebiet II nochmals durchgegangen war. Auch von Auffälligkeiten bei der Ausschreibung und der Vorbereitung des Geländes im Neubaugebiet II konnte er nichts sagen. „Sie können mir glauben, hier in meinem Bauamt hat alles seine Ordnung. Meine Mitarbeiter überprüfen sich gegenseitig bei den Ausschreibungen und ich als Leiter des Bauamtes prüfe alle entscheidenden Dokumente nochmals. An mir geht hier nichts vorbei. Und gerade bei diesem besonders wichtigen Projekts für das Land Brandenburg, nein sogar für ganz Deutschland, überlasse ich nichts dem Zufall." Auf Tim wirkten die Antworten von ihm allgemein und unkonkret. Teilweise hatte Tim das Gefühl, einem Politiker in einer Talkshow gegenüber zu sitzen.

„Also gut, Herr Schneider. Dann haben Sie sicherlich auch nichts dagegen, wenn wir den PC von Günther Ludwig mitnehmen und uns selbst ein Bild machen." Tim schob das Dokument der Staatsanwaltschaft über den Tisch. Plötzlich lief Manfred Schneiders Gesicht rot an. Er fing leicht an zu stottern „Also da gibt es wohl ein Problem." Tim und Rainer schauten ihn fragend an. „Also der PC wurde gestern von unserer IT-Abteilung abgeholt. Meines Wissens nach brauchen sie ihn als Ersatz für einen beschädigten PC eines anderen Mitarbeiters. Wahrscheinlich wurde er bereits formatiert." Tim sprang vom Stuhl. „Was haben Sie gerade gesagt? Wir haben Sie doch telefonisch angewiesen, dass niemand den PC anrührt, oder? Was gibt es daran nicht zu verstehen?" Tims Stimme wurde bei seinen letzten Worten deutlich lauter. „Also ich weiß auch nicht wie das passieren konnte. Aber ich kann mich auch nicht um alles kümmern und jeden Einzelnen hier kontrollieren. Und als ich davon hörte, dass die IT Abteilung den PC genommen und formatiert hat, war es schon zu spät. Die Öko-Waldstadt nimmt einfach so viel Zeit und Energie in Anspruch, da kann es schon mal zu so einem Bürofehler kommen." Manfred Schneider stand auf und zog seinen Anzug glatt. „Und jetzt entschuldigen Sie mich bitte, ich muss zu unserer Staatssekretärin." Mit diesen Worten ging er aus dem Besprechungsraum und ließ Tim und Rainer zurück. „So eine Scheiße, das kann doch nicht wahr sein.", Rainer schlug mit der Faust auf den Tisch. „Und jetzt?" Tim stand auf. „Jetzt gehst du mit der Sekretärin zu der IT-Abteilung. Vielleicht haben wir ja Glück und der PC steht noch dort und wer weiß, ob sie ihn wirklich schon formatiert haben. Ich gehe währenddessen ins Büro von Günther Ludwig und frage seinen Kollegen, ob die Unterlagen auch in Papierform bei den Akten abgeheftet wurden."

Rainer ging mit Manfred Schneiders Sekretärin zur IT-Abteilung des Rathauses. Das Wort Abteilung war geprahlt, es handelte sich lediglich um ein kleines Büro mit drei Männern mittleren Alters. Rainer hätte auch ohne das Türschild gewusst, dass hier die IT-Experten saßen. Mit ihren Nickelbrillen, zerzausten Haaren und den T-Shirts mit Comicfiguren darauf sahen sie genauso aus, wie man sich landläufig IT-Nerds vorstellte. „Guten Tag die Herren. Ich bin von der Kriminalpolizei und brauche den PC von Günther Ludwig. Wo steht dieser?" Einer der drei Mitarbeiter schaute Rainer an. „Der steht hier bei mir. Aber der nützt Ihnen vermutlich nichts mehr, denn den haben wir heute Morgen formatiert und das Betriebssystem neu aufgespielt. Nachher werden wir den PC einem Mitarbeiter des Ordnungsamtes übergeben, da dessen PC kaputt ist. Tut mir leid." Rainer wollte gerade resigniert gehen, als ihm noch etwas einfiel. „Und wer hat Ihnen den PC von Günther Ludwig zur Verfügung gestellt?" Der IT-Mitarbeiter schaute in seinem PC nach. „Also gestern haben wir eine Mail vom Büro des Bauamtleiters erhalten, dass Günther Ludwig verstorben sei und sein PC noch in dem Büro stehen würde. Da wir für das Ordnungsamt kurzfristig einen Ersatzrechner brauchten, haben wir den PC heute Morgen abgeholt. Herrn Schneider hatte ich darüber per Mail informiert." Rainer überlegte kurz. „Und wer wusste, dass Sie einen Rechner für das Ordnungsamt benötigen?" Die Sekretärin von Manfred Schneider antwortete für den IT-Mitarbeiter. „Alle Abteilungsleiter des Rathauses. Das war einer der Besprechungsthemen in der gestrigen Abteilungsleiterbesprechung. Ich habe vorhin das zugehörige Besprechungsprotokoll erhalten."

Tim stand neben dem Schreibtisch von Günther Ludwig. Der Bürokollege wusste nur, dass jemand von der IT-Abteilung heute Morgen den PC mitgenommen hatte. Er konnte aber bestätigen, dass sie alle wichtigen Unterlagen zu den Neubaugebieten ausgedruckt und abgeheftet hatten. In dem Moment kam Rainer in das Büro dazu. „Fehlanzeige, der PC ist wirklich formatiert. Wir waren zu spät." Tim nickte. „Dann müssen wir halt die Aktenordner mitnehmen. Ich rufe gerade die Staatsanwaltschaft an, um mich mit ihr abzustimmen."

Nach dem Anruf bei der Staatsanwältin fingen Tim und Rainer an, die Aktenordner zum Neubaugebiet II mit Unterstützung des Bürokollegen aus den Regalen zu sortieren und auf den Schreibtisch zu stellen. Ihm war sichtlich unwohl dabei. „Sollten Sie nicht besser auf Herrn Schneider warten? Ich weiß nicht, ob ich Ihnen die Aktenordner aushändigen darf." Rainer ging auf ihn zu. „Keine Sorge, wir dürfen die Aktenordner mitnehmen. Sobald wir diese nicht mehr benötigen, erhalten Sie alle wieder zurück." Tim und Rainer trugen jeder fünf Aktenordner zum Dienstwagen. Rainer keuchte vor Anstrengung. „Na, das wird unserem Manfred Schneider gar nicht gefallen. Aber ich sehe es wie du und die Staatsanwältin. Es ist Gefahr im Verzug. Wir wollen doch nicht, dass ausversehen auch noch die anderen

Aktenordner verschwinden." Tim und Rainer legten sie in den Kofferraum.

Sie wollten gerade ins Auto steigen, als Tim seinen Namen hörte. „Herr Beck, bitte warten Sie. Mir ist noch etwas eingefallen." Mit ihren Absatzschuhen konnte die Sekretärin nicht rennen, lief aber mit großen Schritten und winkend auf sie zu. „Was ist Ihnen denn noch eingefallen?" Die Sekretärin war außer Atem und brauchte einen Augenblick, um sprechen zu können. „Also vielleicht ist es nicht wichtig, aber Herr Schneider hatte mich gestern gebeten der IT-Abteilung eine Mail zu schicken, mit dem Hinweis auf den Tod von Günther und seinem noch vorhandenen PC. Ich fand das bis eben nicht verwunderlich, denn schließlich brauchte das Ordnungsamt kurzfristig einen Ersatz-PC. Und ich wusste nicht, dass Sie Herrn Schneider gebeten hatten, dass niemand den PC aus dem Büro entfernen darf. Aber als Sie beide vorhin nach dem PC gefragt hatten, scheint er ja wichtig zu sein. Das müsste doch Herr Schneider auch wissen, oder?" Tim sah, dass die Sekretärin sich unwohl fühlte. Sie war sicherlich eine fleißige und loyale Mitarbeiterin. Wahrscheinlich hatte sie den Eindruck, dass sie damit ihren Chef verriet. „Vielen Dank für die Information, Sie haben alles richtig gemacht. Machen Sie sich keine Vorwürfe."

Tim und Rainer stiegen in das Dienstfahrzeug ein. Als sie losfuhren, sah Tim im Seitenspiegel, wie die Sekretärin immer noch vor dem Rathaus stand und ihnen nachsah. „Das war ja eine interessante Information. War das mit dem PC wirklich nur Zufall oder hat er etwas vor uns zu verbergen?" Rainer zuckte mit den Schultern. „Ich weiß es nicht, aber an Zufälle glaube ich nicht!"

33

Als Tim und Rainer wieder in der Mordkommission angekommen waren, trugen sie die Aktenordner aus dem Bauamt in ihr Dienstzimmer. Rainer hatte bereits Schweißperlen auf der Stirn und fluchte laut. „Verdammt! Ich bin doch kein Packesel!" Tim musste lachen. „Jetzt weißt du, wie hart der Beruf eines Möbelpackers sein muss. Du scheinst ja ganz verweichlicht vom vielen Sitzen zu sein. Vielleicht solltest du mal wieder mit dem Sport anfangen?" Rainer ließ seinen Aktenstapel auf den Schreibtisch plumpsen. „Sport wird doch total überbewertet. Ich mag mich so wie ich bin." Bei diesen Worten streichelte Rainer grinsend seinen Bauch.

Tim und Rainer teilten sich die Aktenordner auf und fingen an, sie durchzuschauen. Tim übernahm die mit den Ausschreibungen. Rainer nahm die anderen mit der Ausplanung und der Erschließung des Neubaugebietes II.

Nach einer Stunde rieb Rainer sich die Augen. „Ich habe das Gefühl, es werden überhaupt nicht weniger Seiten. Ich hole uns erstmal einen Kaffee." Tim ging es ähnlich, er hatte schon einen Aktenordner durchgearbeitet und wollte gerade mit dem zweiten beginnen. Günther Ludwig hatte anscheinend jedes digitale Dokument ausgedruckt und abgeheftet. Diese waren systematisch in Reitern innerhalb des Aktenordners angeordnet. So konnte sich Tim gut zurechtfinden. Aber die Vielzahl an Dokumenten machte es schwer, die wirklich wichtigen Hinweise zu finden. Als Rainer zur Tür hereinkam, legte Tim seinen aktuellen Ordner zur Seite. „Die Angaben des Bürokollegen zur Ausschreibung scheinen soweit zu stimmen. Ich habe die Schreiben der beiden Mitbewerber gefunden, die ihr Angebot zurückgezogen haben. Anscheinend haben sie sich keine Chancen ausgerechnet. Wir sollten mit den Geschäftsführern der beiden Baufirmen sprechen. Die Meyer Bau GmbH hat für das Neubaugebiet II den Zuschlag bei der Ausschreibung erhalten. Ihr Angebot wurde als letztes beim Bauamt eingereicht. Ich glaube, wir brauchen einen Experten für Vergaberecht. Wir beide können nicht bewerten, ob hier alles mit richtigen Dingen zugegangen ist." Rainer nickte. „Du hast recht, wir brauchen Unterstützung. Dr. Richter kann hier bestimmt aus ihrem Kollegenkreis einen Experten hinzuziehen." In diesem Moment kam Stefan Dittrich zur Tür rein. „Habe ich gerade den Namen von Dr. Richter gehört? Die ist übrigens auf dem Weg zu uns und in einer halben Stunde hier. Wie kommt ihr voran?" Erwartungsvoll schaute er Tim und Rainer an. „Soweit wir das bisher überblicken können, scheint Günther Ludwig die meisten Arbeitsdokumente ausgedruckt und abgeheftet zu haben. Wir haben hier alleine fünf Aktenordner nur zur Ausschreibung. Allerdings brauchen wir einen Juristen, der uns sagen kann, ob die Ausschreibung korrekt verlaufen ist." Der Leiter der Mordkommission nickte zustimmend. „Das Vergaberecht ist sehr speziell, da stimme ich dir zu. Was habt ihr noch?" Sein Blick schwenkte zu Rainer. „Also ich habe das Gutachten zu den Bodenproben gefunden. Wenn ich das richtig verstehe, wurden keine Altlasten gefunden. Interessant ist, dass Günther Ludwig mehrmals das Ingenieurbüro angeschrieben hatte, um nach dem Gutachten zu fragen. Laut dem Ingenieurbüro gab es wohl die Notwendigkeit, die Probe ein zweites Mal zu untersuchen. Wir sollten hier einen Bauexperten hinzuziehen. Ich weiß nicht, ob das mit der erneuten Untersuchung wirklich üblich ist?"

Als die Staatsanwältin eintraf, setzen sich Tim und Rainer mit ihr und ihrem Chef in sein Büro. „Wie kann es denn sein, dass der PC von Günther Ludwig formatiert wurde? Das ist doch unfassbar!" Dr. Anna Richter sah Tim und Rainer fragend an. Tim erzählte ihr, was sie im Bauamt herausgefunden hatten. „Das klingt für mich nicht plausibel. Dieser Manfred Schneider hatte doch von Ihnen eine klare Anweisung erhalten. Glauben Sie seiner Ausrede?" Tim schüttelte den Kopf. „Er wirkte nervös, als er uns seine Version präsentierte. Es ergibt auch keinen Sinn, dass er seine Sekretärin gebeten hatte, die IT-Abteilung auf den PC aufmerksam zu machen. Außer natürlich, er wollte, dass der PC verschwindet. Dann hätte er das aber auch gut eingefädelt, denn in der Mail wurde die IT nur an den Tod von Günther Ludwig erinnert. Es gab keinen klaren Auftrag den PC abzuholen." Die Staatsanwältin schien zu überlegen. „Wir brauchen die Logfiles des Rathauses zu dem PC von Günther Ludwig. Ich besorge den nötigen Beschluss." Tim nickte, die Idee hatte er auch schon. Mit den Logfiles könnten sie sehen, mit welchem Nutzername sich wer und wann auf dem PC eingeloggt hatte. "Wo Sie gerade dabei sind, Frau Dr. Richter", fing Tim an. "Könnten Sie uns bitte einen Experten für Vergaberecht und Bauwesen besorgen?" Die Staatsanwältin sah Tim fragend an. Tim erklärte ihr, was sie bisher in den Akten gefunden hatten. "In Ordnung, ich kümmere mich darum. Stellen Sie bitte sicher, dass diese Experten einen Raum bekommen, um die Dokumente durchzuarbeiten." Stefan Dittrich übernahm jetzt. "Kein Problem, das bekommen wir hin. Ich habe noch eine Sache. Vorhin hat mich der Leiter unserer Polizeidirektion angerufen. Er wurde vom Innenministerium gefragt, warum wir Akten aus dem Bauamt mitgenommen hätten. Die Staatssekretärin des Ministeriums für Infrastruktur und Landesplanung hat die Sorge geäußert, dass durch unsere Ermittlungen ihr Vorzeigeprojekt der Öko-Waldstadt gefährdet werden könnte. Ich muss bis morgen einen Bericht für das Innenministerium erstellen. Anscheinend habt ihr in ein Wespennest gestochen." Rainer grinste. "Aber das ist doch eine gute Nachricht. Anscheinend sind wir auf der richtigen Spur." Stefan Dittrich nickte. "Das scheint so zu sein. Passt auf, dass alles absolut korrekt verläuft! Ich brauche nicht noch die Aufpasser aus dem Innenministerium hier." "Selbstverständlich Chef", antworteten Tim und Rainer im Chor.

Die Staatsanwältin stand auf und wollte gerade gehen, als Tim ihr eine Frage stellte. "Was brauchen Sie von uns, damit wir die Konten von Manfred Schneider überprüfen können? Ich habe das Gefühl, dass er für einen Beamten seines Ranges einen sehr aufwendigen Lebensstil führt. Wenn es hier Unregelmäßigkeiten bei der

Ausschreibung geben sollte, muss er sehr wahrscheinlich darin verwickelt sein. Schließlich hat er heute nochmals bestätigt, dass er jedes Dokument der Ausschreibung persönlich kontrolliert und freigibt." Die Staatsanwältin setzte sich wieder hin. „Wenn Sie mir einen konkreten Anfangsverdacht liefern, kümmere ich mich um die Konten. Vorher allerdings nicht." Tim grinste. „Naja, einen Versuch war es wert."

34

Mittlerweile waren Tim und Rainer wieder in ihrem Dienstzimmer. Tim schaute auf seine Armbanduhr. „Oh Mist, ich muss los. Wir haben heute Freunde zum Spieleabend zu Besuch. Wenn ich zu spät komme, gibt es wieder Stress mit Sarah. Wir sehen uns morgen." Rainer hob die Hand. „Dann nichts wie los, ich mache auch gleich Schluss."

Auf dem Weg nach Hause hielt Tim noch kurz beim Weinhändler. Tim und Sarah hatten eine Vorliebe für Wein, aber nicht viel Hintergrundwissen. Tim war es wichtig, dass er ihm schmeckte. Er hatte weder Lust noch Zeit sich das nötige Hintergrundwissen anzueignen, um fachsimpeln zu können. Er bezeichnete sich als einfachen Genießer. Der Weinhändler hatte ihnen bisher immer für jeden Anlass den richtigen Wein empfohlen. Nachdem Tim ihm kurz von dem bevorstehenden Spieleabend und den Gästen berichtet hatte, empfahl dieser einen Rosé und einen Weißwein. „Für den Anlass und das Wetter genau das Richtige. Vergessen Sie nicht auf die richtige Temperatur zu achten und den Wein atmen zu lassen." Er nickte gerade dem Händler zustimmend zu, als ein Mann den Laden betrat. Tim fielen neben seiner Narbe auf der linken Wange sofort die Schuhe des Mannes auf. Es handelten sich um braune Cowboystiefel mit Schlangenhautmuster. Er wendete sich von dem Mann ab und blickte den Weinhändler an. Der begrüßte den neuen Kunden. „Einen kleinen Augenblick bitte. Ich bin gleich bei Ihnen. Schauen Sie sich gerne solange um." Der Mann brummte etwas Unverständliches und betrachtete die Weinflaschen in den Regalen. Nachdem Tim bezahlt hatte, nahm er die Flaschen und stieg ins Auto.

Zuhause angekommen, stellte er den Wein in den Kühlschrank. Sarah hatte schon ein paar Snacks vorbereitet. Sie sah in ihrem Kleid wieder einmal umwerfend aus. Tim umfasste ihre Taille und zog sie an sich. „Hallo mein Schatz, du siehst toll aus." Sarah freute sich über das Kompliment und gab Tim einen zärtlichen Kuss. „Danke, du Charmeur! Ich bin mit den Vorbereitungen fast fertig. Du könntest die Zeit nutzen und deiner Tochter „Hallo" sagen. Sie ist in ihrem Zimmer."

Tim stieg die Treppen hoch ins Obergeschoss und klopfte an Leas Zimmertür. Ohne abzuwarten öffnete er sie. Lea schloss hastig ihr Laptop. ‚Anscheinend war sie gerade bei Facebook und chattete', vermutete Tim. „Mann, Papa! Kannst du nicht warten bis ich „herein" rufe?" Tim grinste. „Hast du etwa Geheimnisse vor mir?" Lea lief rot an. „Natürlich habe ich Geheimnisse vor dir, ich bin siebzehn!" Lea versuchte das Thema schnell zu wechseln. „Und Papa, wie war es heute bei der Arbeit?" Tim stutzte. Lea fragte das sonst nie. Aber vielleicht wollte Lea ebenso wie er, dass sich ihre Beziehung zueinander wieder entspannte. „Eigentlich wie immer. Was hälst du eigentlich davon, wenn wir beide mal einen Tag zu zweit in Berlin verbringen? Wir könnten Shoppen und Kaffeetrinken gehen." Lea nickte zufrieden. „Gerne, Papa. Aber im Moment habe ich mit Schule und Sport schon genug zu tun. Besser in den Ferien, ok?" Er ließ sich seine Enttäuschung nicht anmerken. „Gerne, Liebes, das machen wir. Ich freue mich."

Als Tim die Treppe hinunterging, klingelte es an der Haustür. „Ich gehe schon." Er öffnete die Haustür und begrüßte die Gäste. Als er die Tür wieder hinter ihnen schließen wollte, fiel ihm der schwarze Mercedes auf der anderen Straßenseite auf. Er versuchte das Kennzeichen zu erkennen, was aus seiner Position jedoch nicht möglich war. Er wollte gerade ein paar Schritte auf das Auto zugehen, als der Motor gestartet wurde und das Fahrzeug losfuhr. Es ging so schnell, dass Tim keine Chance hatte das Kennzeichen zu lesen. ‚Vielleicht bilde ich mir das auch nur ein. Scheint mein Beruf mit sich zu bringen', dachte er und ging ins Haus.

Gegen Mitternacht hatten sich die Gäste verabschiedet und Tim und Sarah räumten gemeinsam auf. „Das war ein sehr schöner Abend", sagte Tim. „Ja, das war er. Ich wünschte, wir hätten mehr von diesen Abenden. Wo wir zu zweit oder mit Freunden die Zeit genießen und etwas erleben. Vielleicht bekommen wir das ja ab jetzt wieder besser hin." Tim sah die Traurigkeit in den Augen seiner Frau, die bei ihm einen Kloß im Hals verursachte. In diesem Augenblick fühlte er sich mal wieder schlecht. Denn schließlich lag es an ihm und seinem Beruf, dass sie wenige dieser Abende hatten.

„Ich gehe nochmal schnell mit Lasse raus." Tim nahm die Hundeleine, rief nach Lasse und drehte seine gewohnte Runde am See.

35

Wütend warf er das Prepaid-Smartphone an die Wand. „Dieser verdammte Idiot! Schafft es noch nicht einmal, eine einfache Aufgabe zu erledigen. Was ist daran so schwer, die Spuren zu verwischen, ohne dass die Bullen was merken?" Er war außer sich vor Zorn. Bisher war alles zu seinen Gunsten verlaufen. Das wollte er sich nicht durch die Nachlässigkeit anderer kaputt machen lassen.

Er klappte sein MacBook zu, an dem er bis eben noch mit seinem neuesten Facebook-Kontakt geschrieben hatte. Sie hatte sehr schnelle Vertrauen zu ihm oder besser zu Ben, seiner Erfindung, gefasst. Mittlerweile teilte sie ihm ihre Gedanken, Gefühle und Ängste mit. Aber damit konnte er sich nach dem eben erhaltenen Anruf nicht weiter beschäftigen.

Er goss sich einen Whiskey ein und leerte das Glas in einem Zug. Normalerweise war das für ihn undenkbar. Seinen Lieblingswhiskey genoss er sonst in vollen Zügen. Er liebte den leicht rauchigen Geschmack des Single Malts aus dem Norden Schottlands. Aber heute brauchte er etwas, um seinen Ärger hinunterzuspülen. Er goss sich ein zweites Glas ein und lief im

Wohnzimmer herum. Plötzlich blieb er stehen und schaute sein Spiegelbild in dem großen Wandspiegel an, der im Wohnzimmer über der weißen Kommode hing. „Du musst dich jetzt konzentrieren! Lass dich nicht ablenken, sondern konzentriere dich auf das große Ziel!" Er musste eine Entscheidung treffen. Sollte er mit Plan B beginnen oder zu drastischeren Maßnahmen greifen? Langsam schwenkte er den Single Malt in seinem Glas und zog den aufsteigenden Geruch in die Nase. Nun war er wieder voll konzentriert und wägte alle Möglichkeiten ab. Sein Gehirn arbeitete auf Hochtouren. Dann wusste er, was er zu tun hatte.

Entscheidend war jetzt, die Bullen auf Abstand zu halten und nicht auf seine Spur zu bringen. Er war ihnen haushoch überlegen. Er hatte einen genialen Plan und stand so dicht vor dem Ziel. Jetzt war nicht die Zeit für kleinere Korrekturen. Er selbst musste zu drastischen Maßnahmen greifen. Vor seinem Auge sah er die nächsten Schritte. Es würde nicht weiter schwer werden, unerkannt vorzugehen. Er musste nichts groß vorbereiten, vielmehr wollte er es bereits heute Nacht tun. Bevor noch etwas nicht nach Plan lief. Irgendwie spürte er bei seinen Gedanken Vorfreude aufkommen. Seine Mundwinkel zuckten. Ja, es war Zeit die Notbremse zu ziehen. Und er würde es in vollen Zügen genießen, jede einzelne Sekunde.

Kapitel 7

36

Manfred Schneider lief mit einer Flasche Bier in der Hand auf der Terrasse seines Hauses auf und ab. Es war kurz vor Mitternacht und er konnte nicht schlafen. Seine Frau war vor zwei Stunden gefahren. Sie hatte Nachtschicht im Hotel in Berlin. Eigentlich war es gar nicht nötig, dass sie überhaupt arbeitete. Schließlich verdiente er genug, um ihren Lebensstil zu finanzieren. Aber jedes Mal, wenn er das Thema ansprach, machte seine Frau ihm klar, wie wichtig ihr die Arbeit war. Sie liebte ihren Beruf als Front Office Managerin im Hotel. Manfred Schneider mochte die englischen Bezeichnungen nicht. Er wusste, dass seine Frau den Hotelempfang leitete. Einmal hatte er sie im Hotel besucht und war beeindruckt, wie professionell sie die Arbeitsabläufe am Empfangsbereich steuerte. Das Hotel verfügte über fünfhundert Zimmer und lag in Berlin Mitte. Es hatte einen sehr guten Ruf und war bei Geschäftsreisenden und betuchten Touristen gleichermaßen beliebt. Er konnte aber nicht verstehen, wieso sie jeden Tag diese lange Fahrtstrecke nach Berlin auf sich nahm. Aber das musste sie letztendlich für sich entscheiden.

Für ihn hatten die Schichtdienste und die langen Arbeitszeiten seiner Frau auch ihre Vorzüge. Wenn er auf seine letzten neunundvierzig Jahre zurückblickte, gab es nichts Spektakuläres. Sein Leben verlief in der klassischen Bahn eines Beamten. Nach Schule, Ausbildung, Studium und Verbeamtung folgten verschiedene

Abschnitte in der öffentlichen Verwaltung, bevor er Leiter des Bauamtes in Zossen wurde. Damit hatte er vermutlich das Ende seiner Karriere erreicht. Vielleicht gab es mit seinem Projekt der Öko-Waldstadt die Möglichkeit eines Aufstieges ins Ministerium. Aber wie wahrscheinlich war das wirklich? Auch seine Ehe verlief unspektakulär und eintönig. Mittlerweile waren sie sechsundzwanzig Jahre verheiratet, letztes Jahr hatten sie ihre Silberhochzeit gefeiert. Es war eine schöne Feier. Aber letztendlich war seine Ehe eingefahren und langweilig. Bis vor einem Jahr fragte er sich, ob sein restliches Leben weiter so an ihm vorbeiziehen würde, wie die vorausgegangenen Jahre. Aber den Mut für einen beruflichen oder privaten Neuanfang brachte er einfach nicht auf. Dafür war er einfach durch und durch der klassische Beamte, wie man ihn sich vorstellt. Er nahm einen tiefen Schluck aus der Bierflasche.

Vor einem Jahr änderte sich dann alles. Nach all den Jahren traf er ihn wieder. Sie hatten sich seit ihrer Ausbildung nicht mehr gesehen. Manfred Schneider erinnert sich noch gut an diesen Tag Anfang Mai. Plötzlich rief jemand seinen Namen. Als Manfred Schneider sich umschaute, erkannte er ihn sofort wieder. Obwohl auch an ihm die Zeit nicht spurlos vorübergegangen war, sah er immer noch gut und durchtrainiert aus. Eigentlich das Gegenteil von ihm. Er konnte gutem Essen einfach nicht aus dem Weg gehen. Auch sein Beruf als Leiter des Bauamtes hielten ihm von regelmäßigem Sport ab. Zumindest redete er sich das solange ein bis er es glaubte. Manfred Schneider hatte ihn sofort erkannt und er ihn anscheinend auch. Sie nahmen sich flüchtig in den Arm und schauten sich lange in die Augen. Er fand es schön, ihn nach all den Jahren wiederzutreffen. Er griff zu seinem Smartphone und sagte sein Mittagessen und alle Nachmittagstermine ab. Stattdessen gingen beide in eine Kneipe, um sich über die guten alten Zeiten zu unterhalten.

Eine Woche später lud er Manfred Schneider zu sich nach Berlin ein. Seine Frau musste zu einer dreitägigen Hotelmanagement-Weiterbildung. Der Zeitpunkt war also perfekt für die Erkundung des Berliner Nachtlebens. Er hatte zu diesem Zeitpunkt keinerlei Vorstellung davon, was man mit Geld alles erleben kann. Die Restaurants, Bars und Partys, zu denen er mitgenommen wurde, kannte er nur aus Reportagen und Artikeln. Er war beeindruckt und ja, es gefiel ihm dieses andere Leben. Diese komplett andere Welt im Vergleich zu seinem spießigen Alltag war so aufregend. Außerdem erkannte er, dass man mit Geld wirklich sexy ist. Plötzlich hatte er heiße junge Frauen im Arm, die ihn wollten. Manfred Schneider merkte bei diesen Erinnerungen, wie seine Erregung immer stärker wurde. Wenn er eine Nummer mit den jungen Frauen schob, fühlte er sich so stark und lebendig. Seine Frau merkte von seinen regelmäßigen Ausflügen ins Nachtleben von Berlin und den Tagesausflügen nach Polen nichts. Immer häufiger fragte er Manfred Schneider nach seinem fachlichen Rat zu Ausschreibungen in Berlin. Es war ein befriedigendes Gefühl, ausgerechnet ihm Ratschläge geben zu können. Demjenigen, hinter dem alle Frauen herschauten und der es zu Reichtum gebracht hatte.

Nur bei Ratschlägen sollte es allerdings nicht bleiben. Sie beschlossen auch geschäftlich zusammenzuarbeiten. Und das brachte Manfred Schneider eine sehr lukrative Einnahmequelle ein, die er vor seiner Frau verbarg. Beide achteten darauf, dass ihre geschäftliche Zusammenarbeit verborgen blieb. Die Telefonate zwischen ihnen liefen ausschließlich über zwei einfache Handys mit Prepaid-Karten. Dokumente tauschten sie über einen Boten aus. Die „finanzielle Unterstützung", wie er es nannte, erhielt Manfred Schneider immer in bar. Es war die große Chance, in seinem Leben endlich die Spannung und Abwechslung zu haben, die ihm in den letzten Jahren so sehr gefehlt hatte. Ohne über mögliche Konsequenzen nachzudenken, hatte er ihm die letzten zwölf Monate immer wieder geholfen. Es fühlte sich für ihn absolut richtig an. Er hatte schließlich Besseres verdient. Aber jetzt war er sich nicht mehr so sicher, ob er damals die richtige Entscheidung getroffen hatte.

Ihre geschäftliche Zusammenarbeit war bisher sehr erfolgreich gewesen. Aber jetzt war die Polizei schon das zweite Mal im Bauamt aufgetaucht. Er hatte das Gefühl, dass sie bald etwas finden würde. Und dann sah es schlecht für ihn aus. Deshalb hatte Manfred Schneider ihn eben angerufen und gefragt, was sie nun tun sollten. Er schien wütend auf ihn zu sein. Seine Stimme klang so kalt und irgendwie drohend. Manfred Schneider hatte sich während des Telefonats unwohl gefühlt. Nicht nur weil es um seine Zukunft ging, sondern heute hatte er ihm das erste Mal wirklich Angst gemacht. Natürlich wusste er, dass sein Freund kein Unschuldslamm war. Ohne die Ellbogen auszufahren und Bestechungen vorzunehmen wäre er nicht zu seinem Reichtum gekommen. Aber diese andere Seite kannte er bisher nicht von ihm. Vielleicht hatte er sich das Ganze aber auch nur eingebildet. Schließlich lagen seine Nerven blank. Außerdem war er sich nicht sicher, ob er nicht doch etwas mit dem Tod von Günther Ludwig zu tun hatte. Als er ihn darauf angesprochen hatte, lachte er und sagte, dass er nichts von dem Mord wusste. Schließlich sei er ein Geschäftsmann und kein Killer. Sein Puls schien zu rasen. Er konnte die Gedanken über seinen Geschäftspartner einfach nicht loslassen. Vielleicht sollte er sich der Polizei stellen? Er war völlig ratlos. Manfred Schneider nahm sich noch ein Bier aus dem Kühlschrank und ging wieder hinaus auf die Terrasse.

Die Fahrt dauerte nur eine knappe Stunde. Er parkte seinen BMW zwei Straßen entfernt auf einem unbeleuchteten Parkplatz. Hier in der Gegend gab es keine Überwachungskameras, das hatte er schon überprüft. Damals wollte er mehr über seine geschäftliche Beziehung herausfinden. Sie hatten sich damals während ihrer Ausbildung und der anschließenden Arbeit für die sowjetische Armee in Wünsdorf kennengelernt. Irgendwann hatten sich ihre Wege getrennt, wie es so oft im Leben vorkam. Freunde waren sie nie gewesen. Aber als sie sich vor über einem Jahr zufällig vor dem Rathaus in Zossen über den Weg gelaufen waren, hatte er sofort die Gelegenheit erkannt. Manfred Schneider war äußerst nützlich gewesen. Es war ihm nicht schwergefallen, Manfred Schneider für seine Zwecke zu gewinnen und zu manipulieren. Dieser spießige Typ war so einfach gestrickt. Für Geld und ein bisschen Anerkennung tat der alles. Er musste lachen. Dieser Idiot glaubte wirklich, dass die jungen Mädels auf ihn scharf waren. Dabei hatte er die Escort-Damen vorher bezahlt. Er wollte, dass sie ihn verführten und so taten, als ob sie von ihm beeindruckt wären. Die Mädels waren sehr professionell und überzeugend gewesen.

Er hatte immer penibel darauf geachtet, dass es zwischen Manfred Schneider und ihm keine nachweisbare Verbindung gab. Denn es war immer eine Alternative für ihn gewesen, ihn als Bauernopfer zu benutzen und bei Bedarf fallen zu lassen. Und jetzt war der richtige Zeitpunkt dafür gekommen.

Leise näherte er sich dem mit einer hohen Hecke umgebenen Bungalow. Die spießige Vorort-Idylle passte perfekt zu seinem Geschäftspartner. Die Einfamilienhäuser in der Nachbarschaft waren entweder von hohen blickdichten Zäunen oder großen Hecken umgeben. Dadurch konnte man die Häuser dahinter kaum sehen. Allerdings konnte man somit auch aus den Häusern die Straße kaum einsehen. Und das nutze er nun aus. Ohne Hektik ging er zum Eingangstor, das mit einem Zahlenschloss gesichert war. Bei ihren Touren durch das Nachtleben hatte ihm sein Geschäftspartner betrunken erzählt, wie schlecht er sich PINs merken konnte. Daher verwendete er immer den Geburtstag seiner Frau. Und den herauszubekommen, war wirklich ein Kinderspiel. Er gab auf der Tastatur die sechsstellige Zahlenkombination ein und schon öffnete das Tor. Das Auto von Manfred Schneiders Frau stand nicht auf dem Hof. Sie musste heute sicherlich arbeiten. Er hatte ihm bei ihren gemeinsamen Touren durch das Nachtleben vieles über seine Ehe erzählt. Er wusste, dass ihm dieses Wissen irgendwann einmal helfen würde. Und heute war es soweit.

Geschickt umging er den Überwachungsbereich des Bewegungsmelders der Außenbeleuchtung und schlich sich an der Hauswand entlang zur Haustür. Der Schließzylinder der Tür gab nach wenigen Sekunden nach. Mit dem richtigen Werkzeug war das nicht schwer, gerade wenn die Haustür - wie hier - unverschlossen war. Perfekt, dass er für alle Fälle gut ausgestattet war. Im Darknet gab es alles zu kaufen, was das Herz begehrte. So wie ein sogenannter Elektropick, mit dem durch Schwingungen der Schließzylinder geöffnet wird, ohne beschädigt zu werden. Leise zog er hinter sich die Haustür zu. Im Wohnzimmer brannte noch Licht und die Terrassentür stand offen. Als er auf durch diese nach draußen blickte, erkannte er Manfred Schneider sofort, der in einem Liegestuhl saß und schlief. Auf dem Tisch neben ihm stand eine Flasche Bier. Er schlich von hinten an den Liegestuhl heran und lauschte den ruhigen Atemzügen. Er stand jetzt genau hinter ihm. Langsam näherten sich seine Hände dem Kopf. ‚Jetzt endet unsere Geschäftsbeziehung', dachte er mit Vorfreude auf das, was jetzt kommen würde. Blitzschnell packte er den Kopf von Manfred mit beiden Händen und drehte ihn mit einem starken Ruck nach rechts. Außer einem lauten Knacken war nichts zu hören. Er hatte gerade Manfred das Genick gebrochen. Bis jetzt war alles perfekt abgelaufen, aber nun stand der schwierige Teil der Nacht bevor. Ohne Hektik, vorsichtig, aber zielstrebig machte er sich an die Arbeit.

37

Tim drehte sich gerade im Bett und versuchte nochmal einzuschlafen. Er hatte eben erst auf seine Uhr geschaut. Es war erst halb sechs morgens. Plötzlich vibrierte sein dienstliches Smartphone. Er hatte es immer neben seinem Bett liegen, aber auf lautlos gestellt. Bisher hatte er erst wenige Male nachts einen Anruf erhalten. Das Display zeigte zwei Anrufe in Abwesenheit an. Anscheinend hatte Tim doch fester geschlafen, als er gedacht hatte. Er nahm das Smartphone und schlich leise aus dem Schlafzimmer. „Na endlich gehst du dran. Hast du etwa wie ein Murmeltier geschlafen?" Rainer schien schon länger wach zu sein. „Was ist los Rainer? Kann ich denn nicht mal in Ruhe schlafen? Hast du etwa Sehnsucht nach mir? Wir sehen uns doch schon in zwei Stunden." Tim gähnte laut. „Tut mir leid, aber du musst jetzt schon aus den Federn! Manfred Schneider ist heute Nacht bei einem Autounfall in Wünsdorf gestorben. Ich stehe hier an der Unfallstelle." Jetzt war er hellwach. „Was sagst du da? Bist du sicher?" Tim hätte diese Frage nicht stellen brauchen, denn Rainer hätte ihn sonst nicht aus dem Bett geklingelt. „Ich komme mit meinem Wagen direkt zu dir. Schick mir die Adresse auf mein Smartphone."

Schon eine Stunde später war Tim an der angegebenen Stelle angekommen. Es war kaum Verkehr auf den Straßen und so konnte er zügig fahren. Auf der Landstraße, zwanzig Meter entfernt, sah Tim zwei Feuerwehrfahrzeuge, ein Rettungswagen sowie einen Streifenwagen. Ein dritter Lkw der Feuerwehr stand daneben auf der Wiese, mit der Rückseite zur Landstraße. Links neben dem Lkw befand sich ein Anhänger, auf dem mehrere Scheinwerfer an einer ausfahrbaren Teleskopstange angebracht waren, die die Wiese hell erleuchteten.

Direkt vor ihm stand ein Streifenwagen mit eingeschaltetem Blaulicht. Daneben war ein Polizist mit Warnweste. Anscheinend hatte er die Aufgabe, den Verkehr zu regeln. Sicherlich gab es hinter der Unfallstelle ebenfalls einen Polizisten, der für den Gegenverkehr zuständig war. Tim hielt dies eigentlich für unnötig, denn die Landstraße schien, um diese Uhrzeit wenig befahren zu sein. Aber langsam ging die Sonne auf und schon bald würden die ersten Leute zur Arbeit fahren. Die Kollegen konnten dies bestimmt besser bewerten.

Tim rollte langsam auf den Streifenwagen zu. Er ließ die Scheibe runter und zeigte dem Polizisten, der ihn gerade zum Weiterfahren auffordern wollte, seinen Dienstausweis. „Guten Morgen, wo kann ich mein Auto abstellen?" Der Polizist zeigte auf einen kleinen Feldweg direkt vor ihnen. „Am besten in diesem Feldweg hier, da parkt auch schon dein Kollege." Erst jetzt erkannte er das Fahrzeug von Rainer. Er schien auch direkt von zuhause losgefahren zu sein. Nachdem Tim sein Fahrzeug abgestellt hatte, ging er zum Feuerwehrwagen. Die Blaulichter leuchteten grell. Er atmete tief ein. Es war noch nicht sehr warm und die Luft roch frisch und war angenehm kühl.

An anderen Tagen war hier um diese Uhrzeit sicherlich noch nicht viel los. Die Unfallstelle mit den zahlreichen Einsatzfahrzeugen stand dazu im Widerspruch. Die Straßenseite hin zur Wiese war durch die Schutzpolizei abgesperrt worden. Beim Näherkommen sah Tim den See, der ungefähr dreißig Meter hinter der Landstraße begann. Daneben stand ein Holzschuppen. Er erkannte ihn sofort und konnte es nicht glauben. Das war der Holzschuppen, in dem sich vor dreißig Jahren Beate Ludwig das Leben genommen hatte.

Rainer kam auf ihn zu. „So ein Mist! Unser Verdächtiger ist tot. Vor einer halben Stunde hat man sein Fahrzeug aus dem See geborgen." Tim und Rainer betraten die Wiese. Jetzt konnte Tim auch die Bereiche sehen, die von der Straße durch die parkenden Einsatzfahrzeuge abgeschirmt wurden. Am vorderen Stoßfänger des Feuerwehr Lkw war eine große Seilwinde montiert. Das Stahlseil war ausgefahren und an der hinteren Stoßstange einer silbernen Limousine befestigt. Tim konnte erkennen, dass es sich um einen Audi A6 handelte. Der Wagen stand am Ufer des Sees. Nicht weit entfernt daneben stand eine Gruppe Feuerwehrleute. Zwei von ihnen zogen gerade ihre Neoprenanzüge aus. Rainer sah Tims Blick. „Die Limousine ist wohl mit sehr geringer Geschwindigkeit ins Wasser gefahren. An der Stelle, wo der Wagen zum Stehen gekommen ist, war es nur zwei Meter tief. Daher konnte die Feuerwehr mit Hilfe der beiden Taucher und der Seilwinde den Wagen relativ einfach bergen."

Tim ging mit Rainer zum Wagen. „Bei den zahlreichen Einsatzkräften werden wir wohl kaum noch Spuren sichern können!", knurrte Rainer.

38

Als Tim und Rainer an dem silbernen Audi angekommen waren, blickte Tim in den Audi. Das Wasser stand immer noch im Fußraum. Die hellbraunen Ledersitze waren vollkommen durchnässt. „Der Fahrer hatte keine Chance auszusteigen. Nach dem Aufprall auf der Wasseroberfläche sinkt solch eine Limousine mit Frontantrieb sofort mit der Vorderseite zum Grund." Ein Polizist der Schutzpolizei war neben sie getreten. Tim erkannte ihn wieder. Er war einer der beiden Polizisten, die den Tatort in der Waldstadt gesichert hatten. „Normalerweise ist der Fahrgastraum spätestens nach einer Minute unter Wasser. Nur im Heckbereich könnte sich eine Luftblase gebildet haben. Wenn das Unfallopfer beim Aufprall auch noch verletzt wird, besteht keine große Hoffnung mehr." Tim nickte. „Ich erinnere mich an eine Empfehlung, dass man aufgrund des Druckausgleichs solange warten sollte, bis das Fahrzeug komplett versunken sei." Der Polizist schüttelte den Kopf. „Früher war das die Empfehlung. Aber die gilt heute nicht mehr. Erstens müsste das Unfallopfer mindestens eine Minute die Luft unter Wasser anhalten, bevor es die Tür öffnen könnte. Zweitens müsste das Fahrzeug dann auf dem Grund in einer aufrechten Position, also nicht seitlich oder auf dem Dach liegen. Und drittens: Ich kenne niemanden, der in so einer Situation die Ruhe bewahren würde." Da konnte Tim nur zustimmen.

„Wer hat denn das Fahrzeug im Wasser entdeckt?" „Also, es gibt keinen Zeugen für den Unfall. Allerdings ist ein Fahrzeug kurz nach dem Versinken des Wagens an der Unfallstelle in Richtung Wünsdorf vorbeigefahren. Da es hier keine Straßenbeleuchtung gibt, sind dem Fahrer die eingeschalteten Scheinwerfer des Unfallwagens aufgefallen. Er hat angehalten und den Notruf gewählt. Wir haben ihn befragt und dann nach Hause fahren lassen, da wir zunächst von einem gewöhnlichen Verkehrsunfall ausgegangen sind."

„In Ordnung, wir können mit dem Fahrer später nochmal sprechen. Was kannst du uns bis jetzt zum Unfallhergang sagen?" Tim blickte den Polizisten an. „Das Fahrzeug ist auf einen Manfred Schneider, wohnhaft in Zossen, zugelassen. Laut Führerschein, den wir im Handschuhfach gefunden haben, handelt es sich bei dem Toten ebenfalls um Manfred Schneider. Ein Streifenwagen ist bereits zu seinem Haus gefahren, um die Ehefrau zu benachrichtigen. Aber niemand hat den Kollegen die Tür geöffnet. Das Fahrzeug kam vermutlich aus Wünsdorf und ist dann über die Wiese in den See gefahren. Wir konnten keine Bremsspuren finden, weder auf der Straße noch auf der Wiese. Der Tote war übrigens nicht angeschnallt." Tim überlegte. ‚Könnte es Selbstmord gewesen sein? Hatte Manfred Schneider Angst bekommen, dass sie ihn überführen würden?' „Könnte es sich auch um einen Unfall gehandelt haben?" Der Polizist überlegte kurz. „Wir haben keine Spuren gefunden, dass ein weiteres Fahrzeug beteiligt war. Das Fahrzeug des Toten ist nicht beschädigt. Normalerweise wären auch Bremsspuren vorhanden. Und die konnten wir nicht feststellen. Verdächtig ist auch, dass im Fußraum ein Ziegelstein lag. Der könnte zum Beschweren des Gaspedals benutzt worden sein."

Rainer klopfte dem Polizisten auf die Schulter. „Vielen Dank. Die Kriminaltechnik ist schon benachrichtigt, um hier die Spurensicherung durchzuführen. Wir brauchen auf jeden Fall weiterhin die Absperrung auf der Straße. Und den Anhänger der Feuerwehr mit den Strahlern." Der Polizist nickte und lief zu seinem Kollegen zurück.

Tim und Rainer gingen zum Rettungswagen. Beide Hecktüren waren geöffnet. Der Innenraum des Rettungswagens war beleuchtet. Auf der Trage lag die Leiche von Manfred Schneider. Daneben saß ein älterer Mann mit grauen Haaren. Er trug ein weißes Polo-Shirt mit der Aufschrift „Notarzt". „Guten Morgen, meine Herren. Sie sind von der Kriminalpolizei, vermute ich." Tim nickte und stellte sich und Rainer vor. „Was können Sie uns zu dem Toten sagen", fragte Tim. „Ich bin mir nicht ganz sicher. Der Tote hat Verletzungen im Gesicht und am Oberkörper. Die könnten vom Aufprall herrühren, schließlich war er nicht angeschnallt. Es scheint aber so, als ob er nicht ertrunken wäre. Darauf deutet hin, dass der Tote keinen Schaum vor dem Mund hat, wie es Ertrinkungsopfer normalerweise haben. Der Kopf wirkt unnatürlich seitlich überstreckt. Mehr kann ich Ihnen nicht sagen. Alles Weitere muss die Rechtsmedizin klären." Tim ging zurück zum See und schaute über die ruhige Wasseroberfläche. Er konnte es nicht fassen, dass der Verdächtige in ihrem Mordfall tot war. Sie schienen endlich eine heiße Spur entdeckt zu haben und dann stirbt Manfred Schneider genau hier. Konnte das wirklich Zufall sein? Er wischte den Gedanken zur Seite und nahm sein Smartphone zur Hand, um die Staatsanwaltschaft zu informieren und den Einsatz des

Rechtsmediziners abzustimmen. Rainer war zur Straße zurückgegangen und wartete auf die Kriminaltechnik.

Nach seinem Telefonat folgte Tim Rainer an die Landstraße. Die Kollegen der Kriminaltechnik waren soeben eingetroffen und Rainer wies sie in den Unfallort ein. Tim blieb etwas abseitsstehen und wartete bis Rainer fertig war. „Und was sagt unsere Frau Staatsanwältin? Erfreut war sie bestimmt nicht, oder?" Tim schüttelte den Kopf. „Nein, das war sie nicht. Aber sie weiß, dass wir unser Bestes geben. Das ist doch das Wichtigste. Sie ist übrigens zu uns unterwegs. Die Rechtsmedizin hat sie ebenfalls beauftragt, hierher zu kommen. Auch wenn ich mir nicht sicher bin, ob Dr. Bergmann hier noch irgendwas Konkretes feststellen kann. Nicht nur, weil der Tote im Wasser war. Er wurde ja auch noch durch die Feuerwehr und die Rettungssanitäter bewegt."

Während die Kriminaltechnik mit ihrer Arbeit begonnen hatte und die Feuerwehr bis auf ein Fahrzeug den Unfallort verlassen hatte, gingen Tim und Rainer zum Holzschuppen. Die Tür war unverschlossen. Sie betraten den kleinen Raum. Dieser schien dem Abstellen von Werkzeugen zu dienen. Gegenüber der Tür ließen zwei weiße Sprossenfenster Licht hinein. Das Holz der Wände war verwittert. Anscheinend hatte schon lange niemand mehr gestrichen. Tim versuchte, sich die Aufnahmen der Volkspolizei von 1989 in Erinnerung zu rufen. „Das hier könnten die Wandhaken sein, die auf den Aufnahmen zu sehen waren." Tim zeigte auf die Wand rechts neben der Tür, durch die sie eben den Schuppen betreten hatten. „Die Haken befinden sich ungefähr auf

Kopfhöhe. Das scheint zu passen!", bestätigte Rainer. „Aber wie hängt der Tod von Manfred Schneider mit dem Mord an Günther Ludwig und der Vergewaltigung zusammen? Sergei Iwanow haben wir doch bereits als Verdächtigen ausgeschlossen." Tim nickte. „Das stimmt. Wenn Manfred Schneider der Mörder von Günther Ludwig war und sich selbst getötet hat, könnte es ein Zeichen von Reue sein. Sollte es jedoch kein Selbstmord sein, könnte es sich um eine Ablenkung des Mörders handeln, genau wie der Kalendereintrag in Günther Ludwigs Smartphone."

Es war schon hell geworden, als die Staatsanwältin eintraf. Tim ging auf sie zu. „Guten Morgen, Frau Dr. Richter. Kommen Sie bitte mit mir zum Unfallwagen. Dann kann ich Ihnen berichten, was wir bisher in Erfahrung gebracht haben." Die Staatsanwältin nickte und folgte Tim. Neben ihrem silbernen Sportwagen waren noch weitere Fahrzeuge auf der Straße zu sehen. Anscheinend hatte es sich herumgesprochen, dass hier etwas Außergewöhnliches passiert war. Es dauerte bestimmt nicht lange, bis die Presse hier erschien. Am Unfallwagen wartete Rainer schon auf Tim und die Staatsanwältin. Tim ließ Rainer den Vortritt bei der Einweisung. Er nutzte die Zeit, um sich weiter umzusehen. Die ersten Häuser am Ortsrand von Wünsdorf waren mindestens dreihundert Meter von dem Unfallort entfernt. Rainer und er würden trotzdem später die Bewohner dieser Häuser befragen, ob sie etwas gesehen oder gehört hätten. Die Schutzpolizei war damit beschäftigt, Gaffer zum Weiterfahren aufzufordern. Einige der Leute hatten ihr Smartphone in der Hand und schienen

Fotos zu machen. Tim konnte einfach nicht verstehen, was diese Menschen am Gaffen so faszinierend fanden. Zeigte man etwa den Arbeitskollegen oder zuhause die Fotos vom Unfallort? Ungefähr nach dem Motto, „Rate mal, was ich heute Spannendes erlebt habe?" Tim wusste, dass die Sensationsgier viele Menschen antrieb. So konnten sie wenigstens für einen Augenblick ihrem tristen Alltag entfliehen und sehen, dass es anderen schlechter als ihnen ging.

Von der Landstraße kam ein Mann mit einer Tasche auf sie zu. Tim erkannte schon von Weitem, dass es sich um Dr. Ulf Bergmann handelte. „Guten Morgen, Dr. Bergmann. Vielen Dank, dass Sie hier sind." Der Rechtsmediziner schüttelte der Staatsanwältin die Hand und anschließend Tim und Rainer. „Ich mache mich gleich an die Arbeit. Im Institut warten noch zwei Obduktionen auf mich." Mit diesen Worten drehte er sich um und ging zum Rettungswagen.

Eine halbe Stunde später hatte er sich wieder zu ihnen gesellt. Dr. Ulf Bergmann nahm seine runde Brille ab und reinigte sie mit einem Brillentuch. „Ich habe den Toten äußerlich untersucht und teile die erste Einschätzung des Notarztes. Der Tod scheint nicht durch Ertrinken eingetreten zu sein. Nach meiner ersten Augenscheinnahme starb er durch Genickbruch. Ob das beim Aufprall passiert ist, ist noch zu klären. Allerdings muss ich noch weitere Untersuchungen durchführen, bevor ich Genaueres sagen kann. Ich mache mich dann mal auf den Weg. Wir sehen uns morgen zur Obduktion."

Kurze Zeit später hatte sich auch die Staatsanwältin verabschiedet und war fortgefahren. Die Leiche war vom Rechtsmediziner zum Transport in das Brandenburgisches Landesinstitut für Rechtsmedizin freigegeben worden.

„Lass uns zum Haus von Manfred Schneider fahren und mit seiner Frau sprechen. Vielleicht ist sie jetzt wieder zuhause." Rainer nicke zustimmend. „Fahren wir dorthin. Ich habe die Adresse von der Schutzpolizei bekommen. Was hat dir die Staatsanwältin eigentlich zum Abschied gesagt?" Tim musste grinsen. „Sie hat anscheinend meine Bitte von unserer letzten Besprechung nicht vergessen. Deshalb sagte sie zu mir: Jetzt bekommen Sie die Einsicht in alle Konten von Manfred Schneider, das wollten Sie doch." Rainer kratzte sich am Kinn. „Na, wenigstens eine gute Nachricht in diesem Schlamassel hier."

Tim und Rainer waren mit ihren beiden Fahrzeugen getrennt zu dem Haus der Familie Schneider nach Zossen gefahren. Sie parkten direkt vor dem Einfahrtstor. Tim stieg aus und sah sich um. Links und rechts der Straße standen von hohen Hecken oder Zäunen umgebene Einfamilienhäuser. Tim konnte nur die Dächer der Häuser sehen. Straße und Bürgersteig sahen frisch gekehrt aus. „Das scheint die wohlhabendere Gegend von Zossen zu sein." Rainer schaute ihn an. „Da scheinst du absolut recht zu haben. Hier ist anscheinend gerne jeder für sich." Sie gingen zum Eingangstor. Am linken Pfeiler war neben einem Klingelknopf und einer Gegensprechanlage ein Tastenfeld aus Edelstahl angebracht. Tim drückte die Klingel. Ein kurzes Rauschen ertönte in der

Gegensprechanlage. „Guten Morgen, Frau Schneider, hier ist die Kriminalpolizei. Wir müssen dringend mit Ihnen sprechen." Anstatt eine Antwort zu erhalten, öffnete sich wie von Geisterhand das Eingangstor. Dahinter lag die Einfahrt zum Grundstück. Sie war auf beiden Seiten mit einer kniehohen Buchsbaumhecke eingefasst und führte zu einem weiß verklinkerten Bungalow. Rechts daneben befand sich eine Doppelgarage. Das Garagentor war geschlossen. Davor war ein silberner Audi A3 abgestellt. Eine blonde Frau wartete an der Haustür. Tim schätzte sie auf Ende vierzig, höchstens Anfang fünfzig ein. „Was ist denn passiert? Ist etwas mit meinem Mann? Ich bin eben erst von der Arbeit gekommen." ‚Das erklärt, warum hier heute Nacht die Schutzpolizei niemanden angetroffen hatte', dachte Tim. Nachdem Tim und Rainer ihren Dienstausweis gezeigt hatten, bat Frau Schneider beide ins Haus. Tim versuchte, ihr möglichst schonend den Tod ihres Ehemanns mitzuteilen.

„Das kann doch nicht sein! Gestern Abend haben wir noch zusammen gegessen. Hier im Esszimmer." Frau Schneider zeigte schluchzend auf einen dunkelbraunen Holztisch. Tim und Rainer hatten sich auf das Ledersofa im Wohnzimmer gesetzt. Frau Schneider saß ihnen gegenüber in einem der beiden Ledersessel und putzte sich die Nase mit einem Taschentuch. „Sie sagen, er ist mit seinem Wagen verunglückt? Ich verstehe einfach nicht, warum er heute Nacht noch mit dem Auto losgefahren sein soll. Sind Sie wirklich sicher, dass es Manfred ist?" Tim kannte die Phasen der Trauer, da er schon in mehreren Fällen mit den Hinterbliebenen kurz nach dem unerwarteten Tod eines Familienangehörigen sprechen musste. Frau Schneider befand sich in der ersten Phase. Das ist das Nicht-Wahrhaben-Wollen des Todes. Es scheint wie ein Albtraum zu sein, aus dem man bald aufwachen würde. „Wir sind uns sicher, Frau Schneider. Es ist wichtig für uns, wenn Sie ein paar Fragen beantworten könnten. Wäre das möglich?" Tim sprach langsam und schaute sie dabei mutmachend an. Nach einem kurzen Moment nickte Frau Schneider, begann aber wieder zu weinen an. Rainer reichte ihr ein neues Taschentuch und holte ihr ein Glas Wasser aus der Küche. „Also, Frau Schneider, wann sind Sie gestern zur Arbeit gefahren?" Sie schnäuzte sich und faltete die Hände in ihrem Schoß. „Ich bin um zehn Uhr gestern Abend gefahren, wie immer, wenn ich Nachtschicht habe. Ich arbeite in einem Hotel in Berlin, müssen Sie wissen." Tim nickte zur Bestätigung. „Ist Ihnen an Ihrem Mann gestern Abend etwas aufgefallen. War irgendetwas anders als sonst?" Frau Schneider schaute Tim verwundert an. „Wie meinen Sie das denn? Glauben Sie etwa, Manfred hat mit Absicht den Unfall verursacht?"

Tim wartete einen Augenblick. „Wir haben gerade erst mit der Untersuchung des Unfalles begonnen. Es ist zu früh, um irgendwelche Schlüsse zu ziehen. Daher benötigen wir möglichst viele Informationen, um herauszufinden was passiert ist." Frau Schneider nickte. „Manfred kam gestern gegen sechs Uhr nach Hause. Er war total aufgelöst und lief unruhig in der Küche umher, als ich das Abendessen zubereitet habe. Als ich ihn fragte, was los sei, wollte er erst nichts sagen. Doch dann meinte er, dass es ein paar Probleme an der Arbeit gäbe, die er lösen müsste. Mehr hat er nicht gesagt." Tim wollte gerade aufstehen, als ihm noch eine Frage einfiel. „Hat ihr Mann gestern oder in den letzten Tagen von seinem verstorbenen Mitarbeiter, Günther Ludwig, gesprochen?" Frau Schneider nickte. „Der arme Herr Ludwig! Ich kannte ihn von den Weihnachtsfeiern des Bauamtes. Mein Mann hat vor fünf Jahren eingeführt, dass die Ehepartner an den Weihnachtsfeiern teilnehmen dürften. So habe ich ihn kennengelernt. Er war der Einzige ohne Begleitung. Deswegen habe ich mich viel mit ihm unterhalten. Meinen Mann hatte der Tod von Herrn Ludwig auch mitgenommen, das konnte ich ihm ansehen. Aber darüber reden wollte er nicht." Tim und Rainer standen auf. „Vielen Dank, Frau Schneider. Hat ihr Mann ein Arbeitszimmer? Wir müssten seinen Laptop bzw. PC mitnehmen." Diesmal stellte Frau Schneider keine Fragen, sondern führte sie wortlos zum Arbeitszimmer.

Es war ein kleiner Raum mit dunklen Möbeln. Der in der Mitte stehende Schreibtisch aus dunklem Eichenholz mit einer dunkelgrün bezogenen Tischplatte, erinnerte Tim an einen Billardtisch. Darauf stand ein zugeklappter Laptop, sowie mehrere gerahmte Bilder, die Manfred Schneider und seine Ehefrau bei verschiedenen Anlässen zeigten. An der einen Wand hing ein großes Ölgemälde mit einer Landschaft. „Das Gemälde stammt von Manfreds Eltern. Als seine Mutter vor drei Jahren verstorben ist, hat Manfred bei der Haushaltsauflösung nur dieses Gemälde behalten. Er hing sehr daran." An der Wand gegenüber hing ein kleineres Gemälde aus Öl, das einen Blumenstrauß zeigte. „Ist das Bild auch von seinen Eltern?", fragte Rainer. Frau Schneider schüttelte den Kopf. „Nein, das hat Manfred nur gekauft, um den Safe dahinter zu verstecken. Keine Ahnung, was er darin eingeschlossen hat. Ich kenne noch nicht mal die Kombination." Rainer nahm den Laptop mit. Für eine Durchsuchung hatten sie bisher noch keinen konkreten Anhaltspunkt.

Nachdem der Verabschiedung von Frau Schneider, blieben Tim und Rainer vor ihren Fahrzeugen stehen. Rainer zog seinen Fahrzeugschlüssel aus der Hosentasche. „Hoffentlich finden wir was auf dem Laptop. Ich würde gerne wissen was in dem Safe ist. Da könnte Manfred Schneider ja ein paar Geheimnisse versteckt haben." Tim nickte. „Warten wir erst einmal die Obduktion ab. Ich halte noch kurz beim Rathaus und nehme den Dienst-PC von Manfred Schneider mit. Wir sehen uns in der Mordkommission." Rainer schloss sein Fahrzeug auf, legte den Laptop auf den Beifahrersitz und stieg ein. „Bis gleich." Tim sah Rainer nach und wollte in sein Fahrzeug steigen, als sein Smartphone klingelte.

„Hallo Herr Beck, hier ist Ute Hoffmann. Sie hatten mich doch gebeten, dass ich mich bei Ihnen melde, falls mir noch etwas einfallen würde. Nach unserem letzten Gespräch habe ich nochmal über meine letzten Treffen mit Günther nachgedacht. Vielleicht ist es auch nicht wichtig, aber da war so eine Sache."

39

Auf dem Weg zurück nach Brandenburg hielt Tim vor dem Zossener Rathaus. Er hoffte, dass sich der Tod von Manfred Schneider noch nicht im Bauamt herumgesprochen hatte. Als Tim die Tür zum Vorzimmer von Manfred Schneiders Büro öffnete, sah er sofort, dass seine Hoffnung vergebens war. Die Sekretärin saß an ihrem Schreibtisch und wischte sich die Tränen aus dem Gesicht. „Stimmt es wirklich? Ist Herr Schneider wirklich tot?" Tim nickte. „Ja er ist heute Nacht gestorben. Wir werden später nochmal zu Ihnen kommen. Können Sie mir bitte in der Zwischenzeit einen Gefallen tun und sicherstellen, dass kein Mitarbeiter aus dem Bauamt heute vor siebzehn Uhr Feierabend macht?" Nachdem die Sekretärin sich die Nase geputzt hatte, sah sie Tim an und nickte. „Vielen Dank. Jetzt nehme ich erstmal den PC von ihrem Chef mit." Tim ging in das Büro von Manfred Schneider, zog die Kabel aus dem PC und trug ihn zum Fahrzeug.

Nachdem er wieder in der Polizeidirektion angekommen war, ging er kurz zur Kriminaltechnik, um den PC aus dem Bauamt abzugeben. Kaum dass er den Flur der Mordkommission betreten hatte, kam Rainer auf ihn zu. „Gut, dass du da bist. Unser Chef will uns sofort sehen. Die Staatsanwältin will er telefonisch zuschalten. Als er eben hier war, sah er nicht glücklich aus." Tim zuckte mit den Schultern. „Dann ist das halt so. Wir tun, was wir können. Ich habe einen Anruf von Ute Hoffmann erhalten. Ich glaube, wir sind auf der richtigen Spur." Dann berichtete er Rainer von dem Telefonat.

Stefan Dittrich saß hinter seinem Schreibtisch, als Tim und Rainer sein Dienstzimmer betraten. „Nehmt bitte Platz, ich bin gleich fertig." Tim und Rainer setzten sich auf die beiden Stühle vor dem Schreibtisch. „Ich dachte, ihr hättet jetzt eine entscheidende Spur bei euren Ermittlungen. Und nun ist plötzlich euer Verdächtiger tot. Was ist passiert?" Bevor Tim und Rainer antworten konnten, sagte der Leiter der Mordkommission. „Ich rufe direkt die Staatsanwältin an und stelle sie auf laut. Dann müsst ihr nicht alles zweimal erzählen." Er wählte Dr. Richters Nummer. Nach dem zweiten Klingeln meldete sich die Staatsanwältin. Stefan Dittrich übernahm direkt die Gesprächsführung. „Hallo, Frau Staatsanwältin. Die beiden sind jetzt bei mir und wir könnten loslegen, wenn es bei Ihnen auch passt." Er drückte die Lautsprechertaste und legte den Hörer neben das Telefon.

Zunächst berichtete Tim von dem Unfall und der Befragung von Frau Schneider. „Außerdem habe ich vorhin einen Anruf von Ute Hoffmann erhalten, die mit Günther Ludwig befreundet war. Sie konnte sich an ein Gespräch mit ihm eine Woche vor dessen Tod erinnern. Er erzählte ihr, dass er alle Unterlagen zum Neubaugebiet II in der Waldstadt kontrollieren wolle. Ihm war aufgefallen, dass es nach dem Abriss der alten Gebäude wohl mit der Beauftragung eines Ingenieurbüros für Bodenproben Probleme gab. Mehr hatte er ihr nicht gesagt. Der Bürokollege von Günther Ludwig im Bauamt hat in seiner Befragung ausgesagt, dass es zu Verzögerungen bei der Untersuchung der Bodenproben kam." Die Staatsanwältin meldete sich zu Wort. „Das ist interessant. Ich habe vor wenigen Augenblicken einen Anruf von dem Bauwesenexperten erhalten, der bei ihnen in der Mordkommission seit heute Morgen die Akten aus dem Bauamt durcharbeitet. Er findet die Verzögerungen zu dem Bodengutachten merkwürdig. Außerdem scheinen die Bodenproben zweimal untersucht worden zu sein. Dazu gibt es einen Hinweis in dem abschließenden Gutachten. Ich schlage vor, dass Sie mit dem Ingenieurbüro sprechen. Der Vergaberechtsexperte sollte heute Nachmittag bei Ihnen eintreffen. Er wird sicherlich spätestens morgen sagen können, ob aus den Akten eine Unregelmäßigkeit bei der Ausschreibung feststellbar ist. Aber wir wissen ja alle, dass die Aktenlage nicht immer zu hundert Prozent der Realität entspricht." Dem konnte Tim nur zustimmen. Aber es gehörte zu ihren Ermittlungen dazu jeder Spur nachzugehen. „Wir möchten die Ermittlungen auf das private und berufliche Umfeld von Manfred Schneider erweitern. Das schließt für uns auch die beiden Bauunternehmen ein, die den Zuschlag bei den Ausschreibungen erhalten haben." Stefan Dittrich nickte zustimmend. Auch die Staatsanwältin war einverstanden. „Guter Vorschlag! Dann hören wir uns morgen Nachmittag wieder. Langsam sollten wir den Fall lösen." Damit beendete er die Besprechung. „Dann werden Rainer und ich uns auf den Weg machen." Sie standen auf und gingen in ihr Dienstzimmer.

Es war Nachmittag und sie wollten noch heute möglichst alle Befragungen durchführen. Dazu mussten sie sich aber aufteilen. Rainer wollte die Mitarbeiter des Bauamtes und die Baufirma in Zossen übernehmen. Tim hingegen plante, mit dem Ingenieurbüro für das Bodengutachten in Potsdam und der Baufirma Meyer Bau

GmbH in Berlin zu sprechen. Das war die Baufirma, die bei der Ausschreibung den Zuschlag für das Neubaugebiet II erhalten hatte. Doch vorher ging er in das kleine provisorische Zimmer, das für den Experten der Staatsanwaltschaft eingerichtet wurde und begrüßte diesen. Nachdem er ihm für seine Unterstützung gedankt hatte, ließ er sich auf das Gespräch mit dem Ingenieurbüro vorbereiten.

40

Tim benötigte eine Dreiviertelstunde nach Potsdam. Er hatte sein eigenes Fahrzeug auf dem Parkplatz der Polizeidirektion stehen lassen und einen der zivilen Dienstwagen der Mordkommission genommen. Das Ingenieurbüro war in einem zehnstöckigen Gebäude aus Stahl und Glas untergebracht. ‚Manchmal gibt es auch Vorteile, nicht mit Rainer unterwegs zu sein. Jetzt kann ich an meinen guten Vorsätzen zu meiner Gesundheit arbeiten', dachte Tim und nahm die Treppen bis zum achten Stock.

Nachdem er die Etage völlig außer Atem erreicht hatte, ging er zum Eingang des Ingenieurbüros. „Ich hatte angerufen und möchte den Geschäftsführer sprechen." Die Frau hinter dem Empfangstresen bat Tim, in der Sitzecke Platz zu nehmen. Dann nahm sie den Telefonhörer in die Hand und wählte eine Nummer. Tim nahm in einem Sessel. Auf dem Tisch vor ihm waren verschiedene Fachzeitschriften sowie eine Informationsbroschüre des Ingenieurbüros ausgelegt. Tim nahm diese und blätterte sie durch. Die Seite mit der Übersicht der Leistungen erregte seine Aufmerksamkeit. Im Bereich der Bodengutachten wurde darauf hingewiesen, dass das Ingenieurbüro über ein eigenes Labor verfüge. Unter den Referenzen wurde auch die Stadt Zossen aufgeführt.

Ein älterer Herr im schwarzen Anzug kam auf Tim zu und streckte ihm seine Hand entgegen. Tim schätzte ihn auf Mitte fünfzig. „Guten Tag, Herr Beck. Mein Name ist Jürgen Schmidt. Ich bin der Geschäftsführer. Wie kann ich Ihnen helfen?" Tim schüttelte die Hand und folgte dem Geschäftsführer in sein Büro. Es war sehr beeindruckend. Nicht nur aufgrund der Größe, sondern der Ausblick auf Potsdam zog sicherlich jeden Besucher in seinen Bann. Die komplette Außenwand war vom Boden bis zur Decke verglast. Tim trat zur Fensterfront und blickte hinaus. „Ich liebe diesen Ausblick. Das ist einer der wenigen Vorzüge, die man als Geschäftsführer hat." Er ging zu einem runden Besprechungstisch und setzte sich hin. Auf dem Tisch waren verschiedene Kaltgetränke, eine Kanne Kaffee und zwei Kaffeetassen platziert worden. „Darf ich Ihnen etwas zu trinken anbieten, Herr Beck?" Tim nahm eine Tasse Kaffee mit Milch, aber ohne Zucker. Dann erklärte er dem Geschäftsführer den Grund für sein Besuch. Der Mann schaute Tim mit ernstem Blick an. „Die Stadt Zossen ist seit vielen Jahren ein guter Kunde von uns. Es gab nie auch nur eine Beanstandung von Seiten des Bauamtes. Herrn Schneider kannte ich nur flüchtig. Er und sein Team hatten bei uns einen Ingenieur als festen Ansprechpartner. Warten Sie bitte kurz, ich lasse ihn holen." Der Geschäftsführer ging zu seinem Schreibtisch und nahm den Telefonhörer in die Hand. „Kommen Sie bitte in mein Büro." Er legte auf und kam zu Tim an den Tisch. Einen Augenblick später klopfte es an der Tür. „Ein weiterer Vorzug in meiner Position, die Mitarbeiter lassen mich nicht lange warten." Ein dünner Mann mit schwarzer Jeans und gestreiften Hemd trat herein. „Sie wollten mich sprechen?" Der Geschäftsführer bat ihn mit einer Handbewegung sich zu ihnen zu setzen. „Das ist Herr Beck von der Kriminalpolizei. Er hat ein paar Fragen zu dem letzten Bodengutachten für die Stadt Zossen." Der Mann nickte. „Wie kann ich Ihnen dabei helfen?"

Eine Stunde später verließ Tim mit einem Schnellhefter das Gebäude, um sich auf den Weg nach Berlin zu machen. Er hatte in dem Gespräch genug erfahren, um die Staatsanwältin zu informieren. „Hallo Herr Beck, wir haben uns doch schon vor knapp drei Stunden gesprochen. Ich muss gleich zum Gericht! Wie kann ich Ihnen helfen?" Tim schilderte, was er eben im Ingenieurbüro erfahren hatte und was er benötigte. „In Ordnung, ich kümmere mich nachher darum, wenn ich zurück bin. Spätestens morgen früh haben Sie die Unterlagen." Tim stieg in den Dienstwagen und fuhr nach Berlin.

Die Meyer Bau GmbH hatte ihre Zentrale im Süden von Berlin. Tim bog in einen großen asphaltierten Hof ein. Auf der rechten Seite konnte er ein vierstöckiges Gebäude sehen, auf dessen Dach gut sichtbar „Meyer Bau GmbH" in einzelnen Buchstaben angebracht waren. Geradeaus und links von ihm standen zwei große Fahrzeughallen. Auf einem Platz daneben waren verschiedene Baumaschinen abgestellt. Tim hatten diese schon als Kind fasziniert. Besonders die großen Bagger hatten es ihm immer angetan. Sein erster Berufswunsch, im Alter von vier Jahren, war Baggerfahrer gewesen. Später folgten noch ausgefallenere Berufswünsche wie Flugzeugpilot oder Rockstar. Tim parkte den Dienstwagen direkt vor dem vierstöckigen Gebäude bei dem Hinweisschild „Kundenparkplatz". Er stieg aus und ging hinein.

Der Innenraum erinnerte Tim an eine Museumshalle. Der Boden war glänzend schwarz gefliest, die Wände waren hellgrau gestrichen. An der linken Wand konnte Tim zwei schwarze Fahrstuhltüren erkennen. Außer ein paar Topfpflanzen war da nur ein weißer überdimensionaler Empfangstresen, hinter dem ihn eine junge Frau anlächelte. „Herzlich willkommen bei der Meyer Bau GmbH. Wie können wir Ihnen helfen?" Als Tim seinen Dienstausweis zeigte, verschwand ihr Lächeln und sie griff hektisch zum Telefon. „Entschuldigen Sie die Störung, Herr Winter. Aber hier ist ein Herr Beck von der Kriminalpolizei. Sie erwarten ihn also schon, soll ich ihn zu Ihnen hochbringen? In Ordnung." Sie legte auf und schaltete ihr Lächeln wieder ein. „Sie werden sofort abgeholt. Herr Winter erwartet Sie schon." Tim hörte das Öffnen der Aufzugtüren.

Eine weitere junge Frau in kurzem dunkelblauem Rock, weißer Bluse und hohen Schuhen kam auf ihn zu. Auch sie hatte ein Dauerlächeln eingeschaltet. „Guten Tag Herr Beck, ich bin die Assistentin von Herrn Winter. Kommen Sie bitte mit mir, ich bringe Sie direkt zu ihm." Im vierten Stock stiegen sie aus dem Aufzug. In dieser Etage waren die Wände ebenso hellgrau gestrichen, der

Boden war mit einem dunkelgrauen Teppich belegt. An den Wänden hingen Fotos von firmeneigenen Baumaschinen. Sie führte Tim in ein großes Büro, in dem ein Mann mit dem Rücken zu ihm stand und telefonierte. „Herr Winter wird sofort für Sie da sein. Bitte nehmen Sie doch hier Platz." Tim sah sich um. Ähnlich wie bei dem Geschäftsführer des Ingenieurbüros bestand die Außenwand auch hier vom Boden bis zur Decke aus Glas. Nur die Aussicht war nicht so spektakulär. Die Möbel sahen teuer aus. Sie waren ausnahmslos glänzend weiß. Die Beine des Schreibtisches und eines Besprechungstisches sowie die Stühle waren Chromfarben. Der Schreibtisch war, ähnlich wie der Empfangstresen im Erdgeschoss, s-förmig angefertigt. An den Wänden hingen große Bilder mit moderner Kunst. Das Büro wirkte kühl und steril. Neben dem Besprechungstisch, an dem Tim Platz genommen hatte, konnte er ein Modell von zwei Türmen erkennen.

„Beeindruckend, nicht wahr? Das sind zwei Bürogebäude, die wir gerade in Berlin Mitte bauen. Ich liebe die Ästhetik, die der Entwurf ausstrahlt. Kennen Sie sich mit Architektur aus?" Tim schüttelte den Kopf. „Leider nicht, mein Beruf bringt das nicht mit sich." Alexander Winter gab Tim zur Begrüßung nicht die Hand, sondern setzte sich an die andere Seite des Besprechungstisches und schlug die Beine übereinander.

„Meine Assistentin hat mir nur gesagt, dass Sie mich unbedingt sprechen müssten. Wenn die Frau nur halb so clever wäre wie sie aussieht, wäre mein Leben deutlich einfacher. Dafür hat sie andere Vorzüge." Er grinste. Tim erwiderte das Lächeln nicht, sondern blickte

Alexander Winter an. Er hatte schwarzgraues mittellanges Haar, das lässig nach hinten gekämmt war. Seine Figur war drahtig und trainiert. Mit dem grauen Dreitagebart und den grünen Augen strahlte er eine Attraktivität aus, der er sich sicherlich bewusst war.

„Herr Winter, Manfred Schneider ist heute Nacht ums Leben gekommen. Wir untersuchen die Umstände seines Todes, genau wie den Mord an Günther Ludwig. Sie kennen die beiden Männer, oder?" Alexander Winter verzog keine Miene und saß still auf seinem Sessel. „Von dem Mord an Herrn Ludwig habe ich gehört, dass Herr Schneider ums Leben gekommen ist, ist mir völlig neu. Was ist passiert?" Er blickte Tim immer noch völlig ausdruckslos an. „Das versuchen wir gerade herauszubekommen, deshalb bin ich hier." Alexander Winter stand auf und ging zu einem Servierwagen aus Chrom. „Wollen Sie auch ein Glas Whiskey. Sie finden hier die besten Single Malts, die Schottland zu bieten hat." Als Tim dankend ablehnte, schenkte er sich ein Glas ein und kam zurück an den Tisch.

„Natürlich, Sie sind ja im Dienst. Da ist Alkohol ja streng verboten. Eine Frage, Herr Beck. Ich habe in der Zeitung gelesen, dass Sie bei den Mordermittlungen auf der Stelle treten. Ist das so? Woran liegt es denn?" Tim reagierte nicht auf die Fragen. „Ich meine ja nur, für die Bevölkerung ist es doch wichtig, dass der Mörder schnell gefasst und hinter Gitter gebracht wird. Und danach scheint es ja nicht auszusehen." Tim meinte ein spöttisches Lächeln erkennen zu können. „Wie dem auch sei, wie kann ich Ihnen denn bei den Ermittlungen helfen?" Er nahm einen Schluck aus dem Whiskeyglas und sah Tim an. „Wir wissen von einer Zeugin, dass Günther Ludwig den Verdacht hegte, dass beim Neubaugebiet II in der Waldstadt etwas nicht stimmte. Diesem Verdacht ist er wohl kurz vor seiner Ermordung nachgegangen. Ihre Baufirma hat den Zuschlag als Bauträger für das Neubaugebiet II erhalten. Warum hatten Sie das Angebot so spät abgegeben?" Alexander Winter verzog noch immer keine Miene. „Haben Sie eine Vorstellung an wie vielen öffentlichen Ausschreibungen wir ständig teilnehmen? Dieser Bürokratieaufwand lähmt die gesamte Bauwirtschaft. Ich beschäftige alleine dafür zwei Mitarbeiter, die nichts anderes machen als Angebote für Ausschreibungen der öffentlichen Hand zu erstellen. Sie können sich nicht vorstellen, welche Informationen von uns verlangt werden. Manchmal habe ich den Eindruck, dieser Beamtenapparat muss durch die Privatwirtschaft beschäftigt werden. Wir nutzen die Ausschreibungsfrist immer komplett aus. Nur so können wir ein hochwertiges Angebot abgeben." Das klang durchaus plausibel. „Man könnte natürlich auch die Zeit nutzen, um sich mit den Mitbewerbern abzustimmen." Alexander Winter fing an zu lachen. „Da haben Sie recht, dass könnte man. Aber das wäre nicht nur illegal, sondern strafbar. Außerdem haben wir das nicht nötig. Wir sind ein erfolgreiches Bauunternehmen auf Wachstumskurs. Daher sind wir nicht auf jeden Auftrag der öffentlichen Hand angewiesen. Auch wenn viele Beamte immer noch glauben, dass sie die Retter des Bauwesens in Deutschland wären." Tim hatte den Eindruck, dass Alexander Winter sich mit seiner Meinung nicht zurückhielt und in Gesprächen gerne die Offensive suchte.

Sicherlich machte er auch bei anderen Gelegenheiten keinen Hehl daraus.

„Was wissen Sie über den Verdacht von Günther Ludwig?" Er nahm noch einen Schluck aus seinem Glas. „Ich interessiere mich nicht für die internen Angelegenheiten der Bauämter, mit denen wir zusammenarbeiten. Wir haben die Ausschreibung für das Neubaugebiet II gewonnen und einen Vertrag mit der Stadt Zossen. Das ist für mich die Geschäftsgrundlage. Kann ich sonst noch etwas für Sie tun, Herr Beck?" Tim nickte. „Wann haben Sie Günther Ludwig und Manfred Schneider zum letzten Mal gesehen?" Alexander Winter stand auf. „Da muss ich meine Assistentin fragen. Bei meinen vielen Terminen kann ich mich besten Gewissens nicht daran erinnern." Er rief seine Assistentin in das Büro. Lächelnd kam diese mit einem Laptop zu ihnen. „Also, Ihr letzter Termin im Bauamt fand vor drei Wochen statt." Alexander Winter nickte zustimmend. „Stimmt, da hatten wir eine Besprechung mit Herrn Schneider, Herrn Ludwig und noch einem Mitarbeiter des Bauamtes. An dessen Namen kann ich mich nicht mehr erinnern. Es ging um den Zeitplan für die Erschließung des Neubaugebietes. Und mit Herrn Schneider habe ich vorgestern telefoniert. Er brauchte ein paar Informationen und Präsentationsfolien für den Besuch der Staatssekretärin. Man tut halt, was man kann." Er stand neben seiner Assistentin und lächelte. „Wäre es das, Herr Beck?" Tim nickte, stand auf und verabschiedete sich.

Er stieg in seinen Dienstwagen und griff zum Smartphone. „Hallo Rainer, wie weit bist du?" Tim berichtete kurz von seinem Besuch beim Ingenieurbüro und der

Baufirma. Rainer war immer noch bei dem anderen Bauunternehmen in Zossen. Daher beschlossen sie, sich am nächsten Tag um acht Uhr in der Rechtsmedizin zur Obduktion zu treffen.

41

Tim tauschte bei der Polizeidirektion nur kurz das Fahrzeug und machte sich auf den Weg nach Hause. Er fühlte sich erschöpft von den letzten Arbeitstagen. Jeder einzelne Tag war ihm sehr lang und kräftezehrend vorgekommen. Während ihrer Ermittlungen war Tim immer so voller Adrenalin, dass er abends schlecht einschlafen konnte. Es fiel ihm schwer abzuschalten, in seinem Beruf gab es keine klassische Work-Life-Balance. Aufgrund der aktuellen Wendungen bei ihren Ermittlungen spürte er heute neue Energie in sich. Tim hatte das Gefühl, dass sie auf dem richtigen Weg waren. Jetzt brauchte er was Warmes zu essen und ausreichend Schlaf.

Zuhause angekommen, parkte er den Wagen in der Einfahrt. Dann stieg er aus und ging zurück zur Straße. In den letzten Tagen hatte er mehrmals einen schwarzen Mercedes in ihrer Straße gesehen. Ihm war nicht bekannt, dass einer seiner Nachbarn so einen Wagen fuhr. Tim schaute in beide Richtungen und betrachtete alle an der Straße geparkten Fahrzeuge. Ein schwarzer Mercedes war nicht dabei. ‚Komisch, wahrscheinlich habe ich mir das nur eingebildet', dachte Tim und ging zurück zum Haus.

Kaum hatte er die Haustür geöffnet, wurde er von seinem Labrador überschwänglich begrüßt. In der Küche fand Tim einen Zettel von Sarah. Sie hatte schon mit Lea gegessen und ihm was übrig gelassen. Sarah musste kurzfristig zu einem Kundengespräch. ‚Sicherlich wollte jemand eine Hochzeitstorte von ihr haben', überlegte Tim. Er wusste, dass Sarah es liebte, für Hochzeiten die Torte zu machen. Sie sagte immer, dass es sie an ihre eigene Hochzeit erinnern würde. Tim öffnete den Kühlschrank. In einer Plastikdose fand er selbstgemachte Lasagne, die er in der Mikrowelle aufwärmte.

Während die Mikrowelle ihre Arbeit verrichtete, ging Tim die Treppe hoch zu Leas Zimmer. Er klopfte an die Tür. Dieses Mal wartete er, bis Lea ihn hereinrief. „Hallo Lea, wie war dein Tag?" Sie saß am Schreibtisch und schien Hausaufgaben zu machen. Tim wollte seiner Tochter einen Kuss auf den Kopf geben, aber sie drehte sich weg. „Papa, lass das! Ich bin doch kein Baby mehr." Tim hob abwehrend die Hände. „Tut mir leid. Natürlich bist du schon fast eine Frau, aber ich liebe dich immer noch so wie früher." Tim grinste und wuschelte mit der Hand durch ihre Haare. „Hör auf Papa, du zerstörst meine Frisur!" Sie grinste ihn an. „Wollen wir zusammen einen Film schauen?" Lea überlegte kurz und nickte dann. „Aber nur, wenn ich mir einen Film aussuchen darf. Du hast nämlich einen furchtbaren Geschmack." Lea sprang vom Schreibtischstuhl auf und lief aus ihrem Zimmer. „Was ist denn mit deinen Hausaufgaben?" Von unten hörte Tim ihre Stimme. „Die sind fertig. Komm endlich, ich weiß schon welchen Film wir schauen." Tim lief die Treppe runter. ‚Vielleicht normalisiert sich endlich wieder meine Beziehung zu ihr', dachte er und ging ins Wohnzimmer.

Kapitel 8

42

Am nächsten Morgen fühlte sich Tim das erste Mal seit Tagen wieder richtig ausgeschlafen. Er war letzten Abend so müde gewesen, dass er nur mit großer Selbstdisziplin das Ende des Filmes mitbekommen hatte. Sarah war spät nach Hause gekommen. Nach dem Duschen stand Tim vor dem Spiegel und betrachtete sich. Er hatte trotz ausreichendem Schlaf immer noch Ringe unter den Augen. Obwohl es Sommer war, sah Tim blass aus. Sein Rennradtraining und das regelmäßige Joggen hatte er in den letzten Monaten oft zurückstellen müssen. Entweder wegen der Arbeit oder weil er die wenige Freizeit mit Sarah und Lea anstatt mit Sport verbringen wollte. Nur mit Fantasie konnte er den Hauch eines Sixpacks erkennen. Wehmütig dachte er an jene Zeiten, wo er jeden Tag Sport getrieben hatte und seine Figur dementsprechend durchtrainiert war. Er war zwar noch immer schlank und hatte eine sportliche Figur, aber etwas weniger Gewicht könnte schon helfen. ‚Ab nächste Woche fang ich wieder mit dem Training an', nahm er sich fest vor.

Er traf sich mit Rainer an der Polizeidirektion und fuhren zusammen zum Brandenburgischen Landesinstitut für Rechtsmedizin. „Das gestrige Gespräch mit dem Geschäftsführer der Meyer Bau GmbH war irgendwie merkwürdig." Rainer schaute Tim fragend an. „Wie meinst du das?" Tim überlegte kurz. „Viele Menschen haben ja Vorurteile was bestimmte Berufsgruppen angeht. Auch Bauunternehmer kommen dabei nicht gut weg. Man verbindet mit ihnen doch oft kein kundenorientiertes Denken und Handeln oder sogar illegale Machenschaften. Was ich sagen will, dieser Alexander Winter passt irgendwie in dieses Bild. Er war überheblich und wollte das Gespräch dominieren. Teilweise wirkte er sogar feindselig. Ich konnte absolut keine Emotionen bei ihm erkennen, sogar der Tod von Manfred Schneider schien ihn überhaupt nicht zu berühren." Rainer parkte das Auto auf dem Parkplatz der Rechtsmedizin. „Scheint ja ein interessantes Gespräch gewesen zu sein. Aber vergiss nicht, dass das Geschäftsleben in den meisten Branchen oft knallhart sein muss. Für Mitgefühl ist da wahrscheinlich nicht viel Platz." Tim nickte. „Du hast wahrscheinlich recht, aber wir sollten ihn trotzdem unter die Lupe nehmen." Rainer berichtete noch kurz von seinen Befragungen, die allerdings unspektakulär verlaufen waren.

Sie stiegen aus und begaben sich zum Eingang der Rechtsmedizin. Nachdem sich Tim und Rainer am Empfang angemeldet hatten, wurden sie zum Obduktionssaal IV geschickt. Sie folgten dem langen Gang, der zu dem Bereich der Obduktionssäle führte. Nachdem sie durch eine Metalltüre getreten waren, kam ihnen der starke Geruch von Desinfektionsmittel entgegen. „Ich weiß nicht, wie es dir geht, aber ich fühle mich hier immer unwohl." Tim wusste, dass Rainer Obduktionen nichts ausmachten. Aber den typischen Geruch von Desinfektionsmitteln fand selbst er unangenehm. Tim konnte ihn gut verstehen. „Ich glaube, ich werde mich nie an diesen Geruch gewöhnen", sagte er und versuchte, durch den Mund zu atmen. Am Obduktionssaal IV angekommen, warteten beide vor der Tür. Nach kurzer Zeit öffnete sie sich und Dr. Ulf Bergmann begrüßte sie. Er trug einen blauen Kittel und bat sie in den Saal zu kommen. Der Geruch nach Desinfektionsmittel war hier noch deutlich stärker als draußen im Gang. Tim atmete weiter durch den Mund und versuchte den beißenden Geruch auszublenden. In der Mitte des Raumes standen zwei große Edelstahluntersuchungstische. Auf dem Linken lag eine Leiche mit einem weißen Laken zugedeckt. Der Rechtsmediziner trat an den Tisch und zog das Tuch zurück. Darunter kam die nackte Leiche von Manfred Schneider zum Vorschein. Am Oberkörper war die typische Y-Naht zu sehen.

„Meine Herren, wie Sie am Oberkörper des Verstorbenen sehen können, sind durch den Aufprall des Fahrzeuges Hämatome im Bereich des Oberkörpers und des Gesichts entstanden. Da der Tote nicht angeschnallt war, ist er beim Aufprall mit der Brust auf das Lenkrad und mit dem Gesicht gegen die Scheibe geschleudert worden. Den Verletzungen nach zu urteilen, war die Aufprallgeschwindigkeit nicht höher als dreißig km/h." Der Rechtsmediziner schaute die beiden an, bevor er fortfuhr. „In der Lunge und dem Magen befand sich kein Wasser. Der Tod muss also vorher eingetreten sein. Wie bei der äußeren Leichenschau am Unfallort bereits erläutert, ist er durch einen Genickbruch eingetreten. Der Kopf wurde nach rechts überstreckt. Hier auf dem Röntgenbild können Sie im Bereich der oberen Halswirbelsäule den Bruch gut erkennen. Durch die plötzlich und starke Überdrehung des Kopfes über neunzig Grad wurde das Halsmark beschädigt. Die Risse in den Blutgefäßen führten zu Einblutungen. Der Genickbruch könnte theoretisch beim Aufprall des Kopfes gegen die Windschutzscheibe geschehen sein, wenn er seitlich verdreht auf die Scheibe geschleudert wäre. Allerdings würde ich dann auf der linken Gesichtshälfte stärkere Hämatome erwarten. Außerdem ist die Wahrscheinlichkeit dafür nahezu null."

Er machte eine Pause. „Das ist aber noch nicht alles, was mich stutzig macht. Die Totenflecke deuten darauf hin, dass die Leiche kurz nach dem Tod bewegt wurde. Der Tote befand sich vermutlich zunächst in einer sitzenden und später in einer liegenden Position. Das würde auch zu dem Verlauf der Bergung des Toten passen. Der Tote wurde von der Feuerwehr aus dem Fahrzeug geholt, um ihn zu untersuchen und gegebenenfalls zu reanimieren. Als ich die Leiche vor Ort in Augenschein genommen habe, lag sie auf einer Trage." Als Tim am Unfallort eingetroffen war, lag die Leiche bereits im Rettungswagen. Es war aus Sicht der Einsatzkräfte nachvollziehbar, dass sie Manfred Schneider bewegt hatten, um ihn besser untersuchen und lebensrettende Maßnahmen einleiten zu können. Da sie von einem Unfall ausgegangen waren, konnte man ihnen auch keinen Vorwurf machen. Aus kriminaltechnischer Sicht war das Bewegen der Leiche durch die Einsatzkräfte natürlich alles andere als hilfreich.

„Ich möchte nochmal zur Position des Toten zurückkommen. Bitte helfen Sie mir, die Leiche auf den Bauch zu drehen." Da Rainer keine Anstalten machte dem Rechtsmediziner zu helfen, packte Tim mit an. „Sie sehen hier an den beiden Rückseiten der Oberschenkel einen waagerechten Abdruck." Tim konnte ihn gut sehen. Er war deutlich verfärbt. „Der Abdruck deutet darauf hin, dass sich der Tote in einer schräg sitzenden Position mit ausgestreckten Beinen befand, mit Gewicht auf die hinteren Oberschenkel. Beim Autofahren sitzt man bekanntlich eher aufrecht. Wenn ich mich richtig erinnere, war die Lehne von Fahrersitz eher steil eingestellt. Diese Art von Abdrücken bekommt man eher auf einem Liegestuhl. Darüber hinaus passt die Totenstarre nicht zum Unfallzeitpunkt."

Rainer sah ihn fragend an. „Wie meinen Sie das? Spannen Sie uns nicht so auf die Folter." Der Rechtsmediziner nahm seine Brille ab und putzte sie. Tim nahm diese typische Prozedur kaum noch wahr. Er bemerkte aber seine kleinen Augen, die müde aussahen. „Ich erkläre es Ihnen. Die Totenstarre tritt etwa zwei bis vier Stunden nach dem Tod ein. Nach sechs bis acht Stunden ist sie am ganzen Körper ausgebildet. Also, ich bin um halb neun am Unfallort eingetroffen. Zu diesem Zeitpunkt war die Totenstarre schon komplett eingetreten."

Tim hob die Augenbrauen. „Der Notruf ist gegen vier Uhr eingegangen. Laut Aussage des Autofahrers, der den Notruf gewählt hatte, war bei seinem Eintreffen am Unfallort das Heck des Fahrzeuges noch nicht völlig versunken. Also muss der Aufprall auf die Wasseroberfläche wenige Minuten vorher passiert sein." Der Rechtsmediziner nickte. „Das bestätigt meine Theorie. Der Tod ist zwischen Mitternacht und zwei Uhr eingetreten." Es herrschte Schweigen in dem Saal. Tim und Rainer dachten fieberhaft nach, welche Schlüsse sie daraus ziehen konnten. „Als mir die Diskrepanz zwischen Todeszeitpunkt und Unfallzeitpunkt aufgefallen war, habe ich den Kopf des Toten nochmals untersucht. Unter dem linken Haaransatz, im Bereich der Schläfe, habe ich drei schmale Hämatome gefunden." Erst jetzt fiel Tim auf, dass die Haare an der linken Schläfe der Leiche abrasiert worden waren. „Die Hämatome könnten beim ruckartigen Drehen des Kopfes mit hoher Kraft entstanden sein. Dabei wurde der Kopf vermutlich links und rechts durch zwei Hände fixiert. Beim Drehen nach rechts haben sich dann drei Finger so fest an die Schläfe gepresst, dass sie zu den Hämatomen geführt haben. Wissen Sie eigentlich, wie selten ein Genickbruch im Rahmen eines Mordes vorkommt?" Tim und Rainer schüttelten den Kopf. „Das ist in all den Jahren erst meine zweite Leiche mit einem Genickbruch bei einer Mordermittlung. Damals während meiner gesamten Zeit bei der Rechtsmedizin in der Charité wurde ein Kampfsportler als Mörder überführt."

Der Rechtsmediziner machte eine kurze Pause, bevor er weitersprach. „Auch die Hämatome an beiden Achseln passen nicht zum Unfallhergang. Sie deuten vielmehr darauf hin, dass der Tote aus einer sitzenden Position angehoben und bewegt wurde. Da die Leiche im Fahrzeug kurze Zeit unter Wasser war, konnten wir leider keine Fasern oder DNA-Spuren sichern. Und noch eins: Die chemisch toxikologische Untersuchung war unauffällig. Es konnte nur ein leicht erhöhter Alkoholgehalt festgestellt werden."

Tim und Rainer verabschiedeten sich von ihm und gingen zum Dienstfahrzeug. „Gut, dass ich gestern

Abend noch mit unserer Staatsanwältin telefoniert habe und um einen Durchsuchungsbeschluss für das Haus und das Büro von Manfred Schneider gebeten hatte. Lass uns direkt zum Haus der Schneiders fahren. Ich sage der Kriminaltechnik Bescheid." Rainer nickte und stieg ein. „Hauptsache wir kommen hier weg. Ich habe den Geruch von Tod immer noch in meiner Nase."

43

Rainer hielt den Dienstwagen direkt vor dem Tor. Tim stieg aus und drückte die Taste der Gegensprechanlage. Nach einigen Sekunden meldete sich die Stimme von Frau Schneider. Nach einem kurzen Summen öffneten sich die beiden Tore zur Einfahrt. Rainer fuhr hinein und parkte neben der Doppelgarage.

„Guten Tag Frau Schneider, gleich kommen noch ein paar Kollegen von der Kriminaltechnik. Wir haben einen Durchsuchungsbeschuss für ihr Haus." Frau Schneider stand an der Haustür und sah Tim fassungslos mit großen Augen an. Ihr Gesicht wirkte blass, ihre Augen waren blutunterlaufen. „Wieso denn das? Was hat das mit dem Tod meines Mannes zu tun? Können Sie mir das bitte erklären?" Tim hatte Sorge, dass Frau Schneider gleich einen Schwächeanfall erleiden könnte. Daher bat er sie in ihr Wohnzimmer. Sie setzten sich wie am Vortag auf das Sofa. Rainer holte Frau Schneider ein Glas Wasser aus der Küche. „Wir gehen momentan davon aus, dass ihr Ehemann nicht bei dem Autounfall ums Leben gekommen ist, sondern schon vorher. Außerdem besteht der Verdacht, dass es zwischen seinem

Tod und dem Tod von Günther Ludwig einen Zusammenhang geben könnte. Können wir jemanden anrufen, der sich um Sie kümmert?" Tim versuchte so einfühlsam wie möglich zu sprechen. Frau Schneider schaute ihn entgeistert an. „Ich verstehe immer noch nicht, was Sie genau meinen. Ich glaube nicht, dass ich es ertrage, wenn Sie hier alles durchwühlen. Aber wenn es nicht anders geht. Ich werde jetzt zu meiner Freundin gehen. Sie wohnt gleich nebenan." Tim nickte. „Mein Kollege wird Sie zu ihr bringen."

Nachdem Rainer Frau Schneider zur Nachbarin gebracht hatte, standen beide im Hausflur. „Ich gehe gerade in Gedanken nochmal alles durch, was uns Dr. Bergmann vorhin gesagt hat. Er hält es für sehr unwahrscheinlich, dass Manfred Schneider in seinem Fahrzeug getötet wurde. Sonst würde es die Hämatome an beiden Achseln nicht geben. Und vergiss nicht den Abdruck an den hinteren Oberschenkeln. Eventuell ist hier sogar der Tatort. Was meinst du?" Rainer nickte. „Du hast recht. Lass uns das Haus wie einen Tatort behandeln, nicht dass wir wichtige Spuren zerstören." In diesem Augenblick klingelte es. Tim öffnete die Haustür. Die Kriminaltechnik war angekommen.

Nachdem sie die Kollegen der Kriminaltechnik eingewiesen hatten, zogen sich alle weiße Schutzanzüge an. Tim ging als Erster auf die Terrasse. Der Rechtsmediziner hatte von einem Liegestuhl als möglichem Tatort gesprochen. Auf der Terrasse standen zwei solcher Stühle und ein Terrassentisch aus Teakholz. Die beiden Liegestühle hatten eine beige Sitzauflage. Neben dem linken Liegestuhl stand eine leere Bierflasche auf dem Tisch.

Tim erinnerte sich daran, dass laut Obduktion Manfred Schneider Alkohol im Blut hatte. Da der Wert nicht sehr hoch war, könnte es durchaus Bier gewesen sein. „Hier könnte der Mord passiert sein." Tim rief nach seinen Kollegen. Einen Augenblick später standen zwei Kriminaltechniker vor ihm und schauten ihn erwartungsvoll an. „Wenn sich der Täter von hinten an Manfred Schneider angeschlichen und ihn in dem Liegestuhl ermordet hat, könnten sich an der Rückenlehne Fasern oder sogar DNA vom Täter befinden. Bitte vermesst auch den Stuhl inklusive der Querstreben der Sitzfläche. Die Rechtsmedizin soll das mit den Auflagespuren an der Leiche abgleichen." Die Kriminaltechniker nickten und fingen mit ihrer Arbeit an.

Tim ging in das Büro von Manfred Schneider, aus dem sie gestern den Laptop mitgenommen hatten. Rainer hatte bereits begonnen, die Schubladen des Schreibtisches zu durchsuchen. „Manfred Schneider scheint keine Unterlagen aus dem Bauamt mit nach Hause genommen zu haben. Bis jetzt habe ich nichts gefunden, was uns helfen könnte." Rainer hatte einen hochroten Kopf und schnaufte. „Dieses ständige Bücken macht mich fertig. Kannst du vielleicht weitermachen?" Tim ging um den Schreibtisch herum und stellte sich neben ihn. „Kein Problem, lass mich hier weitermachen. Such du dir doch was zum Durchsuchen im Stehen. Du wirst halt auch nicht jünger." Rainer hob drohend den Zeigefinger und grinste dabei. „Die heutige Jugend hat keinen Respekt mehr vor dem Alter." Tim lachte. „Ich danke dir für das Kompliment. Ich wusste bis eben gar nicht, dass ich mit siebenunddreißig Jahren noch als Jugendlicher durchgehe." Rainer verdrehte seine Augen. „Komm du erst einmal in mein Alter, verdammter Milchbubi." Mit diesen Worten verließ er das Arbeitszimmer.

Nach drei Stunden hatten sie das Haus durchsucht. Außer dem möglichen Tatort auf der Terrasse hatten sie nichts gefunden. Ein Kriminaltechniker untersuchte noch die Haustür. „Vielleicht haben wir mit dem Tresor im Arbeitszimmer mehr Glück. Wann kommen die guten Panzerknacker?" Tim schaute auf seine Armbanduhr. „Ich habe vor zwei Stunden bei der Firma angerufen, die sollten jeden Moment hier sein." Kurze Zeit später erschienen zwei Männer mit roten Latzhosen und dunkelblauen T-Shirts. Tim führte sie ins Arbeitszimmer zu dem Tresor. Einer der beiden sah sich jeden Quadratzentimeter des eingemauerten Safes an. „Das sollten wir schaffen, dauert aber ein bisschen." Eine gute Stunde später stand die Tür des Tresors offen. Mit ihrem Spezialwerkzeug hatten ihn die beiden Männer ohne äußere Beschädigung geöffnet.

In der Zwischenzeit hatte der Kriminaltechniker alle Spuren an der Haustür gesichert. Er rief nach Tim und Rainer. Tim sah, dass der Schließzylinder ausgebaut und auf einer weißen Unterlage lag. „Ich habe an der Haustür zunächst einmal keine Beschädigungen oder Aufbruchspuren feststellen können. Deshalb habe ich mir den Schließzylinder näher angeschaut. Dabei habe ich Kratzer im Schlüsselkanal entdeckt. Die könnten durch einen Spanner beim Öffnen verursacht sein. Wahrscheinlich wurde ein Elektropick zur Entriegelung verwendet." Tim klopfte dem Kriminaltechniker auf die Schulter. „Gute Arbeit." Dann ging er zurück ins

Arbeitszimmer, um mit Rainer den geöffneten Tresor zu betrachten. Zwei Kollegen der Kriminaltechnik hatten dessen Inhalt auf dem Schreibtisch abgelegt und waren gerade dabei, alles zu fotografieren. Tim und Rainer betrachteten die Gegenstände. Neben zwei Fahrzeugbriefen und einem Schnellhefter mit Dokumenten waren da neun Bündel mit hundert Euroscheinen gestapelt. „Habt ihr schon gezählt, wieviel Geld das ist?" „Das sind fünfundvierzigtausend Euro." Tim hatte bisher noch nie so viel Bargeld auf einmal gesehen. „Also, entweder hat Manfred Schneider den Banken misstraut oder er wollte nicht, dass dieses Geld eine digitale Spur durch Banktransaktionen hinterlässt." Rainer kratzte sich am Kinn und nickte zustimmend.

44

Es war schon nach sechzehn Uhr, als sie wieder in der Mordkommission waren. Während der Fahrt von Zossen zurück nach Brandenburg an der Havel hatte Tim die Staatsanwältin und seinen Chef Stefan Dittrich telefonisch über den aktuellen Ermittlungsstand informiert. Jetzt gingen Tim und Rainer in den ersten Stock zu den Dienstzimmern der Kriminaltechnik. „Wie weit seid ihr mit euren Auswertungen?" Der Kriminaltechniker schaute von seinem Bildschirm auf. „Ich schreibe gerade den Bericht zum Unfallhergang in Wünsdorf. Der PC aus dem Bauamt und der Laptop sind noch nicht fertig ausgewertet. Das dauert noch bis morgen. Ihr von der Mordkommission habt es immer so eilig. Aber schneller geht es nicht. Wir tun alles was wir können."

Rainer sah Tim an. „Ich habe doch gar nichts gesagt! Oder liegt es an meinem Gesichtsausdruck?" Tim musste wieder lachen. „Du guckst doch immer so. Ich glaube, der Kollege kennt uns und unsere Ungeduld einfach zu gut." Der nickte und drehte den Bildschirm zu ihnen, damit sie die Fotos darauf sehen konnten.

„Der Audi hat ein Automatikgetriebe. Der Schalthebel stand auf D und das Gaspedal wurde festgeklemmt. Beim Aufprall auf der Wasseroberfläche hat es sich dann gelöst. Wir konnten rote Kratzer auf dem Gaspedal und der seitlichen Innenverkleidung des Fußraums sicherstellen. Den passenden Gegenstand dazu haben wir im Fußraum der Fahrerseite gefunden." Tim betrachtete das Foto mit dem roten Ziegelstein. „Die Schutzpolizei an der Unfallstelle hatte uns schon von dem Ziegelstein berichtet. Mit dem Ergebnis der Obduktion und der Auswertung der Kriminaltechnik ist es jetzt eindeutig: Der Unfall wurde zumindest zur Beseitigung von Spuren eines Mordes fingiert."

Nach dem Gespräch mit der Kriminaltechnik gingen Tim und Rainer in ihr Dienstzimmer im zweiten Stock. „Rechtsmedizin und Kriminaltechnik sind sich einig. Kein Selbstmord, sondern Mord. Ich bin fest davon überzeugt, dass die Morde von Günther Ludwig und Manfred Schneider zusammenhängen. Die Verbindung scheint das Neubaugebiet II zu sein." Rainer nickte. „Und dein neuer Freund, dieser Alexander Winter, sorgt mit seiner Baufirma nicht nur dafür, dass es erschlossen wird. Er ist auch der Bauträger, der die Häuser baut und anschließend vermarktet." Rainer kratzte sich am Kinn. Tim ging im Dienstzimmer hin und her. Das half ihm seine Gedanken zu ordnen. „Dieser Alexander Winter hatte sicherlich viel zu verlieren, wäre das Bodengutachten negativ ausgefallen." Tim ging an das Whiteboard in ihrem Büro und nahm einen Stift. Er wollte gerade anfangen zu schreiben, als Sven Ziegler den Raum betrat. „Ich habe die Liste der Funkzellenauswertung vom Tatort des Mordes an Günther Ludwig nochmals durchgearbeitet. Das Handy von Manfred Schneider ist dort nicht aufgeführt. Gerade kam auch die Informationen zu unserer Kontenabfrage von Manfred Schneider rein. Ich habe die Dokumente bisher nur überflogen, aber auf den ersten Blick gibt es nichts Auffälliges. Die Restsumme der Hypothek für das Haus in Zossen wurde vor drei Jahren auf einem Schlag abbezahlt. Das Geld stammte aus dem Verkauf des Hauses einer Sigrid Schneider." Tim dachte kurz nach. „Das muss die Mutter von Manfred Schneider sein. Seine Ehefrau hat uns gestern erzählt, dass seine Mutter vor drei Jahren verstorben war." Rainer nickte. „Das stimmt. Könnte das Bargeld, dass wir heute in dem Tresor gefunden haben aus dem Erbe stammen?" Tim schüttelte den Kopf. „Das glaube ich nicht. Ich habe mir zwar das Bargeld nicht im Detail angeschaut, aber mindestens auf fünf der neun Banknotenbündel lag ein neuer einhundert Euroschein. Und die gibt es doch erst seit einem Monat, oder? Ich meine, so etwas in der Zeitung gelesen zu haben." Sven Ziegler verließ kurz das Dienstzimmer. Kurze Zeit später kam er zurück. „Ich habe gerade auf der Homepage der Bundesbank recherchiert. Die neuen Einhunderter und Zweihunderter sind seit Ende Mai im Umlauf."

Tim setzte mit dem Stift erneut an, um auf dem Whiteboard zu schreiben. „Lass uns mal alle Informationen zu dem Bodengutachten zusammentragen. Ich glaube, dass darin der Schlüssel zu den beiden Morden liegen könnte." Rainer stand aus seinem Schreibtischstuhl auf und stellte sich neben Tim. „Bei meiner Befragung gestern im Bauamt, hat mir die Sekretärin gesagt, dass sie an dem Montag vor dem Mord an Günther Ludwig einen Streit zwischen ihm und Manfred Schneider mitbekommen habe. Sie konnte nicht viel hören. Allerdings ist sie sich sicher, dass es um das Bodengutachten ging." Tim malte einen senkrechten Pfeil auf das Whiteboard. An die Pfeilspitze schrieb er das Datum von der Ermordung Günther Ludwigs. „Dann war das am Vortag. Ich schreibe das Mal hier hin." Tim schrieb „Streit Ludwig und Schneider über Bodengutachten". Darüber ergänzte er „Gespräch Ludwig und Hoffmann - Hinweis auf Unstimmigkeiten" und eine Zeile darüber „Kontrolle der Akten durch Ludwig". Rainer tippte auf die zweite Zeile. „Was meinst du damit?" Tim zog ein Befragungsprotokoll aus dem Schreibtisch hervor. „Das ist von meiner letzten Befragung von Ute Hoffmann. Ich habe eine Seite mit meiner Mitschrift von dem anschließenden Telefonat mit ihr ergänzt. Sie hatte doch angemerkt, dass ihr Günther Ludwig an dem Montagabend erzählt hatte, dass er Ärger wegen der Öko-Waldstadt hätte. Das kann kein Zufall sein. Aber was ist davor passiert?"

Rainer und Tim grübelten eine Zeit lang. Dann nahm Tim das Dokument, das er von dem Ingenieurbüro mitgebracht hatte. „Das hier ist das ursprüngliche Bodengutachten aus dem hervorgeht, dass sich in größerem

Umfang Altlasten im Boden befinden. Der zuständige Ingenieur und Ansprechpartner des Bauamtes hat daraufhin Manfred Schneider angerufen und darüber informiert. Zuerst hatte er versucht Günther Ludwig zu erreichen, aber der war laut Aussage dieses Ingenieurs nicht erreichbar. Manfred Schneider wiederum hatte daraufhin den Ingenieur um Verschwiegenheit gebeten, da er zunächst intern die nächsten Schritte klären und keine Unruhe innerhalb des Bauamtes haben wollte. Außerdem hatte er gebeten, dass zunächst keine weiteren Untersuchungen im Labor vorgenommen werden sollten." Rainer verschränkte die Arme vor der Brust. „Ist das denn der normale Ablauf, wenn ein Bodengutachten auf Altlasten im Untergrund hinweist?" Tim schüttelte den Kopf. „Ich habe mir das von dem Geschäftsführer und dem Ingenieur erklären lassen. Normalerweise werden im Labor die Bodenproben erneut untersucht. Bei gleichem Ergebnis erfolgt die Ausstellung des Bodengutachtens. Das Bauamt würde dann weitere Bodenproben entnehmen lassen, um das Gebiet mit den Altlasten genauer lokalisieren zu können. Letztendlich müsste dann der verseuchte Boden abgetragen und entsorgt werden." Rainer nickte. „Und hier ist erstmal keine weitere Untersuchung im Labor erfolgt, richtig?" Tim nickte. „Übrigens: Bei dem Telefonat wollte Manfred Schneider vom zuständigen Ingenieur wissen, wie der Labormitarbeiter hieß und wie erfahren er war. Das fand der Ingenieur in dem Moment nicht merkwürdig, gab ihm den Namen des Mitarbeiters und versicherte, dass er der beste Mitarbeiter des Labors sei. Vier Tage später rief Manfred Schneider erneut den Ingenieur an und teilte ihm mit, dass er sich soweit intern abgestimmt habe und um eine erneute Untersuchung der Bodenproben gebeten. Und jetzt kommt das Ungewöhnliche! Bei der zweiten Untersuchung wurden im Widerspruch zur ersten Untersuchung keine Altlasten in den Bodenproben festgestellt. Zur Sicherheit wurde eine dritte Untersuchung durchgeführt. Diesmal von einem anderen Labormitarbeiter. Und wieder wurden keine Altlasten festgestellt. Ich habe den Geschäftsführer des Ingenieurbüros gefragt, wie oft so etwas vorkommt. Er sagte mir, dass er das zuvor erst einmal erlebt habe. Damals hatte der Labormitarbeiter die falschen Bodenproben untersucht. Laut dem Ingenieurbüro sind aber mittlerweile alle Prozesse so sicher, dass menschliche Fehler nahezu ausgeschlossen werden könnten. Am Ende hat das Ingenieurbüro dann ein neues Gutachten ohne Altlasten erstellt und an das Bauamt verschickt. Das war knapp zwei Wochen nach der ersten Untersuchung."

Rainer kratzte sich am Kinn. „Aber wenn Günther Ludwig nichts von dem Ergebnis der ersten Untersuchung wusste, wieso kam es dann zum Streit zwischen ihm und Manfred Schneider?" Tim grinste. „Das war nur ein Zufall. Ich habe beide Dokumente miteinander verglichen. Das Ingenieurbüro hat mir den Entwurf des ersten Gutachtens und das zweite finale Gutachten zur Verfügung gestellt. Anscheinend sind menschliche Fehler immer noch möglich." Rainer sah Tim ungeduldig an. „Jetzt spann mich doch nicht so auf die Folter." Tim schob ihm beide Dokumente hin. „Vergleiche bitte mal das Datum auf beiden Dokumenten." Rainer sah sie sich an und schaute wieder zu Tim. „Die sind gleich! Wie kann das denn sein?" Tim schrieb zwei Daten untereinander auf das Whiteboard. „Ganz einfach. Das Datum auf dem Dokument ist das Datum der ersten Untersuchung, mit dem Ergebnis der Altlasten im Boden. Die zweite und dritte Untersuchung wurde anderthalb Wochen später durchgeführt. Das endgültige Ergebnis wurde in eine Kopie des ursprünglichen Bodengutachtens eingetragen. Dabei wurde versehentlich das Datum nicht aktualisiert." Rainer sprang aus seinem Stuhl auf. „Und das hatte Günther Ludwig herausgefunden. Aber wie denn nun?" Tim schrieb noch eine Zeile auf das Whiteboard „Anruf Ludwig beim Ingenieurbüro" und drehte sich zu Rainer. „Günther Ludwig war das Datum auf dem Bodengutachten aufgefallen. Er fand es merkwürdig, dass er das Gutachten erst knapp zwei Wochen später per Post erhalten hatte. Normalerweise verschickt das Ingenieurbüro das Gutachten spätestens einen Tag nach Erstellung. Also hatte er den zuständigen Ingenieur angerufen und der hat ihm dann die Hintergründe erklärt." Rainer nickte. „Jetzt macht auch dein Gemälde auf dem Whiteboard für mich Sinn. Günther Ludwig hat also vermutet, dass im Bodengutachten die Altlasten vertuscht wurden. Und er hatte seinen Chef dabei in Verdacht. Ich könnte mir vorstellen, dass bei dem ursprünglichen Bodengutachten die Kosten in die Höhe geschnellt wären und es zu erheblichen Verzögerungen gekommen wäre." Tim nickte. „Nicht nur das. Auch die Vermarktung der Häuser wäre schwierig geworden. Wer möchte schon mit seiner Familie ein Haus, in dem vorher Altöl im Boden war? Und zu den

Hochglanzprospekten der Öko-Waldstadt als bundesweites Vorzeigeprojekt hätte das gar nicht gut gepasst."

Jetzt stand noch eine entscheidende Frage im Raum. Wie konnte sich das Untersuchungsergebnis der Bodenproben so ändern?

45

Mit seinem Whiskeyglas stand er im Wohnzimmer und schaute aus dem Fenster. Von hier hatte er eine atemberaubende Sicht auf das nächtliche Berlin Mitte.

Er war sich sicher, dass er die Bullen mit dem fingierten Selbstmord von Manfred Schneider nicht lange an der Nase herumführen konnte. Aber das war auch nicht sein eigentliches Ziel gewesen. Wichtig war ihm vielmehr, dass alle Spuren, die auf ihn hindeuten könnten, beseitigt waren. Und Wasser eignete sich dazu optimal. Der See hatte mögliche Faserspuren und DNA von ihm im Fahrzeug und an der Leiche weggespült. Das Prepaid-Handy, das er Manfred Schneider zu Beginn ihrer Geschäftsbeziehung gegeben hatte, fand er im Arbeitszimmer von ihm und steckte es ein. Nach dem Mord machte er noch im Haus der Schneiders gründlich sauber. Dann war er mit der Leiche im Kofferraum zum See nach Wünsdorf gefahren. Eigentlich hatte er geplant, den Wagen in einem anderen See zu versenken. Aber als er in das Auto von Manfred gestiegen war, kam ihm die Erinnerung an den Selbstmord der Schwester von diesem Günther Ludwig an dem See in Wünsdorf. Ja, er konnte sich an die Einzelheiten in dem Arbeitszimmer von Günther noch gut erinnern. Die ganze Wand war voll von Dokumenten und Bilder gewesen. Schließlich hatte er ja selbst das Foto von diesem Sergei mit einem Stift eingekreist und im Kalender dessen Namen für das Treffen eingetragen. Das war ein genialer Schachzug! Schließlich hatten die Bullen ja zunächst genau in diese Richtung ermittelt. Schade war nur, dass sie irgendwann gemerkt hatten, dass dieser Sergei nicht der Mörder war. Aber darauf war er ja letztendlich vorbereitet gewesen. Man musste immer einen Plan B haben.

Er fand seine Idee mit dem See immer noch genial. Aber fast wäre es schiefgelaufen. Gerade als der Audi in dem See versank, kam ein Auto auf der Landstraße in seine Richtung gefahren. Er konnte gerade noch in der Dunkelheit verschwinden, bevor der Wagen anhielt und jemand ausstieg. Der Fußmarsch zurück nach Zossen dauerte eine Weile. Dabei musste er aufpassen, dass er nicht gesehen wurde. Dann war er in seinen, in der Nähe des Hauses von Manfred geparkten, BMW gestiegen und zurück nach Berlin gefahren.

Nachdem er sich einen weiteren Single Malt eingegossen hatte, ging er zum Schreibtisch und öffnete sein MacBook. Er hatte bei Facebook eine neue Nachricht von seinem neuesten Kontakt erhalten. Er öffnete sie und schmunzelte. Am Ende war ein Foto angefügt, dass ihn erregte. Nachdem er auf den Button „Antworten" gedrückt hatte, schrieb er zurück. Anschließend klappte er sein MacBook wieder zu und überlegte. Er hatte ein Ass im Ärmel und er war bereit, diesen schon bald auszuspielen. Nur den genauen Zeitpunkt wollte er noch abwarten.

Plötzlich überkam ihn ein komisches Gefühl, das ihm Sorgen machte. Vielleicht hatte er zu Beginn doch einen Fehler gemacht und etwas Entscheidendes übersehen. Aus einer Schublade nahm er ein zweites Laptop und schaltete es ein. Er öffnete das Mailprogramm und schaute sich die eingegangenen und versendeten Mails an. Plötzlich fiel ihm eine versendete Mail mit Dateianhang auf. Nachdem er sie geöffnet hatte, las er sich diese dreimal durch. Er wollte nicht glauben, was er dort sah. „So eine Scheiße! Wie konnte ich das nur übersehen? Was ein Anfängerfehler!" Außer ihm war niemand in seiner Wohnung, aber er musste seiner Wut Luft machen. Er schaute sich die Mailadresse des Empfängers genauer an. Dann suchte er im Internet nach dem Namen. Kurze Zeit später hatte er die Adresse in der Waldstadt gefunden. Er war sich sicher, dass er noch heute Nacht dorthin musste, um seinen schwerwiegenden Fehler zu korrigieren.

Es war beinahe zwei Uhr morgens, als er in die Waldstadt kam. Seinen BMW hatte er etwa achthundert Meter entfernt in einem Waldstück nahe der Bundesstraße geparkt. Die restliche Strecke legte er zu Fuß zurück. Auf keinen Fall wollte er, dass jemand etwas von seinem nächtlichen Besuch mitbekam. Die Straßen waren menschenleer. Um diese Uhrzeit schliefen die meisten Menschen tief und fest, außer man hatte Nachtschicht oder wie er, etwas im Verborgenen zu erledigen. Als er das Haus erreicht hatte, sah er sich noch einmal um. Dann zog er seine schwarzen Lederhandschuhe an. Es war niemand zu sehen. Zunächst sah er durch das Fenster neben der Eingangstür ins Innere und betrachtete die

Wände. Es war keine Tastatur oder das Blinken einer Alarmanlage zu erkennen. Dann nahm er seinen Elektropick und kniete sich vor die Eingangstür. Wenige Sekunden später hatte er die Tür geöffnet und stand im Gebäude. Die Menschen fühlten sich zu sicher und sparten am falschen Ende. Sie dachten, dass ein Einbruch bei ihnen nie geschehen würde. Anders konnte er sich nicht erklären, dass diese Eingangstür nur mit einem üblichen Schließzylinder gesichert und keine Alarmanlage vorhanden war.

Die Taschenlampe benötigte er nicht, da es eine wolkenlose Nacht war und der Mond genug Licht in das Haus warf. Es dauerte nicht lange, bis er den kleinen Raum mit dem PC fand. Er diente sicherlich als Arbeitszimmer. Nachdem er den PC gestartet hatte, legte er den USB-Stick aus seiner Hosentasche auf den Tisch. Falls der PC mit einem Passwort geschützt war, konnte er mit einem Programm auf dem USB-Stick den PC auch ohne Passwort starten. Dafür waren keine großen IT-Kenntnisse notwendig. Heute schien er ihn jedoch nicht zu benötigen. Der PC besaß keinen Passwortschutz. Nachdem der PC hochgefahren war, öffnete er das Mailprogramm. Nach kurzer Zeit fand er die Mail, die er suchte. Er löschte sie zunächst im Posteingang und dann zusätzlich im Papierkorb. Aber wie konnte er sicher sein, dass der Empfänger den Anhang nicht geöffnet und gelesen hatte? Immerhin war die Mail als gelesen gekennzeichnet gewesen. Das würde er bald persönlich von der Person erfahren. Für heute war er hier fertig.

Kapitel 9

46

Es war halb sieben Uhr morgens, als Tim sein Dienstzimmer in der Mordkommission betrat. Er hatte heute Nacht unruhig geschlafen. Die ganze Zeit hatte er sich hin und hergewälzt. Ab vier Uhr morgens lag er in seinem Bett und konnte nicht mehr einschlafen. Die Ermittlungen ließen ihm keine Ruhe. Er hatte das Gefühl, dass sie kurz vor der Lösung des Falles standen. Sarah lag neben ihm und schlief tief und fest. Tim hatte beschlossen, heute früher mit der Arbeit zu beginnen. Die Lösung befand sich vor ihren Augen, sie mussten sie nur noch entdecken.

Tim war der erste in der Mordkommission. Zuerst bereitete er eine Kanne Kaffee vor. Für ihn war eine Tasse Kaffee mit Milch zu Arbeitsbeginn ein festes Ritual. Im Dienstzimmer betrachtete Tim die beiden Whiteboards, an denen Rainer und er in den letzten Tagen gestanden und gemeinsam überlegt hatten. Dann nahm er die Dokumentenmappe mit den beiden Bodengutachten und las sie durch. Der Geschäftsführer des Ingenieurbüros hatte ihm versichert, dass die Messgeräte im Labor fehlerfrei und geeicht waren. Somit gab es nur zwei Möglichkeiten. Entweder die Bodenproben wurden absichtlich vertauscht oder ein falsches Messergebnis wurde absichtlich in das Gutachten eingetragen. Während für das Vertauschen der Bodenproben nur ein Labormitarbeiter benötigt wurde, waren für ein falsches Messergebnis zwei Mitarbeiter notwendig. Denn die dritte Untersuchung wurde von einem anderen Labormitarbeiter durchgeführt. Verdächtig war auch, dass der Mann, der die beiden ersten Untersuchungen durchgeführt hatte, direkt nach dem Versand des Gutachtens kurzfristig Urlaub genommen hatte. Er sollte heute wieder seinen ersten Arbeitstag haben. Sowie er zur Arbeit erschien, würde Tim einen Anruf des Ingenieurbüros erhalten. Dann würde ein Streifenwagen ihn abholen und in die Mordkommission bringen.

„Guten Morgen Tim, so früh schon hier?" Sven Ziegler sah Tim erstaunt an. Normalerweise war er als Frühaufsteher einer der Ersten in der Mordkommission. „Ich konnte heute Nacht schlecht schlafen. Außerdem bekommen wir heute die noch ausstehenden Informationen zu unseren Ermittlungen. Dann haben wir hoffentlich die Lösung zu dem Fall gefunden." Sven Ziegler nickte. „Ich frage gleich mal nach den ausstehenden Ergebnissen der Kriminaltechnik. Die Einzelverbindungsnachweise von Manfred Schneider sollten wir übrigens auch heute bekommen." Er verließ den Raum und Tim begann den Namen des Labormitarbeiters an das Whiteboard zu schreiben. „Was ist das für ein Name?" Rainer war unbemerkt ins Dienstzimmer gekommen und setze sich an seinen Schreibtisch. „Das ist der Name des Labormitarbeiters, der die ersten beiden Untersuchungen durchgeführt hatte und heute aus dem Urlaub zurückkehrt." Tims Smartphone klingelte. Er führte ein sehr kurzes Gespräch und legte auf. „Das war das Ingenieurbüro. Er wird in einer Stunde bei uns sein. Dann werden wir mehr erfahren. Besonders interessiert mich, was er für seine Unterstützung erhalten hat - und vor allem von wem."

Sven Ziegler kam mit zwei Dokumentenmappen unter dem Arm in ihr Dienstzimmer zurück. „Hier ist der Einzelverbindungsnachweis zu dem privaten und dienstlichen Smartphone von Manfred Schneider. Und hier noch die ausstehenden Ergebnisse der Kriminaltechnik zu dem Laptop von Manfred Schneider, sowie der Spurenauswertung des Unfallortes und dem Haus. Braucht ihr Hilfe?" Tim nahm ihm die beiden Mappen ab und gab die mit den Einzelverbindungsnachweisen an Rainer. „Hierbei erstmal nicht Sven. Aber ich möchte, dass du diesen Alexander Winter und seine Baufirma erneut überprüfst. Drehe jeden Stein um den du finden kannst." Er nickte und verließ den Raum. Tim und Rainer öffneten die Mappen und fingen an, die darin befindlichen Dokumente durchzulesen. „Also ich habe mir jetzt zweimal die Einzelverbindungsnachweise beider Smartphones angeschaut. Ich kann nichts Auffälliges finden. Weder hat er mit Günther Ludwig noch Alexander Winter telefoniert. Auch die Telefonnummer des Labormitarbeiters ist nicht auf der Anruferliste zu finden." Rainer legte die Dokumente zur Seite. Tim schaute Rainer an. „Am Unfallort konnten weder an dem Audi noch an der Leiche verwertbare Spuren gefunden werden. Allerdings hat die Kriminaltechnik an der Rückenlehne des Liegestuhls DNA von drei Personen sicherstellen können. Zwei davon sind bereits identifiziert. Es handelt sich um Manfred Schneider und seine Frau. Zu der dritten Person finden wir keine Vergleichsprobe in der Datenbank."

Sven Ziegler erschien im Türrahmen. Manchmal hatte Tim den Eindruck, es bereitete ihm Spaß, sich lautlos zu nähern. „Besuch für euch! Der Labormitarbeiter ist eingetroffen. Er sitzt bereits im Vernehmungsraum." Tim und Rainer standen auf und Tim nahm die Mappe mit den Dokumenten mit, die sie bei der Vernehmung nutzen wollten. Nachdem sie den Mann belehrt und über seine Rechte und Pflichten aufgeklärt hatten, begann Tim mit der Vernehmung. Er hatte auf die Anwesenheit eines Anwalts verzichtet.

„Laut ihrem Vorgesetzten sind Sie der erfahrenste und der beste Mitarbeiter im Labor. Können Sie uns erklären, wieso Sie bei der ersten und zweiten Untersuchung zu unterschiedlichen Ergebnissen gekommen sind? Wie oft ist bei Ihren Untersuchungen von Bodenproben in all den Jahren etwas Vergleichbares geschehen?" Der Labormitarbeiter senkte den Kopf und schwieg. „Ich helfe Ihnen gerne auf die Sprünge. In Ihren fünfzehn Jahren bei Ihrem aktuellen Arbeitgeber noch nie. Bei einem Kollegen von Ihnen ist es einmal passiert. Der Grund war damals menschliches Versagen. Ist das auch hier der Fall? Haben Sie etwa bei der Untersuchung geschlampt?" Tim machte eine kurze Pause, um seinen nächsten Worten noch mehr Gewicht zu verschaffen. „Vielleicht sind Sie doch nicht so ein gewissenhafter und guter Mitarbeiter, wie Ihr Vorgesetzter behauptet?" Tim registrierte, dass der Labormitarbeiter bei den letzten Worten seinen Blick hob und ihn wütend ansah. „Ich mache keine Fehler im Labor. Ich bin dort der beste Mitarbeiter. Jeder schätzt mich für meine Gründlichkeit und gleichzeitig höchste Effizienz. Da können

Sie jeden fragen!" Plötzlich verstummte er. Denn er hatte seine einzige plausible Begründung für die Abweichung bei den Bodenproben gerade selbst widerlegt. "Vielen Dank für Ihre Antwort. Das hilft uns doch allen. Dann bleibt ja nur noch eine Möglichkeit, oder? Wollen Sie es uns selbst erzählen oder soll ich Ihnen auf die Sprünge helfen?" Jegliche Selbstsicherheit war aus der Körpersprache des Mannes entwichen. Er saß zusammengesackt auf seinem Stuhl. "Ich weiß nicht, was Sie meinen." Seine Stimme war leise geworden, fast wie ein Flüstern. "Ich glaube schon, dass Sie das wissen. Wieviel Geld haben Sie erhalten, damit Sie bei der zweiten Untersuchung der Bodenproben keine Altlasten festgestellt haben?" Jetzt war die Gesichtsfarbe des Labormitarbeiters kreideweiß. "Ich möchte bitte doch mit meinem Anwalt sprechen."

Zwei Stunden später saßen Tim und Rainer wieder in ihrem Dienstzimmer und lasen das Vernehmungsprotokoll durch. "Gut, dass der Anwalt ihm geraten hat eine Aussage zu machen. Schließlich konnte er doch auch Einiges zu seiner Entlastung beitragen." Tim nickte, da hatte Rainer absolut Recht. Der Mann hatte ihnen davon berichtet, dass er drei Tage nach der ersten Untersuchung zuhause einen Briefumschlag mit Fotos von seinem zehnjährigen Sohn und seiner Frau erhalten hatte. Auf einem ebenfalls darin befindlichen Zettel standen ein Treffpunkt und eine Uhrzeit mit dem Hinweis, dass wenn er nicht auftauche, seiner Familie etwas geschehen würde. Ebenso wenn er die Polizei einschalte. Bei dem Treffen gab ihm ein Mann, den er als sehr muskulös und mit einer Narbe auf der linken

Wange beschrieb, Anweisungen für das Labor sowie einen Umschlag mit zwanzigtausend Euro. Wenn er die Anweisungen befolgen würde, könnte er das Geld behalten. Wenn nicht, dann würde ihm und seiner Familie etwas zustoßen. Der Mann konnte ihm detaillierte Einzelheiten zum Tagesablauf seines Sohnes und seiner Frau nennen. Da wusste der er, dass die Drohung sehr real war.

Am nächsten Tag bekam er von seinem Vorgesetzten die Freigabe zur erneuten Untersuchung der Bodenprobe. Dabei tauschte er die Proben des Neubaugebietes II mit denen des Neubaugebietes I aus. Als Tim ihm die Fotos von Manfred Schneider und Alexander Winter zeigte, konnte er keinen von beiden erkennen. „Immerhin, jetzt wissen wir, dass unsere Theorie richtig ist. Jetzt müssen wir nur noch herausbekommen, wer dieser ominöse Mann vom Treffpunkt ist oder ob es einen Auftraggeber gibt. Ich sehe hier Alexander Winter als denjenigen, der den größten Nutzen des manipulierten Bodengutachtens hat. Was meinst du?" Tim sah Rainer fragend an. „Das macht Sinn. Aber wie können wir die Verbindung zu diesem Alexander Winter nachweisen? Zur Zeit haben wir nur deine Theorie und ein paar Indizien. Das wird der Staatsanwaltschaft nicht reichen." Tim nickte. Rainer hatte Recht.

Sven Ziegler stand wieder in der Tür. „Man Sven, wärst du gerne Indianer geworden?" Rainer grinste ihn an, doch der verstand nicht was Rainer meinte. „So lautlos wie du dich hier immer anschleichst, scheinst du die Technik ja über viele Jahre perfektioniert zu haben." Er ignorierte die Bemerkung. „Hier habt ihr die

Rechercheergebnisse zu Alexander Winter. Vor vier Jahren gab es eine Anzeige wegen Körperverletzung. Sie wurde aber am nächsten Tag zurückgezogen. Ich habe mir die Person, die die Anzeige gemacht hat, näher angeschaut. Sie besitzt auch eine Baufirma in Berlin. Interessant ist auch die Berichterstattung eines Journalisten im Internet von letztem Jahr. Er hat einen ausführlichen Artikel zu illegalen Machenschaften in der Berliner Bauwirtschaft veröffentlicht. Darin werden mehrere Baufirmen aus Berlin und dem Umland erwähnt. Unter anderem auch die Meyer Bau GmbH von Alexander Winter. Zu dem Artikel gibt es eine Gegendarstellung des Anwalts der Meyer Bau GmbH. Ich habe auch mit den Berliner Kollegen der Kriminalpolizei gesprochen. Aufgrund des Artikels wurde ein Ermittlungsverfahren eingeleitet, was aber nach kurzer Zeit aufgrund fehlender Ergebnisse eingestellt wurde."

„Sehr gute Arbeit, Sven. Das bestätigt doch, dass Alexander Winter unser Verdächtiger ist. Jetzt müssen wir ihn mit beiden Morden in Verbindung bringen. Ich fahre nach Zossen und befrage dazu Frau Schneider. Vielleicht hat sie ihn schon einmal mit ihrem Mann gesehen. Danach fahre ich in die Waldstadt zu Ute Hoffmann. Möglich, dass Günther Ludwig ihn erwähnt hatte." Rainer stand auf und griff zu seiner Lederjacke. „Dann fahre ich nach Berlin und spreche mit dem Journalisten. Vielleicht kann er mir noch mehr zu den Hintergründen berichten. Ein Versuch ist es wert."

Rainer wollte gerade das Dienstzimmer verlassen, als Tim ihn ansprach. „Bevor du fährst, habe ich noch eine Frage an dich, die mich seit vorgestern beschäftigt.

Warum wurden wir eigentlich von der Schutzpolizei direkt nach dem Unfall informiert. Woher wussten sie von unseren Ermittlungen gegen Manfred Schneider?" Rainer grinste Tim an. „Na endlich! Auf diese Frage habe ich seit vorgestern gewartet."

47

Tim stieg in den Dienstwagen ein. Auf die Erklärung von Rainer hätte er auch alleine kommen können. Rainer hatte beim Eintreffen am Unfallort den älteren Polizisten der Schutzpolizei aus Zossen die gleiche Frage gestellt. Ihm war es zu verdanken, dass Tim und Rainer direkt über den Unfall informiert wurden. Da es der zweite Tote in Wünsdorf innerhalb von anderthalb Wochen war, fand es der Polizist merkwürdig und wollte auf Nummer sichergehen. Seinem Vorgesetzten ging es ebenso, daher informierte er noch am Tatort die Mordkommission.

Tim konnte es kaum abwarten, in Zossen anzukommen, und die Ehefrau von Manfred Schneider, zu Alexander Winter zu befragen. Er war sich sicher, dass er der Mörder von Günther Ludwig und Manfred Schneider war. Aber er brauchte endlich einen Beweis. Solange war es nur ein Verdacht. Seine Befragung von Frau Schneider dauerte nur fünf Minuten. Tim zeigte ihr das Bild von Alexander Winter, aber sie konnte sich nicht daran erinnern ihm jemals begegnet zu sein oder ihn mit ihrem Mann gesehen zu haben. Tim hakte nach, um sicherzugehen. Aber Frau Schneider blieb dabei. Sie hatte ihn noch nie gesehen. ‚Das wäre auch zu schön gewesen'. Frustriert stieg er ins Auto, um mit Ute Hoffmann zu sprechen. Sie war momentan seine letzte Hoffnung. Vielleicht konnte sie etwas zu Alexander Winter sagen. Endlich sah er das Café in der Waldstadt. Tim parkte den Dienstwagen direkt davor und stieg aus.

Die Frau hinter dem Tresen sah Tim freundlich an. Er hatte sie bei seinen letzten beiden Gesprächen hier nicht gesehen. „Kann ich Ihnen einen Tisch anbieten oder wollen Sie „to Go" bestellen?" Tim schüttelte den Kopf und zog seinen Dienstausweis hervor. „Ich möchte mit Frau Hoffmann sprechen, es ist sehr wichtig." Die Frau, die Tim auf Mitte zwanzig schätze, sah ihn verwundert an. „Frau Hoffmann ist gerade leider nicht da. Ermitteln Sie in dem Mord an dem Bekannten meiner Chefin? Ich bin erst gestern aus dem Urlaub zurückgekommen. Ich war auf Ibiza mit ein paar Freundinnen. Schrecklich, das mit dem Herrn Ludwig. Ich kann es nicht glauben, dass er tot ist. Ich habe ihn an dem Abend doch noch gesehen und dann passiert sowas."

Tim hatte das Gefühl, als ob ihn ein Stromstoß durchfuhr. Er unterbrach die Angestellte hastig „Was haben Sie gesagt? Sie haben Günther Ludwig in der Mordnacht gesehen? Wo war das?" Die junge Frau nickte aufgeregt. „Ja, es war hier im Café. Wir hatten schon geschlossen und ich war gerade dabei sauber zu machen und alles für den nächste Tag vorzubereiten. Ich hatte es eilig, denn schließlich ging mein Flug nach Ibiza am nächsten Morgen. Er klopfte mehrmals an die schon verschlossene Eingangstür. Meine Chefin war nicht da, aber ich kannte ihn ja vom Sehen. Er war des Öfteren hier und hat mit meiner Chefin zusammengesessen. Ich wusste, dass sie befreundet sind, also habe ich ihn reingelassen. Herr Ludwig sagte mir, dass er nur kurz eine Mail ausdrucken müsste, die er an meine Chefin geschickt hatte, da sein Drucker zuhause den Geist aufgegeben hat. Er hatte mir angeboten die Chefin anzurufen und um Erlaubnis zu fragen. Ich habe aber abgelehnt. Schließlich kennen sich die beiden ja schon sehr lange und ich wollte möglichst bald nach Hause gehen, um meinen Koffer zu packen. Fünf Minuten später ist Herr Ludwig mit einem Ausdruck in der Hand wieder gegangen und ich habe hier abgeschlossen." Tim überlegte kurz. „Können Sie sich daran erinnern, wann Günther Ludwig das Café verlassen hat?" Sie nickte. „Das muss gegen zwanzig Uhr gewesen sein, denn ich war gegen halb neun zuhause." ‚Das könnte zeitlich mit dem anschließenden Treffen von Günther Ludwig hier in der Nähe passen', dachte Tim. „Wissen Sie zufällig, um was es in der Mail ging und warum er sie hier ausgedruckt hat?" Sie schüttelte den Kopf. „Leider nicht, ich habe aber auch nicht weiter nachgefragt. Tut mir leid."

Tim fragte sich, warum ihm Ute Hoffmann nichts von dieser Mail erzählt hatte. „Ich würde gerne den PC sehen. Können Sie ihn mir zeigen?" Sie nickte und führte ihn in einen kleinen, fensterlosen Raum, in dem neben einem Regal mit Aktenordnern ein kleiner Schreibtisch mit Monitor und Tastatur stand. Dann ging sie zurück zum Tresen und ließ Tim alleine. Er schaltete den PC an. Tim öffnete das Mailprogramm. Doch obwohl er mit verschiedenen Suchabfragen nach der Mail suchte, konnte er sie nicht finden. „Verdammt nochmal, warum ist diese Nachricht nicht mehr aufzufinden?" fluchte

Tim. Anscheinend war sie gelöscht worden. Er schaltete den PC aus und verließ das Arbeitszimmer des Cafés.

„Wo ist denn Frau Hoffmann? Ich muss immer noch dringend mit ihr sprechen." Sie war dabei, sauberes Geschirr aus der Spülmaschine zu räumen, da derzeit kein Gast im Café saß. „Meine Chefin trifft sich doch gerade mit einem Kollegen von Ihnen. Wissen Sie das nicht?" Tim versuchte, sich seine Unruhe nicht anmerken zu lassen. ‚Irgendetwas stimmt hier gar nicht'. „Hat sie den Namen genannt, mit wem sie sich treffen wollte und vor allem wo?" Sie schüttelte den Kopf. „Ein Mann von der Kriminalpolizei rief vorhin hier an. Ich bin ans Telefon gegangen und habe dann den Hörer meiner Chefin weiter gereicht. An den Namen des Mannes kann ich mich leider nicht erinnern. Nach dem Anruf sagte sie zu mir, dass sie für eine Stunde weg wäre. Aber ihren Autoschlüssel hat sie hiergelassen. Der liegt nämlich noch in der Schublade." Tim war sich sicher, dass weder Rainer noch Sven Ziegler angerufen hatten. Denn Rainer war in Berlin, um den Journalisten zu treffen. Außerdem wusste er, dass Tim mit Ute sprechen wollte. Und Sven Ziegler würde ohne seine Anweisung solch einen Schritt nicht auf eigene Faust machen. Die einzige Erklärung für Tim war, dass sich der Mörder als Polizist ausgegeben hatte. „Geben Sie mir bitte das Telefon des Cafés, mit dem sie den Anruf entgegengenommen haben." Tim suchte auf dem Display nach der Nummer des letzten Anrufs. Die Rufnummer des Anrufers war unterdrückt worden. „Wann hat Frau Hoffmann das Café verlassen?" Tim schaute sie mit einem Blick an, der keinen Zweifel an der Dringlichkeit ließ. „Etwa fünf Minuten bevor Sie das Café betreten haben. Stimmt etwas nicht?" Wortlos stürmte Tim hinaus dem Café.

Er wollte gerade in den Wagen steigen, als sein dienstliches Smartphone vibrierte. Tim hatte eine SMS erhalten. Er nahm das Handy aus seiner Hosentasche und entsperrte das Display. Die Nachricht kam von einer unbekannten Nummer. Als er diese öffnete, las er „Ist das nicht ein sehr schönes Tattoo deiner bildhübschen Tochter? Es wäre doch schade, wenn ihr nur wegen deiner Arbeit jemand das Tattoo aus ihrer zarten Haut schneiden würde, oder? Hör sofort auf mit deinen Schnüffeleien und beende deine aktuellen Ermittlungen!" Darunter befand sich das Bild einer tätowierten roten Rose. Tim war verwirrt. Seine Tochter hatte kein Tattoo. ‚Irgendjemand scheint sich hier einen schlechten Scherz zu erlauben. Aber woher weiß dieser jemand dann den Namen meiner Tochter?', fragte sich Tim.

Plötzlich durchfuhr ihn ein Gedanke. Ein kalter Schauer lief über seinen Rücken. Hatte Lea ihm nicht neulich ein Bild im Internet gezeigt? War das nicht eine Rose, die so ähnlich aussah? Hektisch wählte er Sarahs Nummer. Nach einer gefühlten Ewigkeit meldete sie sich endlich. „Hör mir genau zu. Ich muss wissen, ob sich unsere Tochter ein Tattoo hat stechen lassen. Es ist wichtig!" Sarah atmete tief durch. „Reg dich bitte nicht auf. Ich war gestern mit ihr in einem Tatoostudio in Berlin. Sie hat sich eine rote Rose an ihrer linken Leiste tätowieren lassen. Ich wollte noch einen günstigen Augenblick abwarten, bis ich es dir erzähle. Lea und ich hatten Angst, dass du sehr wütend werden würdest. Schließlich wolltest du nicht, dass sie sich tätowieren lässt." Tim unterbrach sie. „Ja, schon gut. Das ist jetzt nicht wichtig. Sag mir wo Lea ist! Ihr könntet in Gefahr sein!" Sarah hörte die Besorgnis in seiner Stimme. „Lea ist hier bei mir. Was ist denn los? Warum sind wir in Gefahr?" Sarahs Stimme hört sich ängstlich an. „Du verschließt jetzt alle Türen und Fenster. Ich schicke einen Streifenwagen und Rainer zu euch. Lasst außer den Polizisten und Rainer niemanden ins Haus. Hast du mich verstanden?" Tim legte auf und rief den Leiter der Mordkommission und dann Rainer an. Keine zwei Minuten später war ein Streifenwagen mit Blaulicht auf dem Weg zum Haus der Familie Beck.

48

Ute Hoffmann ging die Straße entlang. Sie würde etwa fünf Minuten zum Treffpunkt mit dem Polizisten benötigen. Etwas merkwürdig war ihr schon zumute. Bisher hatte sie von der Polizei nur mit diesem Tim Beck zu tun gehabt. Er war zweimal im Café gewesen, um sie zu Günther Ludwig und seinem Freund Mike Kühn zu befragen. Auch zwei Anrufe hatte sie von ihm erhalten, weil ihm und seinem Kollegen noch bei ihren Ermittlungen weitere Fragen eingefallen waren. Sie fand Herrn Beck sympathisch. Er sah attraktiv aus und schien mit beiden Beinen im Leben zu stehen, wie man so sagt. Aus dem Fernsehen hatte sie einen anderen Eindruck von Polizisten bei der Mordkommission gehabt. Die beiden Treffen mit ihm waren hingegen angenehm. Es fiel ihr leicht ihm zu vertrauen und mit ihm zu sprechen.

Ihre letzte Beziehung war jetzt schon drei Jahre her. Sie sehnte sich nach der Geborgenheit in einer Partnerschaft. Ein paar Mal hatte sie sich über ein Datingportal mit Männern verabredet. Leider stellte sich schon beim ersten Treffen heraus, dass sowohl das Profilfoto als auch die Angaben nicht annäherungsweise der Realität entsprachen. Danach hatte sie erst einmal die Nase voll, weitere Männer zu treffen. In den letzten Monaten hatte sie sich dann auf das Café und ihren Freundeskreis konzentriert. ‚Wenn ich doch bloß einen Mann so wie Herrn Beck kennenlernen würde'. Sie wusste, dass er verheiratet war und eine Tochter hatte. Das hatte sie bei einem Treffen im Café nebenbei mitbekommen. ‚Irgendwo da draußen muss es doch den Richtigen für mich geben', dachte sie sehnsüchtig.

Der Tod von Günther Ludwig hatte sie nachdenklich werden lassen. Das Leben kann so schnell vorbei sein. Sie wollte auf jeden Fall ihr Leben genießen und glücklich sein. ‚Vielleicht brauche ich einfach mal Urlaub und Zeit für mich ganz alleine', überlegte Ute Hoffmann. Sie konnte sich schon gar nicht mehr an ihren letzten Urlaub erinnern.

Sie ging weiter die Straße entlang zum abgemachten Treffpunkt. Irgendwie ließ sie der Gedanke nicht los, dass es komisch ist, dass sich jetzt ein Kollege mit ihr treffen wollte. Anscheinend war es dringend. Jedenfalls sagte er, dass Herr Beck heute in Berlin dienstlich unterwegs wäre und er daher für ihn einspringen würde. Ute Hoffmann hatte keine Idee, warum sich der Kollege mit ihr genau an diesem Treffpunkt verabredet hatte. Am Telefon klang er nett und meinte, dass er ihr dort etwas zeigen müsse, was mit der Ermordung von Günther zusammenhängt. Die Polizei war anscheinend kurz vor der Aufklärung des Verbrechens. Und wenn sie dabei helfen konnte, den Mörder von Günther zu erwischen, würde sie alles dafür tun.

Nachdem sie in einen kleineren asphaltierten Weg abgebogen war, waren es nur noch dreihundert Meter bis zum Treffpunkt. Obwohl dieser Ort nur etwa zehn Minuten von ihrem Café entfernt lag, war sie seit Langem hier nicht mehr langgelaufen. Außer leerstehenden Kasernengebäuden auf beiden Seiten des Weges, die sich die Natur Stück für Stück zurückeroberte, gab es nichts Sehenswertes. Die betonierten Plätze zwischen den Gebäuden waren kaum zu erkennen. Bäume und Büsche wuchsen ungehemmt zwischen den Betonplatten, auf denen früher sowjetische Soldaten exerzierten und ihre Militärfahrzeuge warteten. Ute Hoffmann blieb stehen. Zu ihrer linken Seite konnte sie zwei Reihen gelber Gebäude erkennen. Sie erinnerte sich an eine Führung durch die verbotene Stadt, an der sie vor ein paar Monaten teilgenommen hatte. Ein befreundetes Paar, das zu Besuch war, interessierte sich für die Vergangenheit der Waldstadt und die Bunkeranlagen. Für sie war es faszinierend zu erfahren, dass das Gebiet seit 1920 als Militärstandort genutzt wurde. Zunächst von der Wehrmacht und später von der sowjetischen Armee. Und ihr Café lag mitten in diesem historischen Ort. Ute wusste nicht so richtig, was sie von den Plänen der Öko-Waldstadt halten sollte. Auf der einen Seite würden viele neue Familien hierher ziehen. Das wäre gut für ihr Café. Doch auf der anderen Seite würden die Erinnerungen an die Vergangenheit für die nächsten Generationen verloren gehen.

Sie wischte den Gedanken beiseite und betrat den großen Platz zwischen den beiden Gebäudereihen. Die auf beiden Seiten befindlichen Kasernengebäude wurden zu Zeiten der Sowjetarmee von dem 69. selbstständigen Mot-Schützenregiment genutzt. Sie wusste nicht, warum sie sich noch so gut daran erinnern konnte. Viele andere Informationen der Führung hatte sie vergessen. Günther hatte ihr erzählt, dass die Gebäude einem weiteren Neubaugebiet weichen sollten. Anders als in dem Neubaugebiet neben ihrem Café sollten hier die ersten Gebäude der Öko-Waldstadt entstehen. Das hatte ihr Günther vor einigen Wochen stolz erklärt.

Heute konnte sie hier nichts von den Plänen der Öko-Waldstadt erkennen. Kleine Bäume und Büsche vor den beiden Gebäudereihen waren über die Zeit gewachsen. Der gelbe Putz der Gebäude war an einigen Stellen schon abgeplatzt und an anderen Stellen mit Moos überzogen. Links und rechts um den großen Platz standen Straßenlaternen. Bei einigen von ihnen war der obere Teil abgeknickt und hing herunter. Zwischen den Betonplatten auf dem Platz kämpften sich Gras und kleine Birken durch die Fugen ans Tageslicht. Ute Hoffmann konnte sich gut vorstellen, wie hier früher morgens die sowjetischen Soldaten antreten mussten. Jetzt sah hier alles so verlassen aus. Sie musste an einen Zombiefilm denken, den sie vor ein paar Tagen abends angeschaut hatte. Darin wurde der Kampf einer Handvoll Überlebender mehrere Jahre nach einer großen Apokalypse, die fast die ganze Menschheit ausgelöscht hatte, erzählt.

Der Ort hier hätte auch Kulisse für diesen Film sein können.

Mittlerweile begann es zu dämmern. Die Sonne leuchtete die roten Dachziegel an. Aber auch sie konnte den traurigen Anblick kaputter und teilweise mit Brettern vernagelter Fenster nicht verschönern. Sie sollte in das Gebäude 404 gehen, das sich direkt vor ihr befand, denn das sei der Treffpunkt, so der Polizist. Der Eingang war mit hohem Gras und kleinen Büschen zugewachsen. Die Eingangstür stand halb offen.

Ute Hoffmann fröstelte es. Sie kam sich wie eine der Überlebenden der Zombieapokalypse aus dem Film vor. Am Ende des Filmes waren alle von den Zombies getötet worden. Wie gerne wäre sie jetzt in ihrem Café, anstatt hier zu stehen. Plötzlich vernahm sie eine Stimme. Dies war der Anrufer von eben, dachte sie. „Frau Hoffmann, kommen Sie doch bitte rein." Sie ging langsam zum Eingang.

49

Von innen sah das Gebäude viel trostloser aus als von außen. Beim Abzug der sowjetischen Soldaten schien hier alles, was nicht mit dem Gebäude fest verbunden gewesen war, herausgerissen und zurück nach Russland gebracht worden zu sein. Günther hatte ihr erzählt, dass nach dem Truppenabzug illegale Schrotthändler das Gebäude auf ihre Art entkernt hatten. Selbst die Rohrleitungen hatten sie aus den Wänden gerissen, um sie zu verkaufen.

Die meisten Fenster im Erdgeschoss waren von außen mit Brettern vernagelt. Die Strahlen der Abendsonne schienen durch die Ritzen zwischen den Brettern. Nach links ging ein weiterer Flur ab. Auf beiden Seiten konnte Ute Hoffmann offen stehende Türen zu kleinen Räumen erkennen, die früher als Büros genutzt wurden. Rechts von dem Flur, wo Ute stand, war ein Durchgang. Als sie hineinblickte, sah sie einen großen Saal, der offensichtlich früher von den Soldaten als Schlafsaal genutzt wurde. In der Mitte waren zwei Säulenreihen, die die Decke abstützen. Einige Säulen waren mit Graffiti beschmiert. „Kommen Sie bitte nach oben, ich möchte Ihnen etwas zeigen." Ute Hoffmann vermutete, dass die Stimme aus der Etage über ihr kam. Als sie die Treppe hochsteigen wollte, sah sie, dass einige Stufen locker waren. Vorsichtig stieg sie einer nach der anderen nach oben.

Auf der ersten Etage sah es genauso trostlos wie im Erdgeschoss aus. Die Raumaufteilung war identisch. Auch hier waren Wände aufgerissen und Rohrleitungen entfernt worden. Sogar die Elektroleitungen waren bis auf wenige Reste aus den Wänden gerissen worden. Vermutlich war dies das Werk von Kupferdieben. Auf dem Treppenabsatz stand ein Mann mit schwarzgrauem, mittellangen Haar, das lässig nach hinten gekämmt war. Neben seiner durchtrainierten Figur fielen Ute Hoffmann der graue Dreitagebart und die grünen Augen sofort auf. Er lächelte sie an und gab ihr die Hand. Sie fand ihn attraktiv, fühlte sich aber durch seinen durchdringenden Blick wie durchleuchtet. „Vielen Dank, Frau Hoffmann, dass Sie so schnell hierher kommen konnten. Wie ich am Telefon schon gesagt hatten, bin ich ein Kollege von Herrn Beck, den Sie ja bereits kennengelernt haben. Mittlerweile gehen wir davon aus, dass der Tod von Günther Ludwig mit diesem Gebäude zu tun hat. Folgen Sie mir doch bitte, damit ich es ihnen besser erklären kann."

Sie folgte ihm in den Gang, von dem links und rechts kleine Räume abgingen. An dessen Ende klaffte ein Loch im Fußboden. „Passen Sie bitte auf, wo Sie hintreten. Der Holzboden ist an einigen Stellen einsturzgefährdet." Sie gingen in einen fensterlosen Raum, in dem bis auf einen offenstehenden großen Tresor nichts war. „Was wollen Sie mir denn hier erklären?", fragte ihn Ute Hoffmann.

„Wir haben hier in diesem Raum Unterlagen von Günther Ludwig gefunden und wir vermuten, dass er Ihnen eine Kopie davon per Mail oder Post geschickt hatte. Haben Sie von ihm Unterlagen erhalten?" Sie schluckte. Mittlerweile kam ihr der Mann unheimlich vor. Sein Blick hatte etwas Drohendes. „Was meinen Sie denn für Unterlagen? Was hätte Günther mir denn schicken sollen?" Der Mann kam bis auf einen Meter auf sie zu und blieb stehen. „Es geht um Unterlagen aus dem Bauamt, die streng vertraulich sind. Haben Sie per Post oder Mail von Günther Ludwig Unterlagen zugeschickt bekommen? Denken Sie daran, dass Sie verpflichtet sind mir die Wahrheit zu sagen." Ute Hoffmann wich einen Schritt zurück. „Ich habe keine Ahnung wovon Sie reden." Der Mann starrte sie wütend an. „Sie behaupten also, keine Unterlagen von Günther Ludwig erhalten zu haben. Ist das so?" Ute Hoffmann bekam langsam

Angst. „Ich möchte Ihren Dienstausweis sehen! Vorher sage ich gar nichts mehr!"

Mit einem verzerrten Grinsen sah er sie an. „Wie du willst, du blöde Schlampe. Dann probieren wir halt was anderes." Blitzschnell zog er aus dem Hosenbund eine Pistole hervor und zielte auf sie. Ute Hoffmanns Gesicht wurde leichenblass. Bevor sie reagieren konnte, riss er ihren Kopf an den Haaren zur Seite, so dass sie das Gleichgewicht verlor und auf dem harten Boden aufschlug. Ihr Arm, mit dem sie instinktiv den Aufprall abfangen wollte, schmerzte. „Jetzt frage ich dich Miststück das letzte Mal. Wo sind die Unterlagen aus dem Bauamt und das verdammte Bodengutachten?" Ute Hofmann hörte das Klicken, als er die Pistole entsicherte.

50

Tim startete seinen Dienstwagen. Wohin sollte er jetzt bloß fahren? Er überlegte fieberhaft, wo er Ute Hoffmann finden könnte. ‚Wohin würde der Mörder sie zu einem Treffen locken', überlegte Tim fieberhaft. Er schaltete den Motor wieder aus und trommelte mit den Fingern auf das Lenkrad. ‚Konzentriere dich, was weißt du bisher?'. Tim wusste, dass sie ihren Wagen stehen gelassen hatte. Dass sie ein Taxi stattdessen genommen hätte, machte für Tim keinen Sinn. Da es außer einer Bushaltestelle in achthundert Meter Entfernung in der Waldstadt keinen öffentlichen Nahverkehr gab, schätzte Tim, dass Ute Hoffmann zu Fuß gegangen war. Er brauchte dringend eine Karte. Er stieg aus dem Auto aus und rannte die Straße hinunter zu dem Gebäude, wo die verschiedenen Führungen zu den Bunkern und der Waldstadt begannen.

Tim stürmte in das Gebäude und blieb vor dem Verkaufstresen stehen. „Ich bin von der Kriminalpolizei und suche Frau Ute Hoffmann aus dem Café. Haben Sie sie gesehen?" Die Frau schaute ihn verunsichert an. „Sind Sie wirklich Polizist oder wollen Sie mich auf den Arm nehmen? Das ist nämlich nicht witzig!" Tim zeigte seinen Dienstausweis. „Es ist dringend! Haben Sie Frau Ute Hoffmann ungefähr vor so einer Viertelstunde gesehen?" Die Frau sah sich seinen Dienstausweis genau an. Nach einer für Tim gefühlten Ewigkeit nickte sie. „Ja, habe ich. Ich war gerade vor der Tür eine rauchen, als ich gesehen habe, wie sie aus dem Café kam und in Richtung des Neubaugebietes gegangen ist."

Tim war erleichtert. Damit konnte er die alte Bunkeranlage der Wehrmacht ausschließen. Dazu hätte sie in die andere Richtung gehen müssen. Er hatte zuerst die Befürchtung, dass der Mörder Ute Hoffmann in die alten Maybach und Zeppelin-Bunker gelockt hätte. Von der damaligen Führung wusste er, dass einige Anlagen nach dem Zweiten Weltkrieg von der sowjetischen Armee gesprengt wurden. Allerdings gab es den Zeppelin-Bunker der Wehrmacht, den die sowjetische Armee umgebaut und als Kommandozentrale für die sowjetischen Truppen in Deutschland genutzt hatte. Er bestand aus mehreren Ebenen und Gängen. Dort hätte er sie kaum wiedergefunden.

„Ich brauche eine Karte von der Waldstadt. Können Sie mir bitte eine leihen?" Die Frau hinter dem

Verkaufstresen zog eine Kopie einer Luftbildaufnahme von Wünsdorf hervor. „Tut mir leid, aber eine Karte von Wünsdorf habe ich gerade nicht hier. Vielleicht hilft Ihnen ja diese Luftbildaufnahme? Wir befinden uns hier." Mit einem Kugelschreiber zeichnete sie ihren Standort ein. „Und hier ist die alte Bunkeranlage." Tim nickte und tippte auf die Stelle in die andere Richtung von ihrem Standort. „Ist das hier das Neubaugebiet, wo die Einfamilienhäuser gebaut werden?" Die Frau nickte. „Was ist das für eine Gruppe von Gebäuden und dahinter diese komische Anordnung von Erdhügeln?" Tim tippte auf das Gelände gegenüber des Neubaugebietes I. „Das im hinteren Teil sind die gesprengten Bunker von Maybach II." Tim wusste gar nicht, dass dort noch weitere Ruinen waren. Bei ihrer Führung hatten sie nur die Maybach-Bunker I gesehen. Er erinnert sich daran, wie beeindruckend er diese als Häuser getarnten Bunker fand. „Hier im vorderen Teil befinden sich leerstehende Gebäude des 69. selbstständigen Mot- Schützenregiments der sowjetischen Armee. Diese sollen bald abgerissen werden." Jetzt fiel es Tim wieder ein. Im Bauamt hatte er die Karte zu den verschiedenen Neubaugebieten gezeigt bekommen. Dort sollte das Neubaugebiet III entstehen.

Im Hinausgehen rief er der Frau ein Dankeschön zu und griff nach seinem Smartphone. „Rainer, bist du schon bei Sarah und Lea?" Er hörte, wie Rainer sich schnäuzte. „Ich bin in zehn Minuten bei ihnen, aber ein Streifenwagen ist schon eingetroffen. Also mach dir keine Sorgen. Hast du Ute Hoffmann schon gefunden?" Tim erzählte Rainer kurz, was er herausgefunden hatte.

„Du hast Recht. Eine Handyortung macht wenig Sinn, wenn sie in der Nähe ist. Wenn das GPS-Signal nicht eingeschaltet oder sie in einem Gebäude ist, bekommen wir nur die Mobilfunkzelle, in der sich ihr Handy befindet. Das ist zu ungenau. Lass mich kurz laut überlegen. Es muss ein abgeschiedener Ort sein, wo der Mörder sie unbemerkt von anderen treffen kann. Keine Ahnung, was er mit ihr vorhat. Aber der Ort muss so abgeschieden sein, dass er sie notfalls töten könnte. Andererseits muss Ute Hoffmann den Ort kennen und er muss in der Nähe sein. Außerdem darf er ihr Misstrauen nicht erregen. Also suchen wir nach einem Ort, der aus Sicht von Ute Hoffmann nicht zu ungewöhnlich ist. Hilft dir das?"

Tim fing an loszurennen. „Danke Rainer, du hast mir geholfen." Nachdem er aufgelegt hatte, rief er bei der Schutzpolizei in Zossen an. Völlig außer Atem bat er um Verstärkung durch einen Streifenwagen in der Waldstadt und nannte dem Beamten den genauen Ort. Als er aufgelegt hatte, beschleunigte Tim nochmals. Da er häufig joggte, wusste er, dass sein Tempo jetzt nicht mehr im Ausdauerbereich lag, sondern er vielmehr sprintete. Lange würde er so nicht mehr durchhalten können. An der nächsten Kreuzung bog er in einen asphaltierten Weg ein. Auf den letzten dreihundert Meter würde er sein Tempo noch halten können. Völlig außer Atem hielt Tim vor einem großen Platz aus Betonplatten an. Auf jeder Seite standen vier gelbe dreistöckige Gebäude. Tim rang nach Atem und betrachtete die beiden Gebäudereihen. Von Weitem konnte man schon sehen, dass sie ihre besten Tage hinter sich hatten. Nicht nur der Putz war an vielen Stellen abgebröckelt, auch die Fenster waren kaputt oder die Fensteröffnungen mit Brettern verbarrikadiert. ‚In welchem Haus hat er nur Ute Hoffmann gelockt, wenn es denn überhaupt hier ist?', überlegte Tim verzweifelt. Es gab acht Möglichkeiten. Aber Tim war sich nicht sicher, ob ihm genug Zeit blieb alle acht Gebäude zu durchsuchen. ‚Die Zeit läuft, irgendwo muss ich jetzt anfangen'. Er wollte gerade zum rechten Gebäude laufen und dort mit der Suche beginnen, als er aus einem der Linken den gedämpften Schrei einer Frau hörte.

Schlagartig drehte sich Tim dorthin um und rannte darauf zu. Dabei zog er seine Dienstwaffe aus dem Holster. Vor dem Eingang blieb er stehen und lauschte. Auch wenn er jetzt keine Stimmen mehr vernehmen konnte, so war er sich sicher, dass der Schrei aus diesem Gebäude gekommen war. ‚Auf die Verstärkung kann ich nicht warten. Ich muss ihr jetzt helfen', entschied Tim. Er entsicherte seine SIG Sauer und betrat das Objekt. Tim wartete einen Augenblick, damit sich seine Augen an die dämmrige Beleuchtung im Inneren gewöhnen konnten. Vor ihm lag ein Flur, der in das Treppenhaus mündete. Links und rechts gab es jeweils einen Durchgang. Wohin, das konnte Tim vom Hauseingang aus nicht erkennen. Vermutlich zu einem weiteren Flur.

Vorsichtig näherte er sich den beiden Durchgängen. Er musste entscheiden, welchen Flur er zuerst kontrollieren wollte. Die Herausforderung lag darin, dass egal für welchen Flur er sich entscheiden würde, er keine Deckung haben würde. In diesem Moment sehnte er sich Rainer herbei. Zu zweit hatten sie schon mehrere solcher Situationen erfolgreich gemeistert. Tim entschied sich für den linken Flur und bewegte sich mit dem Rücken an der Wand vorwärts. Vom Durchgang aus konnte er den Gang vollständig einsehen. Auf beiden Seiten waren vier Eingänge zu verschieden großen Räumen. Tim konnte weder Geräusche noch Bewegungen wahrnehmen. Er wollte gerade den ersten Raum kontrollieren, als er plötzlich von oben ein Geräusch wahrnahm. Es hörte sich an, als ob etwas über den Boden geschleift wurde. Sofort änderte Tim seine Richtung und schlich zum Treppenhaus hinter ihm. Es war in keinem besseren Zustand als der Rest des Gebäudes. Früher sorgte eine große Fensterfront an der Außenwand für Tageslicht im Treppenhaus. Heute war die ehemalige Fensterfront mit Brettern verbarrikadiert. Auf den Stufen lag Schutt, einige Stufen sahen locker aus. Vorsichtig stieg Tim Stufe für Stufe nach oben und hielt sich nah an der Wand. Dabei achtete er auf mögliche Bewegungen aus der ersten Etage. Seine SIG Sauer zielte auf die Treppenbrüstung der ersten Etage. Die Stufen knarrten bei jedem seiner langsamen Schritte. Tim war sich sicher, dass der Mörder ihn gehört hatte. Noch zwei Stufen fehlten, bis Tim in der ersten Etage angekommen war. Er hielt kurz an, um sich einen Überblick zu verschaffen. Vom Treppenabsatz der ersten Etage ging ein Flur nach rechts und einer nach links ab. Von seiner Position aus konnte er nur in den Rechten sehen. Anscheinend war der Grundriss identisch mit dem Erdgeschoss.

Tim bewegte sich weiter. Plötzlich hörte er eine ihm bekannte Stimme. „Wen haben wir denn hier bei unserer kleinen Party? Unseren Ermittler Tim Beck. Was für eine schöne Überraschung dich hier zu sehen." Diese rauchige und kalte Stimme hatte er erst vorgestern zum ersten Mal gehört. In diesem Augenblick trat Alexander Winter aus einem Raum, in dem von Tim aus rechten Flur. In der rechten Hand hielt er eine Glock und zielte auf Tims Kopf. Mit dem anderen Arm hielt er Ute Hoffmann den Mund zu und presste sie dicht an sich. Tim positionierte sich in der Mitte des Treppenabsatzes, um eine gute Schussposition zu haben. „Guten Abend, Herr Winter. Wir sind Ihnen schon länger auf den Fersen. Wie gut Sie auch versucht haben, ihre Spuren zu verwischen. Am Ende haben Sie sich doch selbst verraten." Alexander Winter grinste und bewegte sich mit Ute Hoffmann rückwärts weiter in den Flur hinein. Mittlerweile hatte er die Hand von ihrem Mund genommen, da es ihm jetzt scheinbar egal war, ob sie schrie. Tim folgte Alexander Winter zwei Schritte vorwärts in den Flur. „Das reicht! Bleib stehen, sonst fliegt die erste Kugel in deine Richtung und dann werde ich die kleine Schlampe hier umlegen. Oder vielleicht doch umgekehrt? Das entscheide ich dann spontan." Er lachte überheblich und drückte seinen Arm noch etwas fester um den Hals von Ute Hoffmann. Ihre Augen vor Angst geweitet, schien sie sich in einer Schockstarre zu befinden. Sie wimmerte leise. „Und übrigens, hast du keinen blassen Schimmer. Ich bin ein Meister im Verwischen meiner eigenen Spuren. Schließlich habt ihr dummen Polizisten ganz schön lange ohne eine Ahnung im Dunklen getappt. Ich denke da zum Beispiel an deine nette kleine Schlägerei mit dem Russen in Berlin. Meine Ablenkungsmanöver sind wunderbar aufgegangen. Und jetzt solltest du dich fragen, ob das hier vielleicht eine geplante Falle für dich ist?"

Tim dachte über die Worte von Alexander Winter nach. Er blieb ruhig stehen und sah kurz zu beiden Seiten. Dadurch konnte er wenigstens einen Teil der Räume sehen. Er war sich nicht sicher, ob sich eventuell ein Komplize in einem der Räume versteckt hatte, um Tim im passenden Augenblick zu überrumpeln. Daher positionierte sich Tim am Eingang des Flures so, dass keiner der Räume in seinem Rücken oder direkt seitlich lag.

„Was wollen Sie? Wie ich das sehe, haben Sie sich hier in eine Sackgasse manövriert. Eine Falle ist das sicherlich nicht. Da es keinen Hinterausgang gibt, kommen Sie hier nur raus, wenn Sie es an mir vorbei schaffen. Meine Kollegen sind bereits auf dem Weg hierher. Also geben Sie auf! Lassen Sie Frau Hoffmann los und legen Sie Ihre Waffe langsam auf den Fußboden!" Alexander Winter fing an laut zu lachen. „Also, wie ich das sehe, haben wir eine klassische Pattsituation. Denn ich habe hier eine wertvolle Geisel. Du bist natürlich ein vorbildlicher Polizist und willst diese kleine Schlampe hier retten. Bedeutet wohl, dass ich klar im Vorteil bin. Also, Retter in der Not, leg deine Waffe auf den Boden und tritt am besten zurück! Dann verspreche ich auch, dass zumindest diese Schlampe hier lebend rauskommt. Sonst muss ich euch beide töten. Du hast die Qual der Wahl."

Tim spielte in Sekundenbruchteilen seine Optionen durch. Sobald er seine Waffe ablegen würde, könnte

Alexander Winter zuerst ihn und dann Ute Hoffmann töten. Wenn er weiterhin auf ihn zielte, hing es davon ab, wer von beiden als Erstes schießen würde. Das Problem war nur, dass Ute Hoffmann in der Schusslinie war. Doch Tim hatte keine Wahl, er musste es riskieren.

Der ohrenbetäubende Lärm des Schusses hallte von den Wänden des kleinen Flures. Tim hatte ihn an der rechten Schulter erwischt. Überwältigt von dem Schmerz der Kugel, ließ Alexander Winter sein Opfer los und taumelte nach hinten. Die Glock hielt er noch immer in seiner rechten Hand. Sie rannte instinktiv in den Raum, der zu ihr am nächsten lag. Damit hatte Tim freie Schussbahn auf ihn. „Legen Sie Ihre Waffe auf den Fußboden!" Tim sprach deutlich und ruhig. Doch Alexander Winter grinste nur. Die Schmerzen waren ihm anzusehen. Langsam bewegte er sich rückwärts. Er blickte nach links und rechts und schien einen Fluchtweg zu suchen. „Du musst mich schon erschießen, verdammter Bulle. Freiwillig ergebe ich mich nicht. Vielleicht sollte ich dir von deiner kleinen süßen Lea und mir erzählen. Ich bin mir sicher, dass sie es genossen hat, als ich sie gefickt habe. Nur ein leichter Schrei bei der Entjungferung, was für ein geiles Gefühl das war."

Tim wusste, dass er ihn provozieren wollte um entweder eine Unachtsamkeit bei ihm zu erreichen oder erschossen zu werden. Er hatte nicht vor ihm diesen Gefallen zu tun. Aber was dieses Schwein über seine Tochter sagte, konnte Tim kaum ertragen. Er hatte Mühe, weiterhin ruhig zu bleiben. „Legen Sie Ihre Waffe langsam auf den Fußboden! Es ist vorbei Herr Winter." Alexander Winter reagierte noch immer nicht, sondern ging einen weiteren Schritt zurück. Plötzlich gab der Fußboden hinter ihm nach. Ein Schuss hallte durch den engen Flur, als Alexander Winter mit völlig überraschtem Gesichtsausdruck in einem Loch im Fußboden verschwand. Im Fallen hatte er noch den Abzug seiner Glock betätigt. Die Kugel schlug einen Meter über Tim in die Decke ein. Putz rieselte vor ihm auf den Boden. Tim lief zu dem Loch und blickte vorsichtig mit seiner Pistole im Anschlag nach unten. Dort lag er auf einem kleinen Berg Schutt. Seine Glock hielt er selbst jetzt noch in der Hand. Sein Kopf war unnatürlich verdreht. Tim konnte keine Bewegung wahrnehmen. Er drehte sich um und ging in den Raum, in dem sich Ute Hoffmann in eine Ecke kauerte. „Es ist vorbei Frau Hoffmann. Alles ist gut. Kommen Sie, ich helfe Ihnen hoch." Sie umklammerte Tim, als beide langsam die Treppen heruntergingen. Zwei Polizisten mit gezogenen Waffen kamen in das Gebäude gestürmt. Sie erkannten Tim und steckten ihre Pistolen zurück in ihre Holster. „Der Täter liegt von euch aus links im Flur. Er ist mindestens schwerverletzt. Bitte ruft einen Rettungswagen und bringt Frau Hoffmann aus dem Gebäude."

Während Ute Hoffmann von den beiden Polizisten vor das Gebäude gebracht wurde und diese einen Rettungswagen riefen, ging Tim mit seiner SIG Sauer im Anschlag in den Flur, wo Alexander Winter lag. Langsam näherte er sich ihm, ohne ihn aus den Augen zu lassen. Tim beugte sich vorsichtig nach vorne. Tim entwaffnete ihn und schleuderte die Pistole über den Boden in Richtung Eingang. Vorsichtig fühlte er am Hals den

Puls. Tim konnte keinen feststellen. Er sicherte seine Waffe und schob sie zurück in seinen Holster.

Vor dem Gebäude war mittlerweile ein zweiter Streifenwagen eingetroffen. Kurze Zeit später hörte Tim die Sirenen des Rettungswagens. Er trat vor das Gebäude, die Abendsonne blendete ihn. Schützend hielt er einen Arm über die Stirn und dachte über die Worte von Alexander Winter nach. ‚War es wirklich nur Glück, dass sie den Fall aufgeklärt und Ute Hoffmann gerettet hatten?'. Tim merkte, wie seine Anspannung langsam von ihm abfiel. Er fühlte sich erschöpft und wäre am liebsten direkt nach Hause gefahren, um seine Familie zu sehen. Denn eins musste er unbedingt herausfinden. Wie nahe war dieses Schwein Lea wirklich gekommen, wenn er von ihrem Tattoo wusste?

Kapitel 10

51

Tim fuhr in Richtung Berlin. Er hatte mit Rainer vereinbart, dass sie sich beide und die Kriminaltechnik bei der Wohnung von Alexander Winter treffen wollten. Ein Streifenwagen würde weiterhin vor dem Haus von Tim postiert bleiben. Sie konnten bisher nicht ausschließen, dass es einen Komplizen gab. Als Tim vor dem Gebäude in Berlin hielt, war es schon einundzwanzig Uhr. Er parkte hinter dem Fahrzeug der Kriminaltechnik und stieg aus. Tim wusste, dass dieses Viertel zu den besseren Wohngegenden Berlins gehörte. Die großen, grünen Alleebäume auf beiden Seiten der Straße verdeckten den Blick auf die sechsstöckigen Wohnhäuser. Der Lärm des nur etwa hundert Meter entfernten Kurfürstendamms war hier kaum wahrzunehmen. Und das, obwohl der Kurfürstendamm als Einkaufsstraße und Flaniermeile des Berliner Westens Tag und Nacht eine hohe Anziehungskraft, insbesondere auf die vielen Touristen Berlins, ausübte. Tim betrachtete kurz das Haus, in dem Alexander Winter wohnte. Es schien nicht so recht in die Straße zu passen, da es, anders als die anderen Gebäude, modern aber gleichzeitig puristisch aussah. Dunkelgraue Stahlträger wechselten sich mit dunkelgrauen Sichtbetonflächen und großen Fensterfronten ab. Die anderen Häuser der Straße schienen deutlich älter zu sein. Im obersten Stockwerk konnte Tim eine Dachterrasse mit hohen Pflanzen erkennen.

Er lief hinauf in den sechsten Stock. Die Wohnungstür stand offen. Drinnen hörte er die Stimme von Rainer. Als er die Wohnung betrat, war er beeindruckt von deren Größe und der Ausstattung. ‚Das Wohnzimmer ist bestimmt so groß wie das gesamte Erdgeschoss in unserem Haus', dachte Tim. Der Fußboden bestand aus großen schiefergrauen Fliesen. Die weißen Möbel mit der hochglänzenden Oberfläche wirkten teuer. Gleichzeitig sorgten sie aber dafür, dass das Wohnzimmer steril aussah. Über einer Kommode war ein großer Wandspiegel befestigt. Daneben befand sich ein Servierwagen mit vielen Flaschen darauf. Als Tim näher kam, erkannte er, dass es sich dabei ausschließlich um verschiedene Whiskey-Marken handelte. Er konnte bis auf ein einziges Foto keinerlei persönliche Dinge finden. Das zeigte Alexander Winter in einem Kampfsportanzug mit einer Medaille um den Hals. Der Raum passte zu dem Eindruck, den Tim bei dem Gespräch mit ihm in dessen Baufirma gewonnen hatte. Der Mann wollte zeigen, dass er es zu Wohlstand gebracht hatte. Alles hier erinnerte Tim an ein Prospekt eines noblen Einrichtungshauses. Sein Blick glitt nach links, wo eine große Fensterfront den Blick auf die Dachterrasse freigab. Neben Loungemöbeln waren an den Seiten der Dachterrasse Schilfgräser in großen Pflanzenkübeln platziert worden. Trotz der Pflanzen und den Dielen aus Holz wirkte die Terrasse nüchtern und kühl.

„Schau mal, was wir gefunden haben." Rainer hielt eine Tüte mit vier Handys in die Höhe. „Das könnten Prepaid-Handys sein, die er zur Kommunikation mit Manfred Schneider und anderen genutzt hat. Ich bin gespannt, was die Kriminaltechnik herausfindet. Übrigens: Neben einem MacBook hat die Kriminaltechnik auch einen Laptop gefunden. Die Marke passt zur Dockingstation, die wir im Haus von Günther Ludwig gefunden haben. Die Kriminaltechnik braucht noch eine Weile für die Durchsuchung. Sie haben mir aber versprochen, dass wir morgen Mittag die ersten Ergebnisse zu den Handys und dem Laptop bekommen werden." Tim rieb sich das Gesicht, die letzten Stunden hatten ihm doch mehr zugesetzt, als er gedacht hatte. „Das sind doch sehr gute Nachrichten. Schaffst du den Rest alleine hier? Ich würde gerne zu Sarah und Lea fahren. Ich glaube, die beiden brauchen mich." Rainer nickte. „Mach das. Wir schaffen das hier auch ohne dich."

Als Tim zuhause eintraf, war es schon fast Mitternacht. Er ging kurz zum Streifenwagen, der vor ihrem Haus parkte und bedankte sich bei den beiden Polizisten. Nachdem diese losgefahren waren, öffnete Tim erschöpft die Haustür. Lasse führte einen Freudentanz auf. Er tat mal wieder so, als ob Tim von einer Weltreise zurückgekehrt wäre. Sarah und Lea saßen am Esszimmertisch und blickten ihn an. Sie sahen beide mitgenommen von den Ereignissen der letzten Stunden aus. Sie standen auf und gingen auf Tim zu. Er nahm sie wortlos in seine Arme. Eine für Tim gefühlte Ewigkeit standen sie so schweigend zusammen. Langsam lösten sie die Umarmung und setzten sich an den Tisch.

Tim berichtete von Alexander Winter und seinem Tod in dem verlassenen Kasernengebäude. Dann sah er Lea an. „Ich habe solche Angst um dich und Mama gehabt. Bitte erzähl mir, wie du Alexander Winter kennengelernt hast." Lea nickte und fing an zu weinen. Sarah streichelte ihr über den Kopf und reichte ihr ein Taschentuch. Dann fing sie an zu erzählen. „Ich habe diesen Namen heute das erste Mal gehört. Vor ein paar Tagen hatte mich ein Junge, er nannte sich Ben und wohnte in Berlin, über Facebook angeschrieben. Auf seinem Profilfoto sah er sehr süß aus und er war so nett in unseren Chats. Wir haben mehrmals täglich gechattet. Er hat sich wirklich für mich interessiert und wollte alles über mich wissen. Das dachte ich zumindest. Als ich ihm von meinen Plänen für ein Tattoo geschrieben hatte, hat er mir Mut gemacht und mir gut zugeredet. Deswegen habe ich ihm dann das Foto von dem Tattoo gesendet. Ich konnte doch nicht wissen, dass er ein Mörder ist." Lea fing wieder an zu weinen. Tim nahm ihre Hand und drückte sie. Lea schluckte und begann zu erzählen. „Ben schien so nett zu sein, ganz anders als die Jungs aus meiner Schule. Es war so schön, mich ihm anvertrauen zu können. Wir wollten uns bald sogar treffen. Er wollte mich ins Kino einladen und danach mit mir essen gehen. Ich bin so dumm und naiv. Wie konnte ich bloß so dämlich sein, Papa? Ich konnte es kaum glauben, als Rainer uns vorhin erzählt hat, dass das Facebook-Profil von diesem angeblichen Ben nur ein Fake-Profil ist. Wie konnte ich nur darauf reinfallen?" Tim nickte. Auf der Fahrt nach Hause hatte er nochmals mit Rainer telefoniert. Der berichtete, dass ihr Kollege Sven Ziegler schnell herausgefunden hatte, dass das Facebook-Profil erst vor einer Woche mit einer neu angelegten E-Mail Adresse erstellt wurde. Das Profilfoto gehörte einem amerikanischen Fotomodell und war aus dem Internet kopiert worden. Tim war sich sicher, dass die Kriminaltechnik schon morgen bestätigen würde, dass Alexander Winter das Facebook-Profil erstellt und mit seiner Tochter gechattet hatte.

Tim nahm Lea in den Arm. „Mach dir bitte keine Vorwürfe, mein Schatz. Es ist nicht deine Schuld was passiert ist. Die Verantwortung trägt ganz allein dieser Alexander Winter. Denk immer daran, wie lieb ich dich habe. Und jetzt ab ins Bett! In ein paar Stunden musst du wieder zur Schule." Lea gab Tim einen Kuss auf die Wange und ging hoch in ihr Zimmer. Tim und Sarah blieben im Esszimmer zurück und sahen ihrer Tochter nach.

Am nächsten Morgen frühstückte Tim mit Sarah und Lea in Ruhe. Auf dem Weg zur Mordkommission setzte er Lea an ihrer Schule ab. Es war zwar für Tim ein Umweg, aber ihm war es heute ein Bedürfnis, seine Tochter dort hinzubringen. Es war schon neun Uhr, als Tim das Dienstzimmer in der Mordkommission betrat. Gerade als er sich gegenüber von Rainer an den Schreibtisch gesetzt hatte, kam Stefan Dittrich zur Tür hinein und sah ihn an. „Wie geht es deiner Familie, haben sie sich von dem Schock schon erholt?" Tim nickte. „Es geht ihnen schon wieder besser. Aber Lea braucht sicherlich noch eine Weile, um das zu verarbeiten." Der Leiter der Mordkommission klopfte ihm auf die Schulter. „Das wird schon. Klasse Arbeit, ihr beiden. Ich soll euch auch von Dr. Anna Richter zur Aufklärung des Falles gratulieren. Natürlich hat sie mich heute Morgen am Telefon direkt gefragt, wann sie mit eurem Abschlussbericht rechnen kann. Es reicht, wenn ihr ihn morgen abschickt." Rainer grinste Tim an. „Das ist doch genau die Arbeit, für die du zur Kriminalpolizei gekommen bist. Dieses Mal schreiben wir den Bericht aber zusammen." Tim hob abwehrend die Hände. „Muss denn das sein? Du hast doch den letzten Bericht so gut geschrieben. Beim Anfertigen von Berichten spielst du einfach in einer anderen Liga." Rainer lachte laut. „Deine Schmeicheleien bringen dich hier auch nicht weiter. Wird Zeit, dass du in meine Liga aufsteigst."

Gegen Mittag erhielten Tim und Rainer den Bericht der Kriminaltechnik zu den in der Wohnung von Alexander Winter sichergestellten Handys und dem Laptop. Bei diesem handelte es sich tatsächlich um den Laptop von Günther, so wie es Rainer vermutet hatte. Auf dem MacBook konnte die Kriminaltechnik den Chatverlauf von Facebook zwischen Alexander Winter und Lea rekonstruieren. Tim las gerade den Bericht zu den Handys, als er stockte. Aus der Auswertung der Anruferliste wurde deutlich, dass über zwei Handys regelmäßig miteinander telefoniert worden war. Tim fragte sich, warum sie beide Handys in der Wohnung von Alexander Winter gefunden hatten. Er blätterte weiter und las den Absatz über die identifizierten Fingerabdrücke auf den Handys. Auf beiden waren die Fingerabdrücke von Alexander Winter festgestellt worden. Darüber hinaus hatte ein Handy zusätzlich die Fingerabdrücke von Manfred. Tim blätterte in den Unterlagen zu dem Fall. „Was suchst du?" Rainer schaute Tim fragend an. „Ich möchte nur kurz überprüfen, ob sich eines der Handys zum Zeitpunkt des Mordes an Günther Ludwig in der Funkzelle des Tatortes befand." Nach wenigen Sekunden hatte Tim Gewissheit. Das Handy, auf dem ausschließlich die Fingerabdrücke von Alexander Winter gefunden worden waren, befand sich in der Mordnacht in der Funkzelle. „Bingo, da haben wir dich." Tim hielt triumphierend das Blatt Papier hoch. Rainer, der den Bericht weitergelesen hatte, blickte Tim ernst an. „Du solltest dir lieber den Rest ansehen." Tim nahm die Papiere und blätterte weiter. Bei dem was er dort las, stockte ihm der Atem. „Verdammt Rainer, ich habe mir das doch nicht eingebildet. Die letzten Tage hatte ich öfter das Gefühl, dass ich beobachtet werde. Ich habe immer wieder einen schwarzen Mercedes gesehen. Und jetzt schau dir die Bilder von mir und meiner Familie an! Wer kann das gewesen sein. Ich glaube, diese Alexander Winter hat einen Komplizen!" Rainer nickte und kratzte sich am Kinn. „Das kann gut sein, aber in unseren bisherigen Ermittlungen haben wir dazu keine weiteren Hinweise erhalten, oder?" Tim schüttelte den Kopf. Es würde schwer werden, den Mittäter zu identifizieren. „Es bleibt uns nur eine Chance", sagte Tim mit einer Idee im Hinterkopf. „Wenn wir das Handy einschalten und benutzen, dann könnte es uns gelingen, diesen Komplizen zu überführen." „Was meinst du damit genau?" „Sehr wahrscheinlich weiß der Komplize ja gar nicht, dass Alexander Winter tot ist. Lass uns doch eine SMS an ihn senden, dass er zur Wohnung von ihm kommen soll, um ihn dort zu treffen." Rainer nickte. „Das könnte klappen, dann mal los."

Seit über einer Stunde wartete Tim nun schon mit zwei Kollegen der Berliner Kriminalpolizei in der Wohnung. Rainer saß im Dienstwagen vor dem Gebäude, beobachte die Umgebung. Er wollte sich melden, sobald ihm etwas auffiel. Plötzlich vibrierte das Smartphone von Tim. Er nahm es in die Hand „Ich glaube, es geht los. Hier ist gerade ein schwarzer Mercedes vorgefahren und hat ein paar Meter vor mir eingeparkt. Jetzt steigt ein Mann aus, ich schätze ihn auf Mitte vierzig. Der könnte von Beruf Türsteher sein so wie der aussieht. Du wirst es nicht glauben! Der trägt Cowboystiefel aus Schlangenhaut. Ich wusste gar nicht, dass die noch modern sind. Er geht zum Eingang des Hauses." Im nächsten Moment ertönte die Klingel in der Wohnung. Tim drückte die Taste für den Haustüröffner. Die Wohnungstür öffnete er einen Spalt und stellte sich links neben die Tür. Einen Augenblick, nachdem sie das Öffnen des Aufzugs gehört hatten, nahm Tim schwere Männerschritte auf dem Flur wahr. Die Wohnungstür ging auf, Tim konnte eine behaarte Hand auf dem Türknauf sehen. „Hey Chef, du wolltest mich sehen?" Er hatte das letzte Wort ausgesprochen, als Tim die Wohnungstür aufriss. Durch die unerwartete Bewegung der Tür verlor der Mann am Eingang das Gleichgewicht und stürzte nach vorne. Da er die Hand nicht vom Türknauf genommen hatte, war er mit dem Kopf gegen die Wohnungstür geknallt, als Tim sie ganz geöffnet hatte. Die Berliner Kriminalpolizei überwältigte den Mann in wenigen Sekunden und legte ihm Handschellen an. Tim erkannte den Mann sofort. Er hatte ihn vor ein paar Tagen beim Weinhändler gesehen. An sein Gesicht und vor allem an die Cowboystiefel konnte sich Tim noch gut erinnern. Immer noch benommen, sah der Mann sie abwechselnd an. „Was wollt ihr Arschlöcher von mir? Ihr müsst mich mit jemandem verwechseln, ich wohne nicht hier. Ich möchte meinen Kumpel besuchen. Wo ist er?" Tim trat vor ihn. „Ihr Kumpel ist tot und Sie kommen mit uns mit."

Als sie wieder zurück in der Mordkommission waren, vernahm Tim gemeinsam mit Rainer den Mann. Dabei kam heraus, dass er Jürgen Flimm hieß und für Alexander Winter gearbeitet hatte. Nachdem sie ihm während der Vernehmung die Aussicht auf einen Gefängnisaufenthalt näher gebracht hatten, wenn er nicht kooperieren würde, erzählte er ihnen von seinem Auftrag. Für Alexander Winter hatte er Tim und dessen Familie beschattet. So wollte er zum einen mehr über die Ermittlungen erfahren und zum anderen eine Möglichkeit finden, wie er notfalls Einfluss darauf nehmen konnte. Als Jürgen ihm die Fotos von Sarah und Lea gegeben hatte, muss ihm die Idee zu dem Facebook-Profil gekommen sein. Es war auch Jürgen Flimm, der dem Labormitarbeiter des Ingenieurbüros den Umschlag mit dem Geld und den Anweisungen zur Fälschung des Bodengutachtens übergeben hatte.

Wieder zurück in ihrem Dienstzimmer, begann Rainer direkt mit der Erstellung des Abschlussberichts. Gerade als Tim mit seinem Teil des Abschlussberichts anfangen wollte, kam Sven Ziegler herein. „Besuch für dich Tim. Frau Hoffmann ist gekommen, um ihre Aussage zu gestern zu machen." Tim stand auf und ging in den Flur. Dort saß sie zusammengesunken auf einem Stuhl. Sie sah blass aus. Während er sie bisher eher fröhlich und mit einem positiven Gesichtsausdruck erlebt hatte, war sie heute ernst und in sich gekehrt. Erst als er

vor ihr stand, bemerkte Ute Hoffmann ihn. „Kommen Sie mit mir, als erstes holen wir uns einen Kaffee. Ich verspreche Ihnen schon jetzt, dass unser Kaffee hier jedoch auf keinen Fall so gut schmecken wird wie in Ihrem Café." Ein leichtes Lächeln konnte Tim nun bei ihr entdecken. Sie folgte ihm in die Kaffeeküche. Nach einer halben Stunde hatte Tim ihre Aussage aufgenommen. Ute Hoffmann bestätigte, was ihre Mitarbeiterin am Vortag bereits erzählt hatte. Alexander Winter hatte sich als Polizist ausgegeben und sie, unter dem Vorwand, dass es wichtige Fragen zum Mord an Günther Ludwig gäbe, zu dem verlassenen Gebäude gelockt. Alexander Winter schien ihr nicht zu glauben, dass sie keine Unterlagen von Günther Ludwig bekommen hatte. Daher und um Spuren zu verwischen, wollte er sie töten. Tim war keine Sekunde zu spät erschienen um sie zu retten. Die Mail von Günther Ludwig mit dem Bodengutachten hatte sie in ihrem PC nie gesehen. „Vielen Dank für alles. Ohne Sie würde ich jetzt wahrscheinlich nicht mehr leben." Ute Hoffmann schluckte bei den letzten Worten. Sie sah Tim traurig an. „Ich weiß nicht, wie lange mein letzter Urlaub her ist. Ich glaube, dass ich eine Auszeit von all dem brauche. Daher habe ich eine Last Minute Reise zusammen mit einer Freundin gebucht. Morgen geht es los. Meine Mitarbeiterin wird die nächsten zehn Tage das Café auch alleine ohne mich führen können."
Tim hatte den Eindruck, dass sie bei ihrem letzten Satz eher sich selbst beruhigen und Mut zusprechen wollte. „Bestimmt wird sie das schaffen. Ich habe Ihre Mitarbeiterin gestern das erste Mal kennengelernt. Sie wirkte sehr sympathisch und kompetent. Machen Sie sich keine

Sorgen und genießen Sie Ihren Urlaub." Sie nickte und stand auf. Plötzlich drückte sie ihren Körper gegen Tim und umarmte ihn kurz. Verlegen löste sie die Umarmung und starrte auf den Boden. „Ich würde mich sehr freuen, wenn ich Sie mal wieder in meinem Café begrüßen könnte." Tim lächelte sie an. „Wenn ich mit meiner Familie mal wieder die Waldstadt besuche, schauen wir auf jedem Fall in Ihrem wundervollen Café vorbei." Ute Hoffmann nickte, drehte sich um und ging, ohne sich umzusehen, zum Ausgang. Tim wusste, dass seine Antwort, nicht die war, die sie hören wollte. Irgendetwas an ihr fand er sehr anziehend. Bei ihren Gesprächen kam es ihm vor, als ob sie sich schon lange kennen würden. ‚Aber so ist es besser. Ich sollte ihr keine Hoffnung machen, denn ich liebe Sarah'.

Nachdem Tim und Rainer den restlichen Tag mit dem Erstellen des Abschlussberichts zu ihren Ermittlungen und einer Telefonkonferenz mit der Staatsanwaltschaft verbracht hatte, wollte Tim früher Feierabend machen. Er hatte sich bereits von Rainer verabschiedet und wollte ihr Dienstzimmer verlassen, als er seinen Chef nach ihm rufen hörte. „Bitte schließe die Tür und setz dich. Ich möchte kurz mit dir sprechen." Tim nahm auf dem Stuhl vor dem Schreibtisch von Stefan Dittrichs Platz und schaute ihn erwartungsvoll an. „Nicht nur Rainer und du als Ermittlungsteam, sondern insbesondere du alleine, hast in diesem Mordfall einen tollen Job gemacht. Du sollst wissen, dass ich bisher noch nie an deinen Fähigkeiten gezweifelt habe." Er machte eine kurze Pause und sah Tim nachdenklich an. Tim fiel es schwer, Lob für seine Arbeit anzunehmen. Aus seiner

Sicht machte er einfach das, was ihm wichtig war und Spaß machte. Tim liebte seinen Beruf bei der Kriminalpolizei. „Der Leiter der Polizeidirektion möchte dich und Rainer morgen sehen und sich bei euch persönlich bedanken. Natürlich hat er dabei einen Hintergedanken. Es wird eine kleine Pressemitteilung zu dem erfolgreichen Abschluss der Ermittlung in den beiden Mordfällen geben. Naja und der Leiter der Polizeidirektion fand es eine gute Idee, mit euch beiden für ein Foto zu posieren. So möchte er die negative Berichterstattung der Presse aus den letzten Tagen vergessen machen. Also zieh was Schickes an und sorg dafür, dass Rainer auch vernünftig gekleidet ist." Bei dem letzten Satz grinste Stefan Dittrich. „Bevor ich es vergesse, ich bin dir noch eine Antwort schuldig." Tim wollte gerade aufstehen, doch jetzt setze er sich aufrecht in den Stuhl. Er wusste worauf sein Chef anspielte. „Du bist sicherlich meiner Meinung, dass es zu der Pressemitteilung morgen nicht passen würde, wenn es gegen einen der beiden Ermittler eine Untersuchung wegen Körperverletzung geben würde. Daher habe ich beschlossen, dass es unser Gespräch zu dem Vorfall in Berlin niemals gegeben hat. Und jetzt fahr nach Hause zu deiner Familie. Wir sehen uns morgen." Tim stand auf und verließ das Dienstzimmer. Eine tonnenschwere Last war von ihm abgefallen.

Epilog

52

Mittlerweile war über eine Woche vergangen, seitdem Tim und Rainer ihren Abschlussbericht zum Mord an Günther Ludwig und Manfred Schneider an die Staatsanwaltschaft übergeben hatten. Tim freute sich auf den anstehenden Sommerurlaub mit Sarah und Lea in Spanien. In drei Wochen würde es soweit sein. Er hatte das Gefühl, dass ihnen allen der Urlaub gut tun würde.

Momentan hatte er den Eindruck, dass er die Balance zwischen der Arbeit und seiner Familie gut hinbekam. Sarah war in den letzten Tagen deutlich entspannter und ausgeglichener. Die gemeinsame Zeit verbrachten sie ohne Streit. Tim wusste, dass das jederzeit wieder umschlagen könnte, wenn er mit Haut und Haaren in seine nächsten Ermittlungen eintauchen würde. Doch darüber wollte er sich aber jetzt keine Gedanken machen.

Tim wartete mit seinem Auto vor Leas Schule. Heute war Freitag, das Wochenende stand vor der Tür. Gestern Abend hatte er spontan eine Übernachtung für sich und Lea in Berlin gebucht. Er hatte das Gefühl, dass Lea und er in den letzten Tagen wieder besser miteinander klar kamen. Ein Kurztrip nach Berlin mit Shoppen, Kinobesuch und Essengehen würde bestimmt dazu beitragen, dass es so bliebe. Tim freute sich Lea zu überraschen. Sie kam mit ein paar Freunden aus dem Schulgebäude. Er stellte sich vor sein Auto. Da entdeckte sie ihn und kam auf ihn zu gerannt. „Papa, was machst du denn hier?" Sie umarmte ihn. „Steig ein. Wir fahren jetzt nach Berlin zum Shoppen. Und bevor du fragst. Mama hat dir Wechselklamotten eingepackt, die Tasche liegt auf dem Rücksitz." Lea fing vor Freude an zu kreischen.

In einem Berliner Bürogebäude mit Blick auf den Potsdamer Platz stand ein Mann am Fenster und blickte hinaus. Eben hatte er den Zeitungsartikel über die Aufklärung der beiden Mordfälle in der Waldstadt gelesen. Der Zeitungsartikel enthielt ein Foto, dass die beiden Ermittler mit dem Leiter der zuständigen Polizeidirektion zeigten. Für ihn persönlich war es eine große Niederlage, das wusste er. Er hatte nicht nur viel Geld verloren, sondern auch einen der besten Mitarbeiter seines Schattennetzwerkes. So nannte er das Geflecht aus Männern und Frauen, die ihm treu ergeben und absolut loyal waren. Er kannte ihre Stärken und Schwächen sowie ihre gut gehüteten Geheimnisse und Taten. Alexander Winter war einer seiner besten Gefolgsleute gewesen. Er hatte ihn persönlich ausgebildet. Da er seine Quellen im Polizeiapparat installiert hatte, wusste er, dass die beiden Ermittler keinerlei Verbindung zwischen ihm und Alexander Winter entdeckt hatten. Und das würde auch so bleiben.

Er ging zurück zu seinem Schreibtisch. Gut, dass er noch weitere Eisen im Feuer hatte. Schließlich musste er den finanziellen Verlust aus der Waldstadt jetzt schnell wiedergutmachen. Dazu hatte er auch schon eine brillante Idee.

Danksagung

Diese Danksagung zu schreiben fällt mir deutlich schwerer als zunächst gedacht. Damit meine ich nicht, Danke zu sagen für die großartige Unterstützung beim Schreiben und Veröffentlichen meines Buches, sondern vielmehr einen lesenswerten „Abspann" meines Krimis zu schaffen. Schließlich möchte ich meine Leser nicht auf den letzten Seiten dieses Krimis noch bereuen lassen, das Werk erworben zu haben.

Daher möchte ich mich als Erstes bei Ihnen bzw. euch bedanken, den „Fluch der verbotenen Stadt" gelesen zu haben und sogar nach den letzten Seiten noch bereit sind, diese Danksagung zu lesen.

Die Idee zu „Fluch der verbotenen Stadt" habe ich bereits vor 5 Jahren entwickelt. Allerdings musste ich sehr schnell feststellen, dass die Realisierung eines Buchprojekts neben meinem Beruf und als damals alleinerziehender Vater von zwei wundervollen Töchtern und einem kleinen Hund einfach nicht zu schaffen waren. Mehrere Versuche, neben der Entwicklung des Plots und der Charaktere mit dem eigentlichen Schreiben zu beginnen, waren schon nach wenigen Minuten zum Scheitern verurteilt. Meine beiden Töchter Emma und Jule haben mich dennoch immer wieder ermutigt, nicht aufzugeben und mir meinen Traum vom eigenen Krimi zu erfüllen. Ohne ihre teilweisen auch sehr kritischen Aufforderungen, nicht aufzugeben, sondern durchzuhalten, wäre dieser Krimi vermutlich nicht entstanden.

Im letzten Jahr bot sich dann eine einmalige Gelegenheit, durch ein halbjähriges Sabbatical endlich das Buchprojekt „in Angriff zu nehmen" und zu realisieren. Die Entscheidung, gemeinsam mit meiner Freundin Jessica unser Sabbatical ohne Furcht vor beruflichen Konsequenzen zu nehmen, war einer meiner besten Entscheidungen seit vielen Jahren. Die gemeinsamen Recherchen mit ihr an den Handlungsorten von „Fluch der verbotenen Stadt" in Brandenburg und Berlin haben mir nicht nur viel Spaß, sondern auch die notwendige Inspiration für den Krimi gegeben. In den vielen Stunden beim Schreiben des Manuskripts auf unserer Terrasse in Köln mit Blick auf das von Jessica mit Fotos von unseren Recherchen erstellte Fotoboard war sie meine Sparringspartnerin, mit der ich einzelne Szenen diskutieren konnte. Ihre Sicht als Leserin von Krimis und Thrillern hat mir beim Schreiben sehr geholfen. Sie hat mir dabei nicht nur den Raum für die Erfüllung meines Lebenstraums während des Sabbaticals gegeben, sondern mich bis zur Veröffentlichung immer wieder bestärkt und unterstützt. Was könnte ich mir mehr wünschen als so eine großartige Frau an meiner Seite.

Meinem Anspruch, die Ermittlungsarbeit möglichst realistisch aber gleichzeitig spannend zu gestalten, konnte ich nur mit viel Recherche und kurzweiligen Gesprächen mit Menschen vom Fach realisieren. Ich bin mir sicher, dass meine vielen Nachfragen, die wahrscheinlich oft fachlich nicht von besonders hohem Niveau waren, auch ab und zu genervt haben. Umso mehr bin ich für die Unterstützung durch meinen Schwager Matthias zur Polizeiarbeit sowie Stefan Floßdorf zu rechtsmedizinischen Themen sehr dankbar. Darüber hinaus hat es mich sehr überrascht aber auch geholfen, wie viele Fachbücher und Veröffentlichungen zur Arbeit der Kriminalpolizei und der Rechtsmedizin im Internet frei verfügbar sind.

Nachdem ich den Entwurf des Buchmanuskripts endlich abgeschlossen und mehrmals überarbeitet hatte und damit zu Beginn äußerst zufrieden war, bat ich handverlesene Mitglieder aus den Kreisen der Familie und Freunden, als Testleser mir Feedback zu geben. Dadurch habe ich endlich den Satz „Feedback ist ein Geschenk" verstanden. Zwischen den Zeilen dieses Satzes steht nämlich auch, dass Feedback durch den Empfänger auch ausgehalten werden muss, bevor man es konstruktiv in sein Werk einarbeiten kann. Nach anfänglichem Zweifeln meinerseits, ob ich die Testleser richtig ausgewählt hatte, sowie ein paar Tagen der Ignoranz ihres Feedbacks, erkannte ich die Möglichkeiten, mein Buchmanuskript weiter zu verbessern. Daher möchte ich mich an dieser Stelle für die Zeit, den Mut und das tolle, wenn auch teilweise schmerzhafte Feedback meiner Testleser Bernd, Emma, Franz-Josef, Ingolf, Jasmin und Sabina bedanken. Seid euch sicher, dass ihr auch das Buchmanuskriptes der Fortsetzung von „Fluch der verbotenen Stadt" als Testleser erhalten werdet.

Den größten Respekt habe ich vor Ute und Michael, die mein Buchmanuskript auf Rechtschreibung, Grammatik und Stil als Korrekturleser überarbeitet haben. Seite für Seite haben sich beide durchgearbeitet und neben der Korrektur tolle Vorschläge für Satzstellungen und Synonyme gemacht. Vielen Dank an euch dafür und eure Bereitschaft, mich auch weiterhin zu unterstützen.

Gerade als unerfahrener Autor ist es für mich sehr wichtig, einen Verlag mit sehr verständnisvollen und hilfsbereiten Menschen an meiner Seite zu haben. Mein Dank geht an die vielen helfenden Hände beim tredition Verlag.

Ihr/ euer Manuel Lippert